AF293059

MRS KRISTAL

Trust Me, MR. FULLBACK!

Sportroman

FSC
www.fsc.org
MIX
Papier aus ver-
antwortungsvollen
Quellen
Paper from
responsible sources
FSC® C105338

Impressum

© 2024 MRS KRISTAL

Bibliografische Information der Deutschen Nationalbibliothek:

Die Deutsche Nationalbibliothek verzeichnet diese Publikation in der Deutschen Nationalbibliografie; detaillierte bibliografische Daten sind im Internet über

http://dnb.dnb.de abrufbar.

Korrektorat: Lektorat Meerblick

Cover: Acelya Soylu Grafik– und Design

Illustrationen: CrescentKat

Herstellung und Verlag: BoD – Books on Demand, Norderstedt

ISBN: 9783759731333

1. KAPITEL

Damien

Florida State Stadium

Das bisher wichtigste und größte Spiel meiner Karriere hat nur noch dreißig Sekunden auf der Uhr und dennoch sauge ich jeden Moment in mir auf. Seit fast zehn Jahren arbeite ich auf diesen Moment, dieses Spiel hin. Dem Footballteam unserer Highschool bin ich meinem Bruder Cian zuliebe beigetreten. Ich weiß noch genau, wie wenig Lust ich hatte, mich in einem derart brutalen Sport aufs Kreuz legen zu lassen. Meine Interessen galten eher Biologie und Chemie, statt Sport und Cheerleadern. Der Beitritt ins Highschool Footballteam hatte aber auch gute Seiten. Besonders für meinen Körper. Von der Highschool ging es ans College und in die NFL. Heute stehe ich in diesem riesigen Stadion und spiele mit meinem Team um den Super Bowl.

Die Gesänge der Fans beider Lager hallen von den Tribünen ins Innere des Stadions wider. Man versteht kaum sein eigenes Wort. Dalton zu verstehen ist ein Ding des Unmöglichen. Unser Quarterback drückt auch immer wieder seine Hände gegen seinen Helm, um die Kopfhörer im Inneren zu hören.

Wir stehen im Kreis, bereit für den alles entscheidenden Drive dieses Spiels. Wir sind im vierten Versuch, liegen sechs Punkte hinter den Michigan Wolverines. Das bedeutet, dass wir auch in Field Goal Range keines versuchen sollten. Wir müssen einen Touchdown machen, um mit den sechs Punkten in die Verlängerung zu kommen oder für den Sieg muss der Extrapunkt sitzen. Wir haben das komplette dritte Viertel in den Sand gesetzt und Michigan ist voranmarschiert. Unsere Defense fiel zusammen wie ein Kartenhaus und auch in der Offense sieht es leider nicht besser aus. Heute ist absolut nicht unser Tag, aber wir kämpfen weiter. Es ist noch nicht alles verloren. Nur dieser eine Drive muss sitzen und wir hätten gewonnen.

Es sind noch zwanzig Sekunden auf der Uhr.

In diesen zwanzig Sekunden könnten wir den Super Bowl gewinnen.

Die Feierlichkeiten in unserer kleinen Stadt laufen seit Tagen auf Hochtouren, obwohl wir das Spiel noch nicht einmal gewonnen haben. Alle Einwohner Berkeleys sind sich sicher, dass wir den Titel holen. Jetzt sind wir kurz davor, es zu verkacken.

Daltons Lippen bewegen sich, aber die Fans machen es unmöglich, auch nur ein Wort zu verstehen. Ich sehe nach links zu unserem Tight End Desmond Price. Er hat die Augen leicht verkniffen. Mit größter Anstrengung versucht er Dalton zu verstehen. Schlussendlich bringt es alles nichts – wir hören ihn nicht! Unser Quarterback klatscht in die Hände und wir stellen uns auf. Jason, unser Center, geht mit dem Ball in Position und ich stelle mich hinter Dalton. Das Kommando kommt. »Down! Set! Hut!«, ruft Dalton und Jason bringt den Ball an. Ich laufe mich frei, weil ich damit rechne, dass Dalton denselben Schritt vor mir macht, so wie wir es hunderte Mal beim Training geübt haben, um Desmond anzuspielen. Doch er läuft selbst.

In die *fucking* andere Richtung!

Ich verliere wichtige Meter hinter ihm, sodass sich die Defense Spieler zwischen mich und den Quarterback schieben können. Ich renne nach vorne, entwische dabei einem der Defense Spieler. Doch es ist zu spät. Mein Schritt in die falsche Richtung, war der Moment, in dem der Drive in sich zusammenfiel.

Ein bulliger Defense Spieler hat freie Bahn und tackelt Dalton. Er bringt ihn zu Boden, ehe er den Ball werfen kann.

Quarterback Sack!

»Nein!«, brülle ich, während ich selbst auch zu Boden gerissen werde. Wir wissen alle, was das bedeutet.

Die Spieler der Wolverines jubeln bereits, während ich immer noch im Gras liege und nicht glauben kann, was passiert ist.

Wir haben den Super Bowl verloren.

Meinetwegen.

Ich wollte nie mehr als dieses Spiel erreichen, die Vince Lombardi Trophy gewinnen.

Nicht für mich, sondern für Cian.

Ich habe es nicht geschafft und werde vielleicht nie wieder in meiner Karriere die Chance dazu haben.

Tränen schießen mir in die Augen und ich weine bitterlich, während ich im Miami State Stadium immer noch in voller Montur auf dem Rasen liege.

»Es tut mir leid«, schluchze ich. »Es tut mir so leid, Cian.«

Berkeley Bee Facility, fünf Monate später

Ich habe mich stets auf den ersten Trainingstag nach der Off-Season gefreut. Endlich kommt das ganze Team wieder zusammen. Die Rookies und die Veteranen spielen Hand in Hand, Drive um Drive. Wir formen uns zu einem Team, um bestenfalls stärker denn je in die neue Saison zu starten.

Ich bin nicht der geselligste unter meinen Mitspielern und suche nicht den Kontakt zur Gruppe. Nach drei Jahren haben sie das auch endlich akzeptiert und versuchen nicht mehr, mich zu jedem Scheiß einzuladen. Und ja, sie sind wirklich mehr als gesellig und befreundet. Jason, der einzige in dem Team, den ich als einen Freund betiteln würde, meint, dass ich es mir unnötig schwer mache und sie alle nett sind. Dennoch bin ich lieber für mich.

Trotz allem schätze ich dieses Team und freute mich bisher immer, dass es im Spätsommer wieder losgeht. Doch dieses Jahr ist es anders. Klar, wir greifen wieder an und wollen die beste Saison spielen, die wir jemals gespielt haben. Aber nach der Letzten frage ich mich, wie uns das gelingen soll. Diese Saison können wir nur noch mit dem Gewinn des Super Bowls verbessern. Wie in alles in der Welt soll das funktionieren? Sonst hätten wir den Super Bowl in diesem Jahr bereits gewonnen.

Das Schlimmste ist, dass alles meine Schuld ist, weil ich diesen saudummen Fehler im letzten Drive gemacht habe. Diesen dummen, dummen Schritt zu viel, wo ich Dalton nicht mehr schützen konnte.

Ich steige aus meinem Auto und schlage die Fahrertür hinter mir zu, ehe ich zum Kofferraum gehe und meine Trainingstasche raushole. Ich werfe sie mir über die rechte Schulter und laufe über den großen Parkplatz. Einige Autos kann ich sofort als die meiner Teamkollegen ausmachen. Ich nicke den Security Mitarbeitern am Eingang freundlich zu und betrete das Innere der Facility. Seitdem Savannah Belfast hier mehr oder weniger das Sagen hat, hat der Geruch dieser heiligen Hallen sich eindeutig zum Negativen gewandt. Überall stehen Automaten, die die Luft erfrischen sollen, und damit den harten Männerschweiß vertreiben, den unsere Arbeit mit sich bringt.

Ich betrete unsere Kabine und es ist ein Gefühl von nach Hause kommen. Viele meiner Kollegen sind schon da. Sie begrüßen einander, wenn sie sich in den Trainingscamps noch nicht gesehen haben oder reden über alltägliche Dinge. Ich unterhalte mich in der Regel nur mit Jason und Dalton. Wobei ich mit Dalton reden muss, weil er unser Quarterback und erster Kapitän ist. Es ist eine Sache des Respekts, mit ihm zu sprechen.

»Hey O'Riley«, spricht mich jener auch sogleich an.

Ich nicke Dalton und Desmond zu. Die beiden sind seltsam. Eine komische Einheit, wie ich es mir unter Freunden eigentlich nicht vorstellen kann. Sie sind nicht mal miteinander verwandt und trotzdem habe ich schon öfters gehört, dass sie Desmonds Tochter Summer gemeinsam aufziehen. Anfangs dachte ich wirklich, dass die beiden mehr als Freundschaft verbindet, aber das ist Schwachsinn. Dalton ist in festen Händen und Desmond mittlerweile auch. Aber was weiß ich schon? Immerhin vermeide ich es mit ihnen zu reden.

»Damien!« Daltons Stimme ist scharf und plötzlich werden die Gespräche in der Kabine eingestellt. »Redest du nicht mit mir?«

Ich ducke mich weg und will mich kleinmachen, was in Anbetracht dessen, dass ich über einen Meter achtzig groß bin, lächerlich ist.

Ich hebe den Kopf und sehe ihn an. Die Hände in die Hüften gestemmt steht er vor seinem Spind und sieht mich an. So wie alle anderen Spieler auch.

»Doch, natürlich«, entgegne ich hektisch. »Tut mir leid.«

»Hm.« Er besieht mich noch eines prüfenden Blicks. Dann wendet er sich ab und öffnet seinen Spind.

Ich tue es ihm gleich.

Wie immer fällt mein Blick auf das zerknitterte Foto im Inneren der Tür. Ein zaghaftes Lächeln stielt sich auf meine Lippen, bis ich den Blick abwende und nach meinen Sachen greife.

»Morgen.« Jason tritt neben mich.

»Morgen«, sage ich und streife mir mein Shirt über.

»Hast du neue Tattoos?«, fragt er und ich lache leise. Wie kann er bei der Vielzahl an Tattoos, die sich mittlerweile auf meinem Körper befinden, noch ernsthaft sehen, ob es ein neues gibt.

»Wie kannst du das noch sehen?«, frage ich und ziehe mein Longsleeve an, das ich unter den Protektoren trage.

»Tue ich nicht«, meint er. »Ich rate einfach.«

»Ja, ein … zwei sind neu.«

»Ist auf deinem Körper überhaupt noch Platz?«, scherzt Jason und ich sehe grinsend an mir herab. Er folgt meinem Blick, holt Luft und sagt nichts. Ich denke ihm ist klar welches Körperteil bisher keine Farbe abbekam und bei welchem ich es mich auch echt nicht traue. Ich liebe Tattoos, habe mehr davon als gesund sind, aber mein Schwanz bleibt sauber.

»Okay … alles klar«, murmelt Jason. »Die Dusche hätte es mir auch verraten, aber schön, dass ich jetzt das gesamte Training darüber nachdenken darf.«

»Du bist immer herzlich willkommen«, entgegne ich und zwinkere ihm zu.

Dann verlassen wir gemeinsam die Kabine, um aufs Feld zu gehen. Aber ich komme nicht mal bis zur Tür, denn Dalton hält mich auf.

»Hast du einen Moment?«, fragt er und bedenkt mich eines strengen Blickes.

Ich nicke und warte bis der Rest der Mannschaft die Umkleide verlassen hat.

»Setz dich!« Dalton deutet auf zwei Klappstühle, die neben uns stehen.

»Wir müssen zum Training«, wende ich ein, weil ich keinen Bock auf ein Gespräch mit ihm habe.

»Coach Dixon weiß Bescheid«, erwidert er. »Setzen!«

Ich seufze und lasse mich bockig auf den Stuhl fallen, sodass ich für eine Sekunde Angst bekomme, dass das Plastikgestell unter meinem Gewicht nachgibt. Dalton setzt sich deutlich langsamer, nachgiebiger und mit einer unglaublichen Präsenz hin.

»Hör zu, Damien«, meint er und faltet seine Finger ineinander. »Das ist ein Teamsport.«

»Das weiß ich.«

»Da bin ich mir nicht so sicher«, entgegnet er bissig. »Du hast dich auf keine meiner Nachrichten zurückgemeldet, warst auf keiner Teamparty in der Off-Season, geschweige denn hast du es für nötig gehalten, zur offiziellen Eröffnungsfeier bei Jackson zu erscheinen.«

Ich sage nichts und weiche stattdessen seinen Blicken aus. Viel lieber starre ich auf die schwarzgelben Spinde, die sich durch die Kabine ziehen. Ich weiß, dass ich zu all diesen Terminen nicht erschienen bin. Auch wenn es keine vom Club geschalteten Pflichttermine sind, erwarteten die Coaches und Kapitäne, dass man erscheint.

»Ich war verhindert«, lüge ich.

»Bullshit!«, knurrt Dalton. »Du warst nicht verhindert und das wissen wir auch. Was ist los mit dir?«

»Das ist alles nicht mein Ding«, erwidere ich achselzuckend.

»Wir wissen, dass das nicht dein Ding ist, und wir akzeptieren es. Trotzdem bist du in den letzten Jahren zu inoffiziell offiziellen Terminen in der Off-Season immer erschienen. Dieses Mal nicht zu einem. Warum?«

Ich schließe die Augen, stütze meine Ellenbogen auf meinen Oberschenkeln und reibe mir durchs Gesicht.

»Ich wusste nicht, ob ihr mich sehen wollt«, sage ich und sehe ihn vorsichtig an. Dalton zieht die Augenbrauen zusammen und schüttelt den Kopf.

»Wieso sollten wir dich nicht sehen wollen?«, erwidert er. »Du bist Teil des Teams.«

»Bin ich das?«

»Wenn du uns nicht langsam mal sagst, was mit dir los ist und was wir dir getan haben, vermutlich nicht mehr lange«, murrt Dalton. »Aber eigentlich schon und deswegen führe ich auch dieses Gespräch mit dir.«

»Es ist doch meine Schuld, Dalton«, sage ich leise. »Für mich ist es nur logisch, dass ihr mich nicht mehr im inneren Kreis des Teams wollt.«

Verständnislos sieht er mich weiterhin an.

»Was ist deine Schuld?«

»Der Super Bowl«, stöhne ich. »Dass wir ihn verloren haben. Das ist meine Schuld.«

Daltons Augen werden riesig und er schnappt nach Luft. Zunächst sagt er gar nichts, doch dann lacht er. Was zur Hölle?

»Lachst du mich aus?« Ich springe auf, der Stuhl fällt zurück. Zu meiner Überraschung ist Dalton nicht mal ansatzweise erbost über meinen Ausraster. Fast schon gelangweilt sieht er zu mir auf.

»Ja, weil das der größte Schwachsinn ist, den ich jemals gehört habe.«

»Was?«, frage ich.

»Setz dich wieder«, meint er.

Brav greife ich diesmal nach dem Stuhl und stelle ihn auf. Dann setze ich mich hin und sehe meinen Kapitän an.

»Schon als ich den Drive angesagt habe, war mir klar, dass nicht mal die Hälfte von euch ihn verstanden hat«, meint er und lässt den Kopf hängen. »Du bist richtig gelaufen, Damien.«

»Aber?«, frage ich sogleich.

»Ich habe mich in letzter Sekunde umentschieden, dachte es sei schlauer links rauszugehen.«

Ich reibe mir mit der Hand übers Gesicht.

»Es ist meine Schuld«, erklärt er.

»Nein!«

»Warum nicht?«, fragt er. »Ich bin der Quarterback, ich gebe die Drives vor. Ihr versteht den Drive nicht und statt einen sicheren zu machen, den wir zigmal im Training hatten, mache ich was anderes. Du kannst nichts dafür.«

»Hm.«

»Damien!« Er legt mir seine Hand auf die Schulter und lächelt mich an. »Wir haben es als Team in den Super Bowl geschafft und wir haben ihn als Team verloren. Jetzt sind wir bereit wieder anzugreifen.«

Dann steht er auf und sieht mich fragend an.

»Oder bist du es nicht?«, fragt er mit strenger Stimme.

Augenblicklich schieße ich hoch und stehe vor ihm.

»Ich bin bereit«, sage ich und Dalton hält mir die Hand hin. »Ich bin sowas von bereit.«

»Gut«, meint er seufzend. »Coach Dixon weiß übrigens nicht, wo wir sind. Mach dich auf einen Wutausbruch am ersten Tag gefasst.«

Tatsächlich entlockt Dalton mir damit ein echtes Lachen.

2. KAPITEL

Sophie

Ich lasse meinen Blick durch das riesige Büro schweifen, in dem mindestens fünfzehn Journalisten und Fotografen ihren Platz finden. Die Luft ist stickig, die Klimaanlage mal wieder ausgefallen und ganz nebenbei telefoniert mein Kollege links von mir seit einer halben Stunde mit seiner Mutter in Baltimore, sodass es mit meiner Konzentration nicht weit her ist.

Ich will mich nicht beklagen und einen guten Job machen, damit ich bald schon deutlich bessere Artikel schreiben darf.

Ich bin seit drei Wochen in Berkeley und arbeite für den »Berkeley Express«, die größte Tageszeitung der Stadt. Nach meinem Abschluss in Journalismus habe ich mich bei zahlreichen kleineren Zeitungen in San Francisco und Umgebung beworben und der »Berkeley Express« hat mich genommen. Das Terrain für Journalisten ist in einem Ballungsgebiet wie der Bay Area hart umkämpft, umso glücklicher war ich als ich die Zusage erhielt.

Auch wenn ich es deutlich einfacher hätte haben können.

Meine Familie entstammt seit Generationen der Journalismus Branche. Mit einer Anstellung beim »Berkeley Express« wollte ich es vor allem mir selbst beweisen. Dass ich eine gute Journalistin bin und auch ohne meinen bekannten Nachnamen etwas erreichen kann. Doch in Wahrheit habe ich mir meinen ersten richtigen Job ganz anders vorgestellt. Teilweise wurde ich während meines Studiums als Praktikantin besser behandelt als hier. Ich warte nur noch darauf, dass mich jemand bittet Kaffee zu kochen, weil ich die Neue im Team bin. In den ersten beiden Wochen habe ich noch versucht, das Beste aus der Situation zu machen, aber mittlerweile nervt es mich ungemein, dass ich nur Artikel zugesprochen bekomme, die keinen Menschen interessieren und noch wichtiger: die keine meiner Kollegen schreiben wollen.

Die Arbeitswelt ist grausam und ab und an vermisse ich es doch, dass ich einen Nachnamen habe, der mir in dieser Branche eigentlich alle Türen öffnet. Es widerstrebt mir aber auch, dies vor meinen Eltern einzugestehen. Ich werde einen Teufel tun und meine Eltern oder meinen Bruder Caleb anrufen und ihnen erzählen, was für einen Mist ich schreiben muss, während ich bei ihnen die ganz großen Artikel betreuen dürfte. Caleb sitzt an seinem großen Mahagoni Schreibtisch mit Blick auf die Golden Gate Bridge, während ich froh sein kann, wenn ich vor lauter Schreibtischen das Notausgangsschild noch ins Visier nehmen kann. Unser Dad hat schon, als wir noch Kinder waren, den Kopf geschüttelt, dass ich immer den schwierigeren Weg gewählt habe. Bisher hat es sich immer ausgezahlt, das wird es auch diesmal. Meine Beschäftigung beim »Berkeley Express« ist auf ein Jahr begrenzt und ich möchte dieses Jahr nutzen, um neue Erfahrungen zu sammeln.

»Oh hey Sophie!« Mein Tischnachbar Linus beugt sich zu mir herüber. »Wie weit bist du?«

Linus hat blonde kurze Haare, trägt meist ein adrettes helles Hemd und eine Jeans. Er kleidet sich stets ein paar Jahre älter, als er eigentlich ist. Er hat ein paar Wochen vor mir angefangen, kam ebenfalls frisch von der Uni. Wir verstehen uns gut und bisher ist er mein einziger Freund in Berkeley. Natürlich ist San Francisco nicht weit entfernt, doch ich fahre nicht jeden Tag rüber. Die meisten meiner Uni-Freunde hat es in die großen Städte des Landes gezogen. Vor allem an die Ostküste. Dass ausgerechnet ich mich für ein so kleines Haus entschieden habe, konnte niemand verstehen. Das müssen sie aber auch nicht.

Ich wende mich wieder Linus zu.

»Immer noch so weit wie vor fünf Minuten«, entgegne ich und greife nach meinem Coffee-to-go Becher aus dem süßen Café Bee-Land, das ich vor ein paar Tagen entdeckt habe. »Mal im Ernst, das interessiert doch keinen, ob die Feuerwehr fünf oder sieben Katzen gerettet hat.«

»Eigentlich waren es neun«, meint Linus und deutet auf die neun, die ich mit Textmarker sogar noch extra farblich markiert habe. Ich hasse mein Leben.

»Shit«, murre ich und suche die Passage in meinem Artikel.

»Es wird besser«, redet er mir gut zu, da er so wie ich ebenfalls in der Feuerwehr-Katzen-Gruppe ist.

»Guten Morgen alle zusammen!« Linus und ich sehen auf.

Unser Chef Randolph Presley betritt das riesige Büro und schließt sein zu weit sitzendes Sakko über seinem ausgeprägten Bauch. Ich mag ihn nicht. Er besieht mich immer mit diesem Blick, als wäre ich ein dummes Blondchen, das sich glücklich schätzen soll, dass es hier arbeiten darf. Dabei frage ich mich, ob er auch nur einen Blick in meine Bewerbungsunterlagen geworfen hat. Ohne arrogant klingen zu wollen, glaube ich kaum, dass auch nur einer der hier sitzenden Journalisten Praktika bei der »New York Times« oder »The Times« in London absolviert hat.

»Ms. Turner«, meint er und bleibt vor mir stehen. »Sophie«, nennt er mich beim Vornamen und wirft mir ein überhebliches Grinsen zu. »Wie kommen Sie voran?«

»Gut«, lüge ich.

»Worüber schreiben Sie nochmal?«, hakt er dann allen Ernstes nach und ich verdrehe innerlich die Augen.

»Die Katzenrettung der Feuerwehr vor ein paar Tagen«, antworte ich.

»Ich habe etwas anderes für Sie«, meint und er macht eine Wegwerfbewegung mit der Hand, sodass ich meine Notizen beiseiteschiebe. Ein Glück wurden meine Gebete endlich erhört und ich darf etwas Sinnvolles machen. Mein Herz schlägt schneller.

»Oh, wirklich?«, frage ich aufgeregt.

»Wir haben eine Kooperation mit dem Tierheim, um mehr Tiere zu vermitteln«, lässt er die Katze aus dem Sack – im wahrsten Sinne des Wortes.

Meine Augen werden riesig und mir klappt die Kinnlade runter. Das ist ein Scherz, oder? Er wird es sicher gleich aufklären, und sagen, dass das ein Scherz ist. Dann bekomme ich endlich meinen ersten anständigen Artikel. Genau so wird es laufen. Doch die Aufklärung bleibt aus und er gibt mir auch keine neue Aufgabe.

»Sie meinen das ernst?«, frage ich mit zittriger Stimme.

»Selbstverständlich«, erwidert er. »Ich denke, das ist ein guter Einstand für Sie.«

»Einstand?«, frage ich und ziehe die Augenbrauen zusammen. »Mr. Presley … mit Verlaub, aber ich bin seit nunmehr einem Monat hier, habe beste Referenzen und …«

»Ich habe auf meinem Schreibtisch fünfzig Bewerbungen liegen. Jede einzelne von ihnen will Ihren Job, Turner«, weist er mich zurecht. »Was denken Sie, was die mir entgegnen, wenn sie über das Tierheim schreiben sollen.«

Ich presse die Lippen zusammen, weil ich ihm nicht antworten will.

»Was, Ms. Turner?«, drängt er.

»Sie machen es liebend gern«, entgegne ich zuckersüß.

»Und was sagt uns das?«

»Dass ich mich wohl besser an die Arbeit mache«, nuschle ich.

»Ganz genau!« Mr. Presley klatscht in die Hände, sodass Linus und ich heftig zusammenzucken. »Und Sie …« Er wendet sie an meinen Kollegen. »Helfen ihr.«

»Ich?« Linus deutet mit dem Zeigefinger auf sich.

»Ja«, meint Mr. Presley. »Ich wünschen Ihnen noch einen schönen Tag.«

Er geht davon und wir sehen uns resigniert an.

»Ich fasse es nicht.« Ich lege den Kopf in den Nacken und massiere meine Schläfen. »Das will doch keiner lesen.«

»Meine Grandma schätzt die Artikel aus dem Tierheim.«

Ich hebe den Kopf und sehe ihn entgeistert an.

»Linus!«, fauche ich. »Das ist nicht hilfreich.«

Ich boxe ihm gegen den Arm, was ihn grinsen lässt.

»Komm schon, Sophie«, meint er. »Zumindest kommen wir aus diesem stickigen Raum raus und viele Tiere im Tierheim sind echt süß. Wir tun etwas Gutes.«

»Du hast ja recht«, seufze ich. »Meinst du, wir müssen den Artikel über die Feuerwehr dennoch schreiben?«

»Ich befürchte ja«, meint er lächelnd.

Damit mache ich mich wieder an die Arbeit, wenigstens diesen fertigzustellen, um mich ins nächste journalistische Abenteuer zu stürzen.

*

Ich parke meinen Wagen in einer Parkbucht vor meinem Apartmentkomplex und steige aus. Die Fahrertür schließe ich hinter mir und gehe zum Kofferraum, um meine Handtasche und die Tüte mit den Einkäufen rauszuholen. Nachdem ich den Kofferraum per Knopfdruck wieder geschlossen habe, haste ich mit den Einkäufen und meiner Handtasche über die Straße, um den jungen Mann zu erwischen, der vor mir das Haus betritt. Doch Fehlanzeige. Ehe ich ihn erreichen und bitten kann, dass er mir die Tür aufhält, fällt diese hinter ihm ins Schloss. Mist! Ich krame meinen Schlüssel aus meiner Jackentasche und schließe auf. Dann trete ich ein und gehe auf den Aufzug zu, der sich rechts neben der Haustür befindet. Stöhnend stelle ich meine Einkäufe neben mir ab.

Zu meiner Überraschung steht der Mann noch da. Vorsichtig sehe ich an ihm hoch. Er ist riesig. Über einen Meter achtzig würde ich schätzen. Dazu hat er breite Schultern und feste Waden, die in einer enganliegenden zerrissenen Jeans stecken. Anhand des Hoodies, den er tief in sein Gesicht gezogen hat, nehme ich an, dass es sich bei ihm um meinen ominösen Nachbarn handelt. Laut Klingelschild heißt er mit Nachnamen O'Riley. Ziemlich ungewöhnlicher Name für einen Amerikaner.

Es ist das erste Mal, dass ich ihm im Hausflur begegne. Die Rollos in seiner Wohnung sind stets runtergezogen, wenn ich zu Hause bin. Dass es sich um ihn handelt, weiß ich von Mrs. Holster. Sie lebt mit ihrem Mann im Erdgeschoss und beschreibt ihn stets mit einem Hoodie bekleidet, den er tief ins Gesicht zieht. Genau so steht er auch neben mir.

Ich betrachte ihn weiter von der Seite oder das, was von ihm zu sehen ist. Die Hautpartie seiner Knie, die durch den zerrissenen Stoff der Jeans zu sehen ist, ist mit schwarzer Tinte gefärbt. Selbes gilt für seine rechte Hand, in der er sein iPhone hält. Tätowierte Hände und Knie deuten nicht darauf hin, dass sich an seinem Körper zehn oder zwanzig Tattoos befinden. Ganz im Gegenteil, das sind mindestens zehnmal so viele. Ich stelle mir vor, wie jeder Zentimeter seines Körpers mit schwarzer oder vielleicht auch bunter Tinte gefärbt ist – sexy.

Dabei ist das eigentlich gar nicht mein Typ Mann. Meine Ex-Freunde waren stets Schwiegermütterträume ohne Tattoos in maßgeschneiderten Anzügen und Abschlüssen an Eliteuniversitäten. Habe ich meinen Nachbarn gerade unbewusst als ungehobelt und dumm bezeichnet? Gott, das ist doch echt nicht wahr.

»Haben Sie alles gesehen?«, spricht er mich plötzlich an und ich zucke zusammen.

»Wa … Was?«, stottere ich.

»Ich habe gefragt, ob Sie alles gesehen haben.«

»Ich also … ich …« Die Situation ist mir unendlich peinlich. Hitze steigt mir in die Wangen und ich beiße mir verlegen auf die Lippen.

»Wären Sie wenigstens so freundlich mich anzusehen, während Sie mich zurechtweisen.«

Er lacht auf und es geht mir durch Mark und Bein. Dieses dunkle Timbre passt definitiv zu seiner Ausstrahlung und Stimme.

»Sorry.« Tatsächlich schiebt er sich die Kapuze vom Kopf, was mich keuchen lässt. Seine Haare sind an den Seiten abrasiert und seine Kopfhaut ist ebenso tätowiert. Seine Augen sind stechend grün und starren mich an. »Besser Miss?«

Himmel, der Typ ist eine elf von zehn. Nein, eine zwölf von zehn. Die Farbe seiner Augen ist unglaublich.

»Sophie«, sage ich, nachdem ich den ersten Schock überwunden habe und reiche ihm die Hand. »Ich bin Sophie. Sophie Turner und ich bin …«

Mit einem ›Ping‹ öffnet sich der Aufzug und unterbricht meine Vorstellungsrunde. Mein Nachbar ignoriert mich wieder und tritt ein. Ich tue es ihm gleich. Er drückt die vier und sieht mich an.

»Wohin müssen Sie?«, will er wissen.

»Auch in die vier«, antworte ich schmunzelnd.

»Aber in der vier sind nur zwei Wohnungen.« Ich kann sehen, wie es in seinem Kopf rattert. Dann presst er die Lippen zusammen und schnaubt. »Oh verdammt, Sie sind meine neue Nachbarin.«

»Ja, genau!« Gut gelaunt sehe ich ihn an. »Schön, dass wir uns endlich mal kennenlernen.«

Jetzt im hellen Schein des Aufzugs finde ich ihn nicht mehr so einschüchternd wie noch im spärlich beleuchteten Flur. Der Kerl ist genauso unverschämt attraktiv wie unfreundlich. Und seine Tattoos faszinieren mich. Gehört er doch zu dieser Art Männer, vor denen mein Dad mich seit Jahren fernhalten möchte, weil er glaubt, dass sie nur Ärger machen.

»Hm«, murrt er und wendet sich wieder von mir ab. »Wenn Sie meinen.«

»Und wer sind Sie?«, hake ich nach und ignoriere seine abweisende Haltung. Bevor ich eine Antwort erhalte, bleibt der Aufzug stehen. Mein Nachbar wirft mir noch einen Blick zu. Tatsächlich erscheint auf seinem sonst so grimmigen Gesicht ein Grinsen.

»Damien. Schönen Abend noch«, fertigt er mich allerdings im nächsten Moment ab. Damit lässt er mich im Aufzug stehen und marschiert in seine Wohnung.

Fassungslos bleibe ich zurück und kann nur noch auf die geschlossene Tür sehen.

»Das darf doch wohl nicht wahr sein«, fluche ich und drücke die Taste im Aufzug, dass die Türen geöffnet bleiben, um diesen zu verlassen. »Wie kann man nur so unhöflich sein.«

Ich schließe meine Wohnungstür auf und trete ein.

In den letzten Wochen habe ich mich schon ein wenig eingerichtet. Fotos und persönliche Dinge aufgestellt. Ich frage mich, ob mein grimmiger Nachbar auch der Typ für Fotos und persönliche Dinge ist. Ob er wohl eine Freundin hat? So verdammt attraktiv, wie er ist, muss er eine haben.

Außerdem kommt er mir bekannt vor, aber ich weiß nicht, wo ich ihn hin packen soll. Dass ich ihm beruflich schon mal begegnet bin, glaube ich nicht. Er wäre mir im Gedächtnis geblieben, würden wir uns richtig kennen. Ein Kommilitone war er auch nicht. Die meisten können sich eine Bleibe wie diese, ohne das dazugehörige Elternhaus, nicht leisten. Ich schüttle meine Gedanken über ihn ab und gehe in die Küche, um meine Einkäufe abzustellen.

Nach und nach räume ich sie in den Kühlschrank als ich sehe, dass in der Wohnung nebenan das Licht eingeschaltet wird. Unser Wohnhaus ist in U-Form gebaut. Vom Eingangstrakt, in dem sich die Aufzüge und unsere Haustüren befinden, gehen zwei Gebäude ab, die an das Hauptgebäude angeschlossen sind. So ist es mir möglich Damien durch die Fenster zu sehen, weil unsere Wohnungen gegenüberliegend sind.

Damien betritt die Küche. Mittlerweile trägt er eine kurze Sporthose und ein T-Shirt.

Neugierig wie ich bin, stelle ich die Tomaten auf der Anrichte ab und gehe auf das große Fenster zu, dass mir einen guten Blick von meinem Wohnzimmer in seine Küche bietet. Die beiden gegenüberliegenden Trakte sollen die Privatsphäre der Mieter stärken. Durch die Panoramafenster wird dies allerdings wieder aufgehoben.

Als er den Kopf dreht, sieht er genau in meine Richtung. Mein Herz schlägt erneut schneller, weil ich das Gefühl habe, dass er mich selbst durch die Entfernung beobachten kann. Er tritt näher an das große Fenster heran. Im Gegensatz zu meinen sind an seinen Plissee-Rollos befestigt. Ich lächle und winke ihm freundlich zu. Doch statt zurückzuwinken, zieht der Idiot das Plissee hoch.

»Arschloch«, flüstere ich und gehe zurück zu meinen Einkäufen. Nachdem ich alles eingeräumt habe, schnappe ich mir mein iPhone und setze mich auf die Couch. Da er mir nicht aus dem Kopf geht und ich nicht weiß, wohin ich den Kerl stecken soll, gebe ich alles weitere, außer seinem Vornamen, was ich über ihn weiß bei Google ein: Damien O'Riley und viele Tattoos als Beschreibung.

Es dauert keine Sekunde und die Suchmaschine spuckt mir tausende Treffer aus.

»Ach du Scheiße!«

Er ist niemand geringeres als Damien O'Riley, Fullback der Berkeley Bees.

Mein Nachbar ist ein Footballstar!

3. KAPITEL

Damien

Berkeley Bees Facility, am nächsten Tag

Meine neue Nachbarin geht mir beim Training am nächsten Tag nicht aus dem Kopf. Immer wieder sehe ich ihre braunen Augen vor mir und wie sie meine Tattoos sehr offensichtlich gemustert hat. Sophie Turner wirkt wie eine Frau, die mein äußerliches Erscheinungsbild fasziniert, aber gleichzeitig auch abstößt. Ich meine, ja, meine Tattoos sind krass und es sind verdammt viele. Meine Mom schüttelt jedes Mal, wenn sie mich sieht, den Kopf und ist alles andere als glücklich über meine Entscheidung. Ich stehe zu meiner Körperbemalung und finde sie cool. Dass meine kleine Schwester Ciara ständig davon redet, dass ich irgendwann alt und schrumpelig bin und die Motive dann ebenfalls hängen, ignoriere ich. Ich bin Profisportler. Ein guter Körper ist fest in meinen Genen verankert.

Sophie ist das genaue Gegenteil meines Frauentypen. Zum einen ist sie mir zu klein, zu niedlich und irgendwie mädchenhaft. Ich stehe auf Frauen ab einem Meter siebzig, mit sexy Kurven und großen Brüsten. Bei Sophie konnte ich nichts davon ausmachen. Dennoch denke ich wieder und wieder über sie nach. Mache mir Gedanken über eine Person, die ich doch eigentlich furchtbar nervig finde. Als sie mich gestern Abend in der Küche beobachtet hat, habe ich die Plissees hochgezogen, weil sie mich nicht mehr beobachten sollte und ich meine Ruhe haben wollte, so wie es meistens der Fall ist, sondern weil ich mich selbst nicht dabei erwischen wollte, sie zu beobachten.

Noch dazu habe ich das Gefühl, dass meine kalte Art sie nicht so einfach abschüttelt. Ich schätze Sophie als einen sehr fröhlichen und gelösten Menschen ein. Wir haben bisher nur eine sehr karge Unterhaltung geführt, aber sie wirkte überhaupt nicht eingeschüchtert von meiner abweisenden Art und hat nicht nachgegeben. Sie ist das genaue Gegenteil von mir, und das lässt sie gefährlicher für mich sein, als sie sich vorstellen kann. Denn ich mach meinen Scheiß lieber mit mir selbst aus. Sophie scheint ein Mensch zu sein, der sowohl gern Hilfe anbietet, als auch Hilfe sucht.

Demnach passt meine neue Nachbarin nicht zu mir. Das ist nur mein erster Eindruck von ihr und kann sich noch ändern.

Wieso in aller Welt mache ich mir darüber Gedanken, ob Sophie zu mir passt oder nicht? Es ist doch völlig egal, ob sie es tut oder nicht. Sophie und ich werden uns maximal noch mal im Hausflur begegnen und dort werde ich ihr eine Ansage machen, die sich gewaschen hat. Dann hat sie Angst vor mir und lässt mich in Ruhe.

Perfekter Plan.

»O'Riley!« Bei der wütenden Stimme von Coach Dixon zucke ich zusammen. »Sitzt dir der Helm zu fest, oder was?«

Oh scheiße! Ich war völlig in Gedanken versunken, sodass ich gar nicht mitbekommen habe, dass er eine neue Trainingseinheit angesagt hat.

»Sorry, Coach!«, rufe ich und blicke betreten auf meine Füße.

Sowas Peinliches ist mir auch noch nie passiert. Das Training verlassen, weil ich an eine Frau denke. Noch dazu eine, die ich noch nie gevögelt habe.

Sophie Turner muss aus meinen Gedanken verschwinden.

»Komm hier her!«, bellt der Coach erneut. »Ms. Belfast hat euch etwas zu verkünden.«

Die Jungs, inklusive Savannah blicken mich abwartend an.

»Komme!«, rufe ich und jogge auf sie zu. Auf dem Weg streife ich mir den Helm vom Kopf. »Tut mir leid, Savannah.«

»Schon okay, aber dafür bist du mein erstes Opfer.«

Sie grinst mich siegessicher an. Was sie aber nicht müsste, denn sie ist der Boss. Na ja, noch nicht richtig, aber eines Tages, wenn Roger Belfast zurücktritt, wird Savannah den Laden schmeißen. Demnach ist es völlig egal, was wir

Spieler tun und sagen – ausgenommen vielleicht Dalton – sie bekommt immer, was sie möchte.

»Geht klar«, sage ich und stelle mich neben Jason, der mir auch einen fragenden Blick zuwirft. »Nicht so wichtig«, zische ich ihm zu.

»Da wir nun endlich vollzählig sind«, sagt Savannah und sieht ganz offen in meine Richtung. »Kann ich euch die guten Nachrichten mitteilen.«

Ihr Grinsen ist übermächtig und ich habe das Gefühl, dass uns Spielern diese Idee überhaupt nicht gefallen wird.

»Ich möchte, dass wir uns sozialer engagieren«, sagt sie. »Und ja, ich weiß, dass wir immer wieder Spenden verteilen, das Krankenhaus besuchen und vor allem auch viel für die Kinder in Berkeley tun. Aber dieses Projekt ist etwas anders.«

»Ich habe Angst«, nuschelt unser Kicker Paco Alvarez und Jason und ich verkneifen uns das Lachen.

»Wir gehen ins Tierheim!«

Kaum, dass Savannah es ausgesprochen hat, herrscht Totenstille auf dem Platz. Niemand sagt ein Wort, was ich ehrlich gesagt sehr gut nachvollziehen kann. Was sollen wir denn im Tierheim? Kinderheim, Krankenhaus, Schule … da sehe ich wirklich noch einen Sinn, aber im Tierheim?

»Und was sollen wir da machen?«, räuspert sich Desmond. »Einen Nacktkalender und die Tiere vor unsere Schwänze halten.«

Kollektives Gelächter geht durch die Reihen und sogar Coach Dixon lacht. Er lacht nie, dementsprechend war es wirklich witzig, was Desmond vorgeschlagen hat.

»Ja, Des«, meint Jackson. »Halt dir ein kleines Kätzchen vor die Eier.«

Wieder Gelächter, bis Coach Dixon uns nun doch erneut zur Raison ruft.

»Savannah, du hast das Wort«, wendet er sich an sie und sie lächelt.

»Danke«, meint sie. »Die Idee mit dem Kalender ist mir gar nicht gekommen, aber ich finde sie sehr gut.«

»Danke Desmond«, murrt die Hälfte des Teams und die Spieler, die direkt neben ihm stehen, geben ihm einen Schlag auf den Hinterkopf.

»Ich möchte, dass ihr heute in einer kleinen Gruppe zum Tierheim fahrt und dort medienwirksam die Tiere betreut. Seid einfach interessiert.«

Zustimmend sehen wir sie an und Savannahs Lächeln wird breiter.

»Heute dabei sind Dalton, Desmond, Jason und …« Ihr Blick fällt auf mich und ihre Lippen verziehen sich zu dieser Art von Grinsen, das man von einer sich selbst höhergestellten Person nicht sehen möchte. »Damien. Der Rest ist entlassen.«

Meine Teamkollegen atmen erleichtert aus und folgen Coach Dixon wieder zurück auf den Trainingsplatz. Wir vier bleiben zurück und sehen Savannah an.

»In einer Stunde fahren wir los«, sagt sie, ehe sie sich herumdreht und auf ihren High Heels zurück ins Hauptgebäude der Facility geht.

»Ihr habt den Boss gehört«, richtet Dalton das Wort an uns. »Ziehen wir uns um und fahren zum Tierheim.«

Berkeley Tierheim, zwei Stunden später

Die schwarzen Kleinbusse der Bees halten vor dem Eingang des Tierheims, vor dem sich bereits eine beachtliche Traube an Journalisten versammelt hat. Neben den Spielern sind natürlich auch Savannah, weitere Vertreter der Marketingabteilung, die Vereinsfotografin und Bodyguards dabei.

Savannah steigt als erstes aus und setzt ihre schwarze Sonnenbrille auf die Nase. Wir klettern einer nach dem anderen aus dem Bus. Dalton als Quarterback und Superstar des Teams bildet das Schlusslicht, da Savannah sich ihn als Überraschung aufsparen wollte.

Seit letzter Saison gibt es das Bee-TV. Einen Sender, der vierundzwanzig Stunden über alles berichtet, was bei den Berkeley Bees los ist. Interviews mit den Spielern, dem Management, Spielausschnitte, Trainingseinheiten. Alle Spieler haben einen Premiumaccount bekommen, um die Inhalte jederzeit abzurufen. Ich habe ein paar Mal reingesehen und bin beeindruckt, was Savannah alles bewegt hat, seit sie die Marketingchefin der Berkeley Bees ist.

Ich setze meine Sonnenbrille ebenfalls auf und stelle mich schweigend neben Jason, während Dalton und Desmond ein paar Schritte vor uns stehen. Mir macht es nichts aus, dass die beiden immer mehr Ruhm abbekommen, immer mehr im Fokus der Medien stehen als ich. Es gibt auch Spieler, die mögen es nicht, dass sobald Dalton auftaucht der Rest des Teams unwichtig wird. Mir ist es egal. Ich mache meinen Job, spiele Football, um sportlichen Erfolg zu haben, aber möchte keine Figur des öffentlichen Lebens sein. Dass beides nur sehr schwer voneinander zu trennen ist, weiß ich, aber ich versuche es solange es geht.

»Stellt euch doch bitte mal zusammen für ein offizielles Foto«, sagt Savannah.

Jason und ich treten vor und stellen uns rechts und links neben Dalton und Desmond. Die Arme umeinander gelegt posieren wir für die Fotografen, die uns immer wieder anschreien, in ihre Richtung zu sehen.

»Guten Tag, Ms. Belfast.« Eine junge Frau kommt auf uns zu und reicht Savannah freundlich die Hand. »Ich bin Teresa und arbeite als Tierpflegerin im Tierheim. Wie schön, dass das geklappt hat.«

»Hallo.« Savannah schüttelt freundlich ihre Hand. »Darf ich vorstellen.« Sie deutet mit der Hand auf uns. »Jason Sterling, Desmond Price, Dalton Meyers und Damien O'Riley.«

»Hallo«, sagen wir im Chor und schütteln ihre Hand ebenfalls.

»Ich bin Teresa, wenn das für euch in Ordnung ist.« Wir nicken. »Prima, dann lasst uns mal reingehen.«

Ich bin froh, dass außer dem Medienteam der Bees keine Journalisten Zutritt zum Tierheim erhalten. Gespannt treten wir durch das Tor und werden bereits von einer riesigen Geräuschkulisse empfangen. Vor allem das Gebell der Hunde ist kaum zu ignorieren.

»Das Tierheim gibt es seit 1985«, erzählt Teresa uns. »Hauptsächlich haben wir Hunde hier, aber auch Katzen, Kleintiere und ein Pferd.«

»Ein Pferd?«, fragt Dalton schmunzelnd und sie nickt.

»Es ist schwer die Tiere zu vermitteln, vor allem die Vielzahl an Hunden. Die meisten Menschen möchten kleine süße Welpen adoptieren.«

Desmond sieht betreten auf seine Schuhspitzen. Soweit ich weiß, haben seine Freundin und er seiner Tochter einen Welpen zum Geburtstag geschenkt.

»Wenn wir eine trächtige Hündin haben, finden die Welpen schnell ein neues Zuhause, aber die Muttertiere bleiben bei uns.«

Teresa führt uns zu den Zwingern, in denen sich die Hunde befinden. Die meisten von ihnen sind Mischlinge, die uns teils freundlich, teils argwöhnisch und auch ängstlich anblicken.

»Darf ich?«, frage ich und deute auf einen kleinen schwarzen Hund mit einem weißen Punkt auf der Stirn.

»Sicher doch«, sagt sie. »Das ist Bounty«, erklärt sie mir als ich mir die Sonnenbrille von der Nase ziehe und in meinen T-Shirt Kragen stecke. »Er ist seit zwei Monaten bei uns. Wir schätzen ihn auf zwei Jahre. Er hatte ein gebrochenes Bein, als wir ihn am Straßenrand gefunden haben.«

»Oh.« Ich halte meine Hand an das Gitter und er schnüffelt interessiert daran, ehe er sich streicheln lässt. »Er ist Menschen gewöhnt und lässt sich gern streicheln. Leider hinkt er durch sein gebrochenes Bein ein wenig, was viele Interessenten wieder abschreckt.«

»Was bedeutet das?«, frage ich und betrachte den kleinen Kerl.

»Dass ihm ein Leben im Tierheim blüht«, sagt Teresa und sieht mich traurig an. »Das Bein macht seine Chancen zunichte, obwohl er so lieb und aufgeschlossen ist.«

»Verstehe.« Ich streichle ihn noch mal und kann mich kaum von seinen großen schwarzen Augen losreißen. Das darf doch wohl nicht wahr sein. Ich habe keine Zeit für einen Hund. Noch weniger für einen Hund, der aus dem Tierheim kommt und sicher sehr viel Betreuung braucht. Ich wende mich von Bounty ab und den Jungs zu.

Sie alle gehen an den Zwingern vorbei mit teils verschlossenen Mienen.

»Meine Freundin möchte einen Hund«, sagt Dalton. »Aber wir haben beide keine Zeit.«

»Hunde sind sehr geduldige Tiere, wenn sie wissen, dass sie geliebt werden«, antwortet Teresa und Dalton grinst.

»Es geht nicht.«

Ich drehe mich noch mal um und schaue nach Bounty, der mich ebenfalls ansieht.

Ich schüttle den aberwitzigen Gedanken, mich mit ihm auseinanderzusetzen ab und lasse mich weiter von Teresa durch das Tierheim führen. Zwinger um Zwinger reiht sich aneinander. Es will gar nicht mehr aufhören und ich frage mich, was mit all diesen Hunden geschehen soll.

»Wie genau können wir helfen?«, fragt Desmond.

»Wir …« Teresa zeigt auf Savannah, die einige Meter weiter steht. »Haben uns durch die Kooperation mehr Spenden erhofft. Vor allem Futterspenden und natürlich auch größere Vermittlungschancen für einige Hunde. Darum machen wir gleich auch noch Fotos mit euch und verschiedenen Hunden, bei denen wir große Chancen sehen, dass sie ein Zuhause finden.«

Ich erinnere mich daran, dass sie sagte, dass es für Bounty schwer wird. Wegen seines Beines und darum glaube ich, dass er keiner der Hunde ist, die sie ausgewählt hat.

Weitere Mitarbeiter des Tierheims haben die zehn Hunde, mit denen wir die Fotos machen, schon aus ihren Zwingern geholt und warten mit ihnen auf uns. Tatsächlich hat Teresa recht, dass sie auf den ersten Blick alle sehr freundlich und aufgeschlossen wirken. Es wäre schön, wenn wir es schaffen, mit unseren Namen ein neues Zuhause für die kleinen Kerle zu finden.

Die Mitarbeiter stellen sich uns vor und wir besprechen den Ablauf mit ihnen. Nacheinander werden uns die Hunde für die Fotos zugeteilt. Es dauert beinahe eine Stunde, bis alle Bilder im Kasten sind und wir sowie die Hunde wieder entlassen sind.

Jetzt noch die Fahrt zurück zum Trainingsgelände, um dort endlich in unsere eigenen Autos zu steigen und anschließend nach Hause zu fahren.

»Melissa darf auf keinen Fall erfahren, dass wir heute hier waren«, sagt Dalton, was uns lachen lässt. »Sie darf am besten auch niemals die Fotos sehen.«

»Das wird klappen«, höhnt Desmond und verdreht die Augen. »Hol ihr doch einen Hund.«

»Nein und im Gegensatz zu dir, schaffe ich das auch.«

»Die Idee mit Summers Welpen ist auf deinem Mist gewachsen«, feuert Desmond zurück und ich sehe sie grinsend an. Die beiden haben eine ganz besondere Beziehung zueinander, das merkt man ihnen immer wieder an.

»Ich habe einen Termin und ich verlange nun reingelassen zu werden!« Die aufgeregte Stimme lässt mich aufsehen.

»Miss«, sagt einer der Tierheimmitarbeiter. »Das Tierheim ist heute geschlossen.«

»Aber wir haben einen Termin.« Ich ziehe die Augenbrauen zusammen und spitze die Ohren noch ein wenig weiter. »Heute Nachmittag, das hat mir Ihr Boss auch bestätigt.«

Das ist Sophies Stimme! Aber natürlich. Meine nervige Nachbarin nervt nicht nur mich, sondern scheinbar auch noch die Tierheimmitarbeiter. Was macht sie hier?

Interessiert blicke ich zu ihnen.

»Ich sehe, dass Sie einen Termin haben, Miss«, antwortet der Mitarbeiter mit einer Engelsgeduld. »Wir haben heute eine Veranstaltung und mussten kurzfristig alle anderen Termine absagen.«

»Welcher Termin ist denn wichtiger als die Berichterstattung über das Tierheim im Berkeley Express«, um die Vermittlungschancen der Tiere zu steigern.«

»Die Spieler der Bees sind zu Gast«, antwortet er und ich lache leise.

Jason, Dalton und Desmond bleiben nun auch stehen.

»Da scheint aber jemand ziemlich sauer zu sein«, murmelt unser Center neben mir.

»Allerdings«, sage ich. »Und ich weiß auch, wer sie ist.«

»Du?«, echoen meine Teamkollegen unisono. »Du willst doch nie jemand kennen«, setzt Desmond nach. Unrecht hat er damit auch nicht, aber an Sophie Turner erinnere ich mich sehr gut.

»Damien!«, ruft jene plötzlich und fuchtelt wild mit den Armen in der Luft herum. Hinter ihr steht ein junger Mann, der neugierig über ihre Schulter lugt. »Du musst mir helfen. Die lassen mich nicht rein.«

Ich atme tief durch und verdrehe die Augen.

Diese Frau macht mich wahnsinnig mit allem, was sie tut oder auch nicht tut. Für mich gibt es nicht den geringsten Grund, ihr zu helfen. Außerdem sind wir kurz davor aufzubrechen. Sie wird wohl gleich auf das Gelände gelassen.

»Sie ist süß«, bemerkt Jason neben mir. »Hast du sie gefickt?«

»Nein«, knurre ich. »Sie ist meine Nachbarin.«

»Oh!« Er sieht zwischen uns hin und her. »Das schließt den Sex aber nicht aus. Geh zu ihr.«

»Vergiss es«, sage ich und schlage die entgegengesetzte Richtung ein, um endlich vom Gelände des Tierheims runterzukommen und nach Hause zu fahren.

Dalton, Desmond und Jason folgen mir schweigend.

»Damien!«, ruft Sophie mir nach. »Das kannst du doch nicht machen. Hilf mir gefälligst!«

Ich ignoriere sie weiter.

42

4. KAPITEL

Sophie

Ich schaue Damien fassungslos nach, wie er mit seinen Teamkollegen durch einen Hinterausgang das Tierheim verlässt. Das kann er doch nicht ernst meinen. Wir sind Nachbarn und er geht weiter, als hätte er mich noch nie gesehen. Unglaublich der Typ. Es wäre nicht zu viel verlangt gewesen, dem Mitarbeiter zu bestätigen, dass wir uns kennen und ich reinkommen darf. Nachdem er mich gestern bereits so blöd hat stehenlassen, finde ich das jetzt wirklich komplett daneben von ihm. Er ist doch nicht der Nabel der Welt, das sind diese Spieler alle nicht, dass sie sich solch unverfrorenes Verhalten leisten können.

Absolut respektlos.

»Dieses Arschloch«, schimpfe ich. »Das kann er doch nicht machen? Damien!« Er dreht sich nicht noch mal zu uns herum. Stattdessen besieht mich der Mitarbeiter des Tierheims mit einem Blick, der stumm fragt, ob ich noch alle Tassen im Schrank habe, Damien nachzuschreien.

»Würden Sie sich bitte einen neuen Termin geben lassen«, sagt der Mitarbeiter des Tierheims und deutet resolut auf den Ausgang hinter uns. »Sofort!«

»Wir sollten besser gehen«, sagt Linus leise. »Es hat doch keinen Sinn.«

Ich werfe dem Mitarbeiter des Tierheims noch einen vernichtenden Blick zu und verlasse das Tierheim.

»Sophie warte!«, ruft Linus mir nach. »Du musst doch nicht so rennen.«

»Ich will hier weg!«

»Das verstehe ich.« Er holt zu mir auf und ich verlangsame meine Schritte. »Woher kennst du Damien O'Riley?«

Ich bleibe stehen und sehe seufzend zu Linus hoch. Er ist zwei Köpfe größer als ich. »Damien ist mein Nachbar«, erwidere ich.

»Was?« Linus' Augen werden riesig und er schnappt nach Luft. »Wieso sagst du denn nichts? Das ist so cool. Du wohnst neben einem Star und noch dazu einem Sportstar. Na ja, … wir haben den Super Bowl seinetwegen verloren, weil er Dalton Meyers nicht gedeckt hat.«

»Linus!« Genervt sehe ich ihn an. »Wen interessiert denn der Super Bowl?«

»Hallo?« Er winkt mit der rechten Hand vor meinem Gesicht herum. »Du lebst jetzt in Berkeley. Jeden hier interessiert der Super Bowl. Der wohlgemerkt verlorene Super Bowl wegen O'Riley.«

»Mich nicht«, gebe ich ihm resolut zur Antwort und laufe weiter.

»Also«, greift Linus unser ursprüngliches Thema wieder auf. »Damien O'Riley ist dein Nachbar.«

»Ja«, antworte ich. »Ich weiß es erst seit gestern«, antworte ich. »Und so besonders ist das jetzt auch nicht.«

»So besonders?«, will er wissen und ist immer noch völlig aus dem Häuschen. »Ein Spieler der Berkeley Bees ist dein Nachbar und du findest das nicht so besonders. Was ist denn nur los mit dir?«

»Wie du gesehen hast, habe ich dadurch auch keinen Vorteil, weil Damien mich nicht sonderlich gut leiden kann.«

»Was ich nicht verstehen kann«, erwidert er und entlockt mir damit doch tatsächlich ein Lächeln.

»Ich auch nicht«, stimme ich ihm zu. »Er ist so ein Griesgram und … und ein Arschloch. Gestern hat er mich auch schon einfach stehengelassen, obwohl ich nur ein nettes Gespräch führen wollte.«

»Er soll generell nicht der geselligste Typ sein«, wirft Linus ein. »Nimm es nicht persönlich.«

»Es war unhöflich und das vorhin auch. Sowas nehme ich sehr wohl persönlich, weil es mit Anstand zu tun hat. Vielleicht hat ein Footballspieler diesen einfach nicht.«

Darauf hat Linus zum Glück nichts mehr zu erwidern und wir gehen zu dem Kleinwagen der

Zeitung zurück, den uns Mr. Presley heute netterweise zur Verfügung gestellt hat.

»Hast du eine Ahnung, wie wir Presley erklären, dass es keinen Artikel gibt?«, frage ich, nachdem wir uns angeschnallt haben.

»Wir können ihm die Wahrheit sagen«, schlägt Linus vor und ich ziehe die Augenbrauen hoch. Eine noch beschissenere Idee hat er wohl nicht.

»Das machen wir nicht«, stelle ich klar. »Wir schreiben irgendwas …«

»Das kannst du doch wohl nicht besser finden, Sophie!«

»Ich will ihm nicht sagen, dass wir es nicht geschafft haben«, antworte ich. »Das wirft kein gutes Bild auf uns und ich … ich habe Angst, dass er mich irgendwann nur noch Kaffee kochen lässt.«

»Das wird er nicht«, beruhigt er mich und drückt sanft meinen Arm. »Es war doch nicht unsere Schuld und der Termin war nicht abgesagt.«

»Ich weiß«, seufze ich.

»Im Grunde haben wir es nicht mal aufs Grundstück geschafft, wegen der Bees«, schlussfolgert Linus weiter. »Und ganz genau genommen hätten sie uns den doppelten Termin nicht geben dürfen. Also sind wir fein raus und Presley kann uns gar nichts.«

Ich lehne mich zurück an die Kopfstütze im Auto und schließe für einige Sekunden die Augen. Mir geht dieser Job so dermaßen auf die Nerven. Am liebsten würde ich kündigen und zurück nach San Francisco gehen, aber sowohl mein Ehrgeiz als auch die doofen Sprüche mei-

nes Bruders hindern mich daran. Für Caleb wäre
es doch ein gefundenes Fressen, dass mein Aus-
flug in die Selbstbehauptung total nach hinten
losgegangen ist.

»Oder hast du jetzt, mal ernsthaft, einen besseren Plan?«, fragt er und ich öffne die Augen
wieder und schaue ihn an.

»Nein«, antworte ich ehrlich. »Den habe ich
nicht.«

»Dann fahr mal los in die Höhle des Löwen«,
meint er grinsend.

Ich starte den Motor und tue genau das.

Als wir eine halbe Stunde später in der Redaktion ankommen, machen wir uns mit gesenktem
Kopf auf den Weg zu Mr. Presley. Ich kann mir
seinen herablassenden Ton schon richtig vorstellen und wie er sich vermutlich auch noch darüber freut, dass ich es versaut habe. Er traut mir
überhaupt nichts zu. Vielleicht mag er auch keine jungen Frauen in seiner Redaktion beschäftigen, die etwas auf dem Kasten haben und ist
deswegen immer so fies zu mir. Meine Referenzen und mein Abschluss sind deutlich besser als
das örtliche Tierheim.

Linus klopft an seine Bürotür und wir werden
mürrisch hereingebeten.

»Baker, Turner«, meint er schlecht gelaunt.
»Was machen Sie denn schon hier?« Er wirft einen Blick auf die protzige Uhr an seinem Handgelenk, die weniger hermacht, als er denkt. »Sie
sollten noch im Tierheim sein.«

»Wissen Sie Sir«, beginnt Linus. »Es gab ein
kleines Problem.«

»Ich mag keine Probleme«, entgegnet er genervt. »Ich mag Ergebnisse und Sie beide haben mich enttäuscht und nicht geliefert.«

Ich presse die Lippen aufeinander, um ihm keine schnippische Antwort zu geben. Der Kerl regt mich so auf. Vielleicht sollte er sich erst mal anhören, warum wir keine Ergebnisse liefern können, statt vorschnell zu urteilen.

»Wir sind nicht aufs Gelände gekommen«, redet Linus weiter.

»Wieso das denn nicht?«, knurrt Presley. »Sie hatten eine Aufgabe und die haben Sie nicht erfüllt.«

»Mr. Presley«, mische ich mich ins Gespräch ein und atme tief durch. »Das Gelände des Tierheims war abgesperrt, weil die Spieler der Berkeley Bees ein Fotoshooting hatten. Das wurde weder mir noch Mr. Baker frühzeitig mitgeteilt, um den Termin zu verschieben. Es ist demnach nicht unsere Schuld.«

»Hm«, macht er. »Machen Sie einen neuen Termin. Gab es sonst noch etwas?«

»Nein«, antworte ich. »Einen angenehmen Tag noch.«

»Wünsche ich auch«, erwidert er und ignoriert uns.

Ich mache auf dem Absatz kehrt und verlasse sein Büro. Linus folgt mir.

»Lief doch gar nicht so schlecht«, meint er.

»Nicht so schlecht?«, erwidere ich. »Er hasst uns.«

»Meinst du, es ist bereits so dramatisch?«, will er wissen und ich lasse mich auf meinen Bürostuhl fallen.

»Absolut«, versichere ich ihm. »Er nimmt uns nicht ernst, er kann uns nicht leiden und am liebsten wäre es ihm, wenn wir die Redaktion verlassen.«

Frustriert sehe ich ihn an und frage mich zum wiederholten Mal, warum ich mir das antue. Ich hätte zu Hause in San Francisco einen ganzen Redaktionsbereich, den ich führen darf, weil mein Dad im Gegensatz zu Mr. Presley weiß, was er an mir hat. Und vielleicht, weil er mein Dad ist.

Linus klatscht plötzlich in die Hände, sodass ich heftig zusammenzucke. Was ist denn jetzt mit ihm los?

»Ich hab's!«, ruft er.

»Was?«, frage ich und ziehe die Augenbrauen hoch.

»Eine Idee, wie wir oder vielmehr du Presley auf deine Seite ziehst.«

»Ach und die wäre?«, will ich wissen.

»Du sagst ihm, dass Damien O'Riley dein Nachbar ist und du eine Homestory über ihn schreiben kannst.«

Ich blinzle einmal, ich blinzle noch mal und warte darauf, dass ich mich verhört habe. Doch Linus sieht mich mit einem derart breiten Grinsen an, dass meine Hoffnung nicht lange anhält. Er hat das tatsächlich vorgeschlagen. Ich fasse es nicht. Das kann er doch nicht ernst meinen, oder? Auf keinen Fall schreibe ich eine Homestory über Damien O'Riley und noch weniger sage ich Presley, dass er mein Nachbar ist. Mal abgesehen davon, dass ersteres niemals zustande kommt, weil Damien mich nicht leiden kann.

»Genial, oder?«, fragt Linus.

»Das ist nicht genial, das ist Bullshit«, antworte ich. »Ich sage ihm nicht, dass Damien mein Nachbar ist und noch weniger schreibe ich eine Homestory über ihn. Falls du es vergessen hast – er mag mich nicht!«

»Dann sei netter zu ihm.«

»Zu wem?«, antworte ich. »Zu dem einen oder dem anderen Arschloch?«

»Sophie«, seufzt Linus. »Presley wartet doch nur darauf dich zu kicken, das wissen wir beide. Mit O'Riley hättest du allerdings ein Ass im Ärmel, dem er nicht widerstehen kann. Das ist dir doch bewusst, oder?«

Ich antworte ihm diesmal nicht, sondern lehne mich in meinem Stuhl zurück. Natürlich ist mir das bewusst. Eine Homestory über einen Footballspieler der Berkeley Bees ist eine riesige Sache für den »Berkeley Express« und würde meinen Status in der Redaktion um ein Vielfaches anheben. Aber ich habe keine Ahnung, wie ich Damien davon überzeugen soll, dass er mitmacht. Er kann mich nicht leiden, das hat er mir beide Male, die wir uns gesehen haben, bewiesen.

»Sophie«, sagt Linus. »Das ist deine Chance!«
Unschlüssig was ich tun soll, sehe ich ihn an.

*

Ich stehe vor Damiens Wohnungstür und klopfe. Wieder und wieder, aber der Mistkerl öffnet nicht. Dabei weiß ich genau, dass er zu Hause ist. Immerhin habe ich schon Licht brennen sehen in seiner Wohnung.

»Ja doch!«, ruft er und ich zucke zusammen. Plötzlich wird die Tür aufgerissen und mir bleiben jegliche Worte im Halse stecken, als er vor mir steht.

Damien O'Riley ist nackt. Nicht nackt nackt, aber nackt. Er hat lediglich ein weißes Handtuch um seine Hüften geschwungen, das ihm bis über die Knie reicht. Seine Haare sind noch feucht von der Dusche und einzelne Wassertropfen perlen über seinen trainierten und tätowierten Oberkörper. Heilige Scheiße, der Mann hat noch mehr Tattoos, als ich es mir in meinen kühnsten Träumen ausgemalt habe.

»Sophie«, stöhnt er und verschränkt die Arme vor der Brust, ehe er sich locker mit der linken Schulter an den Türrahmen lehnt. »Was willst du?«

Ich hingegen bekomme immer noch keinen Ton heraus, sondern starre lieber auf seine muskulösen Oberarme und weiter über seine Brust und seinen Bauch. Der Kerl hat Muskeln an Stellen, da wusste ich nicht mal, dass man Muskeln haben kann.

»Sophie!« Seine barsche Stimme holt mich aus meinen Gedanken. »Was. Willst. Du?«

»Eine Entschuldigung!«

Damiens Augenbrauen wandern in die Höhe und tatsächlich beginnt er zu grinsen. Doch es ist kein nettes Grinsen, sondern ein verdammt überhebliches und fieses Grinsen, das er mir zuwirft. Dabei sieht er noch viel unverschämter aus, als er es in diesem Outfit sowieso schon tut. Wenn man denn bei einem Handtuch, das den wich-

tigsten Teil seines Körpers bedeckt, von einem
Outfit sprechen mag.

»Sorry, aber Entschuldigungen sind heute aus-
verkauft«, antwortet er mir dreist.

»Das sehe ich anders«, erwidere ich. »Entschuldige dich bei mir, dass du mich gestern hast
im Aufzug stehenlassen und entschuldige dich
bei mir, dass du mich heute im Tierheim ignoriert hast! Los!«

Doch statt sich zu entschuldigen, lacht er. Damien lacht mich aus. Er stemmt seine Hände
links und rechts in den Türrahmen und sieht
mir direkt in die Augen. Seine graublauen Iriden
lassen mich erschaudern. Als er sich zu mir vor-
beugt, weht mir sein Aftershave um die Nase.

»Ich entschuldige mich aber nicht bei dir, weil
es keinen Grund dazu gibt«, erwidert er ruhig.
»Ich hatte gestern kein Interesse an einem Gespräch, aber du warst dennoch so unverfroren,
es mir aufzuzwingen. Das kann ich nicht leiden.«

»Wir sind Nachbarn.«

»Und heute war ich beruflich im Tierheim«,
redet er weiter. »Auch da gab es keinen Grund,
dass ich dich hätte reinlassen sollen. Wir kennen
uns nicht mal.«

»Wir sind Nachbarn, Damien!«, wiederhole
ich energisch.

»Woher weißt du eigentlich was ich beruflich
mache«, will er nun wissen und stößt sich vom
Türrahmen ab.

»Meinst du die Frage ernst, Footballstar?«, zische ich.

»Du hast mich gegoogelt«, stellt er nüchtern
fest.

»Das habe ich«, antworte ich ehrlich. »Und was ist nun? Entschuldigst du dich bei mir und fragst mich, wie du es wieder gutmachen kannst?«

Erneut verlässt ein herzliches Lachen seine Kehle.

»Du bist wirklich witzig, Turner«, meint er und tritt von der Tür zurück, die er langsam schließt. »Man sieht sich.«

Schwups knallt er mir die Tür vor der Nase zu.

»Du Arschloch!«, kreische ich mit zusammengeballten Händen. Ich bin kurz davor, mit diesen gegen seine beschissene Tür zu trommeln. Aber am Ende ruft er noch die Cops.

»Höre ich öfters«, antwortet er.

»Du blödes, blödes …« Mit einem Mal wird die Tür wieder aufgerissen und er schaut mich düster an.

»Verschwinde in deine Wohnung und wecke nicht das ganze Haus auf. Ich habe keine Lust, dass morgen die ganze Straße weiß, dass ich hier wohne. Gute Nacht!«

Tür wieder zu.

Wütend balle ich die Hände zu Fäusten und atme tief ein und aus. Dann trample ich wie ein bockiges Kind einmal mit dem rechten Fuß auf und verschwinde in meine Wohnung.

Das ging wirklich gehörig nach hinten los.

5. KAPITEL

Sophie

Eine Woche später

Ich sitze immer noch an meinem Bericht über das Tierheim. Nachdem unser erster Termin verschoben wurde, dauerte es fast eine Woche, bis wir einen neuen bekamen. Leider war dieser auch nicht von viel Erfolg gekrönt. Nach dem Besuch der Berkeley Bee Spieler kamen so viele Spenden und Interessenten in das Tierheim, dass unser Artikel für sie fast unwichtig wurde. Nur mit viel Nachbohren und stetigem Fragen konnten Linus und ich die nötigen Antworten erhalten. Umso schwieriger ist es nun, den Artikel zu schreiben, vor allem weil Mr. Presley uns im Nacken hängt, dass wir endlich fertig werden müssen. Ganz ehrlich, der Artikel ist totaler Mist. Niemand wird sich diesen durchlesen wollen und ich kann es auch verstehen. Nach der Aktion der Bees braucht das auch kein Mensch mehr, weil das Tierheim mehr als genug Aufmerksamkeit bekommen hat.

Ich setze den letzten Punkt hinter meinen Artikel und lehne mich frustriert zurück. Das ist echt die größte Kacke, die ich jemals zu Papier gebracht habe. Das wird Mr. Presley auch so sehen und einen weiteren Grund haben, mich nicht mehr länger beim »Berkeley Express« zu beschäftigen. Es könnte demnach also gar nicht mehr beschissener laufen. Vielleicht sollte ich einfach zugeben, dass ich es ohne das Vitamin B meiner Familie nicht zu einer großen Journalistin bringen werde. Dass die Arbeit dahinter einfach zu viel ist und ich diese Ausdauer nicht habe. Dabei war ich noch nie jemand, der vorschnell aufgegeben hat. Im Gegenteil, ich war immer strebsam und wollte etwas erreichen. Mit oder ohne meinen Namen. Ich drucke den Artikel aus und ziehe die Blätter aus dem Drucker an meinem Platz. Damit bewaffnet gehe ich zu Mr. Presley, um ihm diesen vorzulegen. Ich kann mir seine Reaktion bereits denken, weshalb ich so schnell wie möglich wieder aus seinem Büro verschwinden möchte. Mit jedem Schritt, dem ich seiner Tür näherkomme, schlägt mein Herz schneller. Ich hasse diese Art von Aufregung. Denn sie ist völlig unbegründet. Ein Anruf in San Francisco und ich wäre ihn für immer los. Vielleicht sollte ich wirklich über meinen Stolz springen und nach Hause gehen.

»Ja, bitte«, sagt Mr. Presley gewohnt mürrisch und ich drücke die Tür zu seinem Büro auf.

»Hallo«, sage ich. »Ich habe den Artikel fertig.«

Ich halte ihm die Blätter entgegen, die er mir praktisch entreißt. Er ist so unfreundlich. Abwartend sehe ich ihn an, ob er noch etwas sagt, aber das tut er nicht. Das kann doch wohl nicht wahr sein.

»Also«, beginne ich. »Es wäre schön, wenn ich in der nächsten Woche einen größeren Artikel betreuen dürfte.«

Mr. Presley sieht auf und seine Augenbrauen wandern in die Höhe. Er sieht mich an, als hätte er sich verhört. »Vielleicht etwas Politisches, das war der Schwerpunkt meiner Abschlussarbeit am College.«

»Nein.«

»Wie … nein?« Fassungslos sehe ich ihn an und muss die Wut wirklich runterschlucken, die sich in mir breit macht.

»Was glauben Sie, was die weitaus erfahreneren Kollegen sagen, wenn ich Ihnen ihre Artikel überlasse.«

»Also bin ich gut genug, aber Sie trauen sich nicht anderen Kollegen etwas wegzunehmen?«, schnappe ich.

Presley kneift die Augen zusammen und presst die Lippen aufeinander.

»Ms. Turner«, grollt er. »Ich weiß nicht, wo Sie die letzten Jahre waren, aber Journalismus ist harte Arbeit, die man sich verdienen muss.« Für den Bruchteil einer Sekunde glaube ich, dass er weiß, wer meine Familie ist. »Sie sind neu im Team, frisch von der Uni. Ja, Sie hatten einige sehr aussagekräftige Praktika in großen Häusern, aber was sagt das heutzutage noch aus.«

Abwartend sehe ich ihn an.

»Es sagt nichts aus«, beantwortet er sich seine Frage selbst. »Was zählt ist, was Sie hier leisten.«

»Und wie soll ich etwas leisten, wenn Sie mir keine Chance geben.« Ich presse die Lippen zusammen. »Mal im Ernst, Mr. Presley. Ich war in den besten Häusern der Welt und ich habe das Zeug zu mehr als dem da.« Genervt zeige ich auf meinen Bericht aus dem Tierheim.

»Haben Sie eine Knallerstory?«, fragt er. »Irgendwas, was mich absolut vom Hocker reißt und wo ich auf keinen Fall nein sagen kann?«

Ich atme tief durch und sehe ihn an. Ja, die habe ich. Damien O'Riley ist immer noch mein Nachbar und er hasst mich auch immer noch, aber ich habe diese Knallerstory, wie er so schön sagt.

»Ich warte, Ms. Turner!«

»Bees Fullback Damien O'Riley ist mein Nachbar und er hat mir eine Homestory in Aussicht gestellt!«, platzt es letztendlich aus mir heraus.

Mr. Presleys Augen werden riesig, wirklich riesig. Er öffnet den Mund und dann sehe ich den Mann zum ersten Mal in meinem Leben mit nach oben gezogenen Mundwinkeln. Ja, er lächelt in der Tat und das für mich.

»Das ist großartig«, meint er und klatscht in die Hände. »Das ist genau die Art von Story, die wir brauchen, um wieder ganz oben mitzuspielen.«

»Äh ja …«

»Wie lange wird es dauern?«, fragt er.

»Was?«, will ich ein wenig perplex von seiner plötzlichen Euphorie wissen.

»Die Homestory«, meint er. »Wie lange wird es dauern, bis Sie fertig ist?«

»Ich … ich weiß nicht.«

»Dann sprechen Sie das bitte mit Mr. O'Riley ab und geben mir Bescheid, wann wir die Story bringen können. Super wäre natürlich, wenn es noch bis Oktober passiert, sodass die Saison richtig am Laufen ist.«

»Ja sicher«, antworte ich. »Kann ich gehen?«

Ich deute mit dem Zeigefinger auf seine Bürotür und er nickt.

»Natürlich Ms. Turner«, meint er ungewohnt freundlich. »Versauen Sie es nicht.«

Ich nicke und drehe mich herum, um im Stechschritt sein Büro zu verlassen.

Erst als ich die Tür hinter mir geschlossen habe, wird mir bewusst, was ich getan habe. Damien hasst mich, das hat er mir immer wieder sehr eindrucksvoll vermittelt. Das bedeutet auch, dass er absolut kein Interesse daran hat, eine Homestory über sich schreiben zu lassen. Wobei ich auch bezweifle, dass er überhaupt Lust hat, mit irgendeinem Reporter über sich und sein Leben zu sprechen.

»Scheiße«, murmle ich und laufe zurück zu meinem Platz, wo ich Linus finde. »Ich bin erledigt«, sage ich als ich mich auf meinen Bürostuhl fallen lasse.

»Wieso?«, fragt er gelassen und beißt in sein Sandwich.

»Ich habe Presley die Homestory über O'Riley angeboten.«

»Du hast was!«, ruft er. »Bist du irre?«

»Das war doch deine Idee«, nörgle ich.

»Ja, aber doch nicht unter der Prämisse, wie es zwischen O'Riley und dir läuft. Er wird niemals zustimmen.«

»Ich weiß«, jammere ich und hole tief Luft. »Was soll ich denn nur machen?«

»Entweder du versuchst die Wogen zwischen O'Riley und dir zu glätten oder du sagst Presley offen und ehrlich, dass er nicht zustimmt.«

»Da gibt es ein kleines Problem.« Ich halte meinen Zeigefinger und Daumen minimal auseinander.

»Welches?«, fragt Linus angespannt.

»Ich habe Presley bereits gesagt, dass O'Riley zugestimmt hat.«

»Oh, Sophie«, stöhnt er und legt den Kopf in den Nacken. »Das kannst du doch nicht ernst meinen.«

»Es tut mir leid«, entgegne ich. »Er wollte mir nicht zuhören und hat mir wieder jegliche Kompetenzen abgesprochen. Was hätte ich denn machen sollen?«

»Du ...«

»Turner!« Wir zucken zusammen als Mr. Presley auf uns zukommt. »Gut, dass Sie noch da sind.«

»Was gibt es denn?«

»Sie bekommen für die Homestory von O'Riley die Titelseite für den September.«

»Wa ... Was?«, stottere ich.

»Wir ziehen das ganz groß auf, das wird der Hammer!« Er grinst mich breit an. »Damit werden sich unsere Verkaufszahlen verhundertfachen. Gut gemacht, Turner.«

Ich öffne den Mund, um ihm zu sagen, dass das nicht funktioniert, aber schließe ihn sogleich wieder. Mr. Presley dreht sich um und geht davon.

Ich sitze richtig, richtig in der Scheiße!

»Fuck«, murmle ich und fahre mir durch die Haare. »Ich bin geliefert.«

Linus sagt nichts und wendet sich seinem aktuellen Artikel zu.

*

Ich fühle mich wie ein Stalker, als ich am frühen Abend an meiner Wohnungstür lausche, um auf keinen Fall zu verpassen, wenn Damien nach Hause kommt. Als ich gekommen bin, war er noch nicht da. Das haben mir sowohl sein fehlendes Auto in der Tiefgarage verraten als auch die Tatsache, dass niemand auf mein Klopfen an der Tür reagiert hat. Da unsere Türen keine Spione haben, konnte er auch nicht hindurchsehen und muss mir öffnen.

Die Sache mit der Homestory ist völlig aus dem Ruder gelaufen und ich hätte es noch heute Nachmittag bei Mr. Presley richtigstellen müssen. Damien wird dem niemals zustimmen und irgendwie kann ich es auch verstehen. Wieso sollte er das tun? Er kann mich nicht sonderlich gut leiden, das macht er sehr deutlich. Außerdem habe ich bei meiner Recherche heute Nachmittag nur eine Handvoll an Interviews gefunden, die er gegeben hat, die nichts mit Football zu tun hatten. Lässt für mich als Journalistin den Schluss zu, dass er keine Interviews gibt. Mehr noch, er meidet jeglichen Kontakt zur Boulevardpresse. Diesmal habe ich mich wirklich in etwas reinmanövriert, aus dem mich auch mein Name nicht rettet. Wenn ich jetzt kündige und Presley dann mitbekommt, wer ich bin, ist nicht nur meine Reputation im Arsch, sondern er wird auch meine Eltern und den »San Francisco Herald« mit reinziehen. Das traue ich ihm ohne Weiteres zu.

Das >Ping< des Aufzugs lässt mich aufhorchen. Vorsichtig öffne ich die Tür einen Spalt und sehe, dass der Aufzug sich öffnet und Damien raustritt. Zu meiner Überraschung hat er seinen Hoodie mal nicht tief ins Gesicht gezogen, er trägt nicht mal eine Sonnenbrille. Seine blaugrauen Augen nehmen mich sofort gefangen. Doch er achtet nicht auf mich. Er trägt ein weißes T-Shirt, durch das die dunkle Tinte auf seinem Körper hindurch scheint. Dazu eine dieser trendigen zerrissenen Jeans, auf die er scheinbar abfährt und weiße Sneakers. Seine Trainingstasche hat er locker über die linke Schulter geschwungen.

»Hi.« Ich trete hinaus in den Flur und lächle ihn an.

Überrascht sieht Damien mich an und verdreht im nächsten Moment die Augen. Eine Begrüßung mit der ich bereits gerechnet habe. »Wie geht's?«

Damien sieht mich mal wieder feindselig an, aber mittlerweile stehe ich über diesem Verhalten. Ich lasse mich nicht mehr von ihm provozieren. Das kann ich mir auch gar nicht erlauben, denn ich brauche ihn für meine Homestory.

»Wie war dein Tag?«, frage ich weiter.

Damien schnaubt und geht weiter zu seiner Wohnungstür.

»Komm schon«, bitte ich ihn. »Es tut mir leid, dass ich so ausgeflippt bin, neulich.«

»Neulich?« Er grinst. »Du meinst, als du dich völlig vergessen hast und mich vor meiner Tür als Arschloch beschimpft hast?«

»Ja genau«, antworte ich. »Das tut mir leid.«

»Okay.« Damien nickt mir zu und zieht seinen Schlüssel aus seiner Jeans. »Ich nehme die Entschuldigung an.«

»Echt?«, frage ich.

»Ja«, erwidert er. »Dafür lässt du mich jetzt in Ruhe, gehst in deine Wohnung und wir tun einfach so, als hättest du mich nicht abgepasst.«

»Ich habe dich nicht ...« Er verdreht die Augen und ich atme tief durch. »Fein! Ich habe dich abgepasst. Zufrieden?«

»Wieso hast du mich abgepasst?«, fragt er und lässt die Hand mit seinem Wohnungsschlüssel sinken.

Ertappt sehe ich ihn an.

»Äh ich ... also weißt du ... lustige Geschichte.« Ich knete die Hände nervös ineinander und überlege, wie ich ihm die Sache mit der Homestory nun am besten verkaufen soll.

»Ich lache nicht.«

»Mein Gott bist du ein Griesgram«, murre ich und hole tief Luft. »Ich habe mich auf der Arbeit ein wenig zu weit aus dem Fenster gelehnt und jetzt brauche ich deine Hilfe.«

»Du willst meine Hilfe, aber beleidigst mich wieder?« Damien zieht die Augenbrauen hoch.

»Du bist ein sehr interessanter Mensch, Sophie Turner.«

»Ist das jetzt was Gutes?«, frage ich grinsend.

»Sophie!« Langsam wird er wieder genervter. »Was willst du von mir? Mein Tag war echt lang und ich habe gerade keine Lust mit dir zu diskutieren.«

»Wenn du magst, mach ich uns einen Kaffee oder trinkst du lieber Tee?«, biete ich an. »Dann kannst du mir von deinem Tag erzählen, ich dir von meinem und …«

»Netter Versuch.« Er lacht und schüttelt den Kopf. »Was hast du verbockt?«

»Mein Chef hat meine Arbeit wieder runtergemacht und ist der Meinung, dass ich nichts draufhabe.«

»Wenn du den genauso angehst wie mich, wundert mich das nicht«, nuschelt er und ich reiße empört die Augen auf.

»Damien!«, rufe ich. »Das war nicht nett und wäre eigentlich auch eine Entschuldigung wert.«

»Sorry«, sagt er zu meiner Überraschung. »Was ist dann passiert?«

»Ich habe meinem Chef gesagt, dass ich dich kenne und du bereit zu einer Homestory mit mir bist.«

Damien reißt die Augen auf, aber sagt nichts. Stattdessen sieht er mich mit einem undurchdringlichen Blick an, wobei ich glaube, dass das Grau seiner Augen ein Tick dunkler wird. Ich muss zugeben, dass der Kerl wütend noch sexyer ist als sowieso schon. Da das sein Dauerzustand in meiner Gegenwart ist, ist es noch heißer.

Damien sagt nichts, sondern sieht mich einfach nur an.

»Und was sagst du?«, traue ich mich langsam ran. »Bist du dabei?«

»Nein!« Dann schließt er seine Wohnung auf und tritt ein. Ich rechne schon damit, dass er mir die Tür ohne jeden weiteren Kommentar vor der Nase zuknallt, aber er hält inne und sieht mich an. »Und ich werde dem auch niemals zustimmen. Sollte ich einen Artikel über mich mit deinem Namen drunter finden, verklage ich dich.«

Dann knallt er die Tür zu.

Ich atme tief durch und versuche die letzten Sekunden zu ordnen. Es lief tatsächlich noch schlechter, als ich erwartet habe. Nicht nur, dass er mir mal wieder einen Korb gegeben hat, er hat mir auch noch mit seinen Anwälten gedroht. Ganz, ganz toll. So komme ich niemals zu meiner Homestory mit Damien O'Riley. Frustriert gehe ich zurück in meine Wohnung.

*

Nachdem ich etwas zu Abend gegessen habe und in der Nachbarwohnung mal wieder die Rollos unten waren, bin ich duschen gegangen und telefoniere danach mit meiner besten Freundin Jamie. Jamie lebt in San Francisco und arbeitet als Visagistin in einem angesagten Beauty Salon. Wir sind völlig verschieden, das waren wir schon von Kindesbeinen an. Dennoch ist sie meine beste Freundin und ich wünschte, ich könnte sie öfters sehen.

»Ist er wenigstens …« Sie macht eine Pause. »Oh Sophie! Der ist mehr als heiß.«

Ich habe ihr lang und breit von meinem Kennenlernen mit Damien sowie dem Vorfall im Tierheim und der anschließenden Homestory berichtet. Alles, was meine Freundin interessierte, war, ob er heiß ist oder nicht. Natürlich ist Damien heiß, das muss sie nun auch festgestellt haben.

»Ich weiß«, sage ich und mache das kleine Nachttischlicht neben meinem Bett an. »Aber er ist ein Arsch und will mir nicht helfen.«

»Es war auch nicht sonderlich schlau von dir die Homestory mit ihm anzupreisen, ohne ihn zu fragen.«

»Ach Mann«, seufze ich. »Das weiß ich, aber ich komme aus der Nummer nicht mehr raus.«

»Dann musst du Damien wohl oder übel weiter überreden.«

»Hm«, murmle ich und setze mich auf mein Bett, sodass ich aus dem Fenster sehen kann. »Ich muss auflegen und ins Bett. Morgen wartet der erste richtige Recherchetag über Damien O'Riley auf mich.«

»Ich wünsche dir viel Erfolg«, meint sie.

»Danke«, wispere ich. »Bis dann.«

»Bis dann«, verabschiedet Jamie sich von mir.

Ich beende das Gespräch und lege mein iPhone neben mir auf dem Bett ab.

Gerade als ich aufstehen will, um meine Bettdecke zurückzuschlagen und mich hinzulegen, geht in der Wohnung gegenüber das Licht an. Es ist das erste Mal, dass ich den Raum sehen kann. Und verdammt – es ist Damiens Schlafzimmer!

Unsere Wohnungen liegen derart parallel zueinander, dass sogar diese Räume gleich sind.

Meine Füße tragen mich wie von selbst an die Glasscheibe, um ihn besser zu beobachten. Ich bin kein Stalker, aber als er nur in einer engen Boxerbriefs bekleidet das Zimmer betritt, kann ich leider nicht wegsehen. Der Typ ist ein wandelndes Kunstwerk. Ich würde am liebsten jede einzelne Linie auf seinem Körper erkunden. Mir Zeit nehmen, es zu untersuchen und mit ihm darüber reden.

Er wirft sein iPhone aufs Bett und mein Herz schlägt schneller, als er an die Scheibe tritt und zu mir herübersieht. Im ersten Moment denke ich darüber nach, mich zurückzuziehen und die Vorhänge zu schließen, aber das tue ich nicht. Ich kann sehr wohl an meinem Fenster stehen und hinausschauen. Dass ausgerechnet er die Wohnung hat, in die ich hineinschaue, ist nicht mein Problem.

Ich weiß, dass er mich sieht und ich erwidere seinen Blick, wenn auch nicht zu einhundert Prozent sicher, dass er es auch tut. Plötzlich grinst er, schüttelt den Kopf und schließt die Vorhänge.

Nun wende ich mich auch ab und lege mich ins Bett.

Mein letzter Gedanke heute Abend gilt, wie auch schon die Abende zuvor, Damien O'Riley und dem Wissen, dass er meiner nicht so abgeneigt ist, wie er mir weis machen will.

6. KAPITEL

Damien

Tierheim Berkeley, ein paar Tage später

Ich kann nicht glauben, dass ich knapp zwei Wochen nach unserem offiziellen Termin wieder hier im Tierheim bin. Bounty, der schwarze Mischling, der mich bei unserem Besuch so freundlich begrüßt hat, ist mir nicht mehr aus dem Kopf gegangen. Was mich unheimlich nervt, denn ich habe keine Zeit für einen Hund. Ich habe gerade so genug Freizeit. Wie in aller Welt soll ich mich um einen Hund kümmern? Aber dann sage ich mir, dass es Bounty bei mir und mit etwas Hilfe, die ich mir holen werde, immer noch besser geht als im Tierheim in einem Zwinger. Bei mir hätte er eine Wohnung mit großer Terrasse, die er unsicher machen kann. Ein Körbchen, eine eigene Futterstelle und viele andere Annehmlichkeiten. Womit ich nicht sagen möchte, dass Teresa und ihre Kollegen einen schlechten Job machen. Um

Gottes Willen, aber bei der Vielzahl an Tieren können sie nicht jedem gerecht werden. Bounty hat es mir so angetan, weil sein verletztes Bein ihn wohl für immer an diesen Zwinger binden wird. Da war Teresas Prognose sehr eindeutig.

»Damien, hi.« Sie begrüßt mich mit einem Handschlag. »Schön dich zu sehen.«

»Hi«, erwidere ich und drücke ihre Hand. »Ich freue mich auch wieder hier zu sein.«

»Und unser Bounty hat dich nicht losgelassen?«, fragt sie und lächelt mich an. Man merkt Teresa sofort an, wie viel ihr an jedem einzelnen Tier liegt und wie glücklich sie ist, dass ich mich noch mal gemeldet habe, um Bounty vielleicht zu adoptieren.

»Nein«, antworte ich ehrlich.

»Bounty ist auf der großen Wiese«, erklärt sie mir. »Dort könnt ihr euch kennenlernen ohne den Zwinger.«

Ich nicke und folge Teresa zur Wiese. Dort wartet eine weitere Mitarbeiterin des Tierheims auf uns, die bei Bounty ist. Ich betrete nach Teresa den Freilauf und hocke mich hin, um Bounty mit meiner Größe nicht zu erschrecken.

»Bounty«, locke ich ihn. »Komm her.«

Er sieht mich einen Moment an, ehe er auf mich zu gerannt kommt und sich anschließend von mir knuddeln lässt. Ich bin so am Arsch, denn ich brauche dieses Kennenlernen nicht mehr. Wenn Bounty will, werde ich sein neues Zuhause sein.

»Er mag dich«, meint Teresa strahlend. »Du kannst dir eines der Spielzeuge nehmen und werfen. Gern auch später mit ihm spazieren gehen.«

Ich erhebe mich langsam, um ihm keine Angst einzujagen. Bounty sieht mich interessiert an, als ich einige Schritte gehe, um eines der Spielzeuge zu nehmen. Seine Ohren wippen bei jedem Schritt auf und ab. Man kann aber auch deutlich sehen, dass sein Bein ihn für immer leicht humpeln lässt.

»Kann man für sein Bein noch etwas tun?«, frage ich interessiert und werfe einen Beutel, in dem sich Leckerli befinden.

»Nein.« Teresa schüttelt den Kopf. »Aber sieh ihn dir an. Für ihn ist es in Ordnung. Er hat keine Schmerzen, sonst würde er sich anders verhalten. Er braucht nur jemanden, der sich für ihn interessiert und ihm ein schönes Zuhause schenkt.«

Ich nicke und gehe auf ihren Wink, dass ich ihn adoptieren soll, nicht weiter ein. Im Grunde hätte ich niemals herkommen dürfen, denn ich habe keine Zeit für ein Haustier.

Bounty bringt mir den Beutel zurück und lässt ihn sich von mir widerstandslos abnehmen. Ich nehme ein Leckerli heraus.

»Gib ihm ein Kommando«, meint Teresa.

»Sitz!« Sofort lässt er sich auf den Hintern plumpsen und frisst mir aus der Hand.

Oder fresse ich ihm aus der Hand?

*

Ich betrete das Bee-Land, das Melissa, der Freundin unseres Quarterbacks Dalton Meyers, gehört und gehe zum Tresen. »Hey Ava«, begrüße ich Melissas Angestellte.

»Damien, hi.« Freundlich lächelt sie mich an. »Was darf es sein?«

»Einen schwarzen Kaffee.«

»Zum Mitnehmen oder hier trinken?«

»Ich trinke ihn hier«, antworte ich und sie nickt. Ich setze mich an einen Tisch in der Ecke und nicke drei alten Damen zu. Soweit ich weiß, ist eine von ihnen Melissas Großmutter und die anderen deren Freundinnen. Ich lege mein iPhone vor mir ab und suche nach Hundesitting Angeboten in der Bay Area. Ich habe mich dazu entschieden, Bounty und mir eine Chance zu geben. Er muss noch einige Check-Ups beim Tierarzt machen, die das Tierheim gern vor der Abgabe abgesichert haben möchte. Was ich absolut verstehen kann. Dann kann ich ihn zu mir holen. Eine Aufregung durchfährt mich, wie ich sie schon lange nicht mehr gespürt habe. Als ich noch ein Kind war, hatten wir auch einen Familienhund. Sanders war ein Labrador und kam zu uns, als ich drei Jahre alt war. Meine Geschwister und ich haben ihn abgöttisch geliebt. Er starb mit dreizehn Jahren an Krebs. Danach wollten meine Eltern keinen neuen Hund mehr haben. Meine Zeit ließ es nicht mehr zu.

»Dein Kaffee«, sagt Ava und stellt ihn vor mir ab.

»Danke«, erwidere ich und kippe ein wenig Zucker hinein.

»Wie war dein Tag?«, fragt sie interessiert.

»Ganz gut«, erwidere ich. »Ich glaube, ich adoptiere einen Hund.«

Avas Augen werden riesig und ein Grinsen legt sich auf ihre Lippen.

»Du und ein Hund?«, fragt sie.

Gott, seit wann bin ich denn so gesprächig und erzähle anderen Leuten, was in meinem Leben vor sich geht. Zugegebenermaßen finde ich Ava nett. Nicht auf die sexuelle Art, sondern einfach rein platonisch. Sie ist immer freundlich, nie aufdringlich oder nötigt mich zu einem Gespräch. Im Gegensatz zu einer anderen Frau, die mir seit geraumer Zeit nicht mehr aus dem Kopf geht. Sophie Turner ist eine absolute Nervensäge. Eine Nervensäge, die ich aber schon viel zu lange nicht mehr gesehen habe.

»Damien?«, reißt Ava mich aus meinen Gedanken. »Du und ein Hund?«

»Ja.« Ich zeige ihr ein Foto von Bounty. »Wir waren vor zwei Wochen im Tierheim. Mal wieder eine Charity-Aktion von Savannah. Er hat sich das Bein gebrochen und hinkt leicht. Die Tierpflegerin meinte, dass dies seine Vermittlungschancen gegen null gehen lassen. Dabei ist er erst zwei Jahre alt und hat sein ganzes Leben noch vor sich.«

»Oh.« Sie lächelt mir zu. »Wie schön, dass du ihm eine Chance gibst.«

»Wir werden sehen«, erwidere ich. »Meine Zeit ist nicht unbegrenzt und …«

Die Ladentür öffnet sich und die kleine Glocke darüber klingelt. Ava und ich drehen uns zur Tür und ich stöhne innerlich auf als ich sehe, wer vollgepackt mit Tasche und Laptop das Bee-Land betritt – Sophie Turner!

»Hi Sophie«, begrüßt Ava sie genauso freundlich wie mich. »Wir reden später weiter.«

Ich nicke und senke den Kopf, in der Hoffnung, dass Sophie mich nicht erkennt. Nachdem unsere letzte Unterhaltung wieder so eine Katastrophe war, bin ich wirklich nicht scharf darauf, sie zu sehen. Jedes Mal, wenn wir uns treffen, geraten wir aneinander. Was nicht mal nur Sophies Schuld ist. Wir sind wie Feuer und Wasser. Sie ist das genau Gegenteil von mir und das mag ich nicht. Zu aufgeschlossen, zu aufgedreht, zu neugierig.

Sie ist mir einfach in allen Belangen zu viel und dennoch bekomme ich sie nicht aus dem Kopf. Immer wieder muss ich an sie denken. Ihre Beweggründe so zu sein, wie sie ist. Allein schon die Tatsache, dass sie ihrem Chef erzählt, dass sie eine Homestory über mich macht, obwohl wir nicht ein anständiges Gespräch miteinander geführt haben.

Ich schaue zu ihr.

Sie trägt ein kurzes Kleid, das knapp über ihrem Hintern endet und ihre schlanken Beine zur Geltung bringt. Beine, die ich mir verdammt gut vorstellen kann, wie sie sie um meinen Körper schlingt oder sie weit spreizt, während ich dazwischenstehe und sie vögle. Meine Gedanken über Sophie sind einige Male abgedriftet und immer wieder an dem Punkt angelangt, dass ich scharf auf die Frau bin.

»Hey Damien«, sagt sie, stellt ihre Tasche auf einem der freien Stühle an meinem Tisch ab und lässt sich auf den Stuhl gegenüber von meinem fallen. »Wie geht's?«

Gott, sie ist so nervig und doch irgendwie beeindruckend.

»Gut und dir?«, frage ich.

»Dein Kaffee«, sagt Ava und stellt ihn ihr hin. Dann geht sie zurück hinter den Tresen und räumt auf.

»Wie war dein Tag?«, fragt Sophie lächelnd.

»Gut und deiner?« Ich kann nicht fassen, dass wir eine richtige Unterhaltung führen. Ohne uns an die Gurgel zu gehen. Na ja, ohne dass ich ihr an die Gurgel springe.

»Anstrengend.« Sie seufzt und rührt die Kaffeesahne unter. »Mein Chef macht Druck wegen einem Artikel.«

»Blöd.«

»Ziemlich«, meint sie. »Freust du dich auf das erste Spiel der Saison?«

Am Sonntag spielen wir gegen Miami. Ja, ich freue mich sehr. Endlich geht es wieder los und die guten Impulse, die wir in der Pre-Season gesammelt haben, können umgesetzt werden. Wir haben neue Spieler dazugewonnen, die meiner Meinung nach toll ins Team passen. Zwar meide ich sie genauso wie alle anderen aus dem Team, aber sie passen gut ins Gesamtgefüge.

»Ja, sehr. Magst du Football?«

»Ja.« Sophie schenkt mir ein Lächeln, das mein Herz schneller schlagen lässt. Was ist denn nur los mit mir? Habe ich das Ding nicht schon vor Jahren zu einem Leben aus Eis verurteilt. Doch in Sophies Gegenwart hat mein Körper eine andere Meinung als mein Geist. »Um ehrlich zu sein, bin ich ein Fan.«

»Echt?«, frage ich und trinke von meinem Kaffee. »Welches Team?«

»San Francisco Rushers«, flüstert sie und eine süße Röte überzieht ihre Wangen.

Ich reiße die Augen auf und schnappe nach Luft. Sie ist Rushers Fan? Nie im Leben, das ist sicher wieder einer dieser Pranks von ihr. Ganz sicher ist es einer dieser Pranks, weil Sophie es nun mal mag, mich zu ärgern.

»Wirklich?«, frage ich. »Ich meine … Wieso?«

Nun lacht sie herzlich und wirft ihre Haare zurück, was ihren schlanken Hals entblößt und meine Gedankenwelt wieder in eine ganz andere Richtung lenkt.

»Ich bin in San Francisco geboren und aufgewachsen.« Sie zuckt mit den Schultern. »Alle in meiner Familie sind Rushers Fans.«

»Das ist doch keine Begründung.«

»Sie sind das bessere Team«, sagt Sophie und ich ziehe die Augenbrauen hoch.

»Vor zwanzig Jahren vielleicht«, spotte ich.

»Sie werden euch diese Saison platt machen.«

»Du machst dich schon wieder äußerst unbeliebt bei mir«, erwidere ich grinsend und Ava tritt erneut an unseren Tisch.

»Darf ich euch noch etwas bringen?«, will sie wissen.

Sophie sieht zu ihr auf und ich könnte schwören, dass sie die Augen leicht zusammenkneift. Wenn ich es nicht besser wüsste, würde ich sagen, dass sie eifersüchtig auf Ava ist. Doch das ist Blödsinn, denn sie hat sich nur zu uns gestellt und sonst gar nichts.

»Nein, danke«, sage ich, was sie wieder gehen lässt. Ich sehe zu Sophie, die die Lippen aufeinandergepresst hat und nehme unser Gespräch wieder auf. »Die Bees sind besser als die Rushers. Das sagen alle Statistiken.«

»Natürlich«, kichert sie. »Was hast du heute gemacht, außer darüber nachgedacht, wie du mir aus dem Weg gehst und die Rollos in deiner Wohnung runterziehst?«

Sie entlockt mir ein Schmunzeln. »Du tust fast so, als wäre es meine oberste Prämisse, dir aus dem Weg zu gehen«, sage ich. »Letzte Woche habe ich das nämlich nicht getan. Es hat zeitlich nicht gepasst.«

»Ich weiß.« Sophie nickt. »Was hast du so getrieben in den Tagen, in denen wir nicht das Vergnügen hatten?«

»Ich war beim Training, hatte einen Sponsorentermin.«

»Für was?«

»Eine große Drogeriekette möchte mich als Werbegesicht haben«, erwidere ich. »Ich habe es mir angehört und alles weitere liegt bei meinem Management.«

»Klingt nicht sehr aufregend.«

»Für deine Homestory?«, kontere ich, da ich nicht glaube, dass das Thema für sie vom Tisch ist.

»Touché!« Sophie zwinkert mir zu. »Hättest du nicht doch Interesse?«

Sie schiebt ihre Unterlippe vor und ich rolle demonstrativ mit den Augen.

»Vergiss es!« Ich schüttle den Kopf. »Das zieht bei mir nicht. Ich habe eine kleine Schwester.«

»Schade«, seufzt sie. »Würdest du mir deine Nummer geben?«

Und wenn ich nicht mehr glaube, dass sie mich noch überraschen kann, tut sie es doch. »Meine Nummer?«, frage ich.

»Ja«, antwortet sie. »Wir sind Nachbarn und ich dachte, das wäre nett.«

»Nett?«

»Ich verspreche dir auch, dass ich dir keine nervigen Nachrichten schreibe oder dich anderweitig aushorche.«

»Du brauchst meine Nummer nicht.«

»Jetzt sei doch nicht wieder so«, stöhnt sie. »Es ist doch nichts dabei.«

Ich denke noch mal darüber nach und eigentlich hat sie recht. Es ist nichts dabei, dass sie meine Nummer hat und ich ihre. Wir sind Nachbarn und vielleicht schaffen wir es auch in Zukunft neutral miteinander umzugehen.

»Na schön.« Ich schiebe ihr mein iPhone zu. »Gib mir deine Nummer und ich schreibe dir, wenn ich mich bereit fühle, dass du meine Nummer auch haben sollst.«

Sophie rollt als Antwort mit den Augen, aber tippt ihre Nummer in Windeseile ein.

»Bitte«, sagt sie und schiebt es mir wieder über den Tisch zu.

Ich will ihr noch sagen, dass ich mich sowieso nicht melden werde, als die Tür des Bee-Lands erneut aufgeht und Desmond Price mit seiner Freundin Kyra und Tochter Summer reinkommt.

»Ich will Törtchen!«, ruft die Kleine sofort und Ava lacht hell.

»Dann komm mal schnell rum zu mir.«

Sophie lächelt besonnen und sieht zu mir. »Sie ist süß«, meint sie und ich nicke. Ja, das ist sie.

»Hey Damien«, begrüßt mich unser Tight End und schlägt mit mir ein.

»Hi«, sage ich und deute höflicherweise auf Sophie. »Das ist meine Nachbarin Sophie.«

»Hi«, sagt Desmond und reicht ihr die Hand. »Ich bin Desmond.«

»Sophie«, wiederholt sie.

»Und das sind meine Freundin Kyra und meine Tochter Summer.«

Sophie nickt. Desmond sieht mich noch mal grinsend an, als wolle er mir stumm mitteilen, dass ich eine heiße Nachbarin habe und geht zu seiner Freundin an den Tresen. Als würde das nicht schon reichen, schlendern auch noch Melissa und Dalton ins Café.

»Hey Damien«, sagt Dalton und ich schlage auch mit ihm ein. Langsam wird mir das hier zu voll. Kyra und Summer setzen sich mit einem Teller mit verschiedenen Törtchen zu den älteren Damen. Melissa gesellt sich ebenfalls zu ihnen.

»Hi«, begrüße ich den Quarterback. »Was macht ihr alle hier?«

»Meine Freundin ist immer noch die Eigentümerin und sieht nach dem Rechten«, erwidert er grinsend. »Hi, ich bin Dalton.«

»Ich bin Sophie«, sagt sie und schüttelt seine Hand. »Damiens Nachbarin.«

»Nachbarin«, wiederholt Dalton und grinst. »Ich schaue mal bei den anderen nach. Euch noch einen schönen Nachmittag.«

Sie alle setzen sich zu den älteren Damen an den Tisch, von denen eine Summer auf ihren Schoß zieht.

»Sie sind nett«, meint Sophie.

»Für Bees Spieler?«, necke ich sie, was sie die Augen verdrehen lässt.

»Du weißt, wie ich das meine«, antwortet sie.

»Ja, sorry.«

»Also …« Sophie zuckt mit den Schultern. »Wie wäre es, wenn du einem Rushers Fan beweist, dass ihr Bees Spieler cooler seid, indem du sie zu einer Homestory einlädst?«

»Du gibst nicht auf, was?«, will ich wissen und trinke meinen Kaffee aus.

»Niemals.«

»Leider muss ich dich enttäuschen«, sage ich. »Keine Homestory.«

Dann stehe ich auf und verabschiede mich von Sophie.

»Ich wünsche dir noch einen schönen Tag«, verabschiede ich mich. »Wir sehen uns.«

»Ciao«, murmelt sie und ist alles andere als begeistert von meiner erneuten Abfuhr. Wenigstens untersteht sie sich diesmal auszuflippen und mir die Meinung zu geigen.

Und ich muss raus aus dem Dunstkreis dieser Frau.

*

Einige Stunden später stehe ich an der Fensterfront in meinem Schlafzimmer und starre in Sophies Schlafzimmer. Es brennt ein kleines Licht neben ihrem Bett, aber von ihr ist nichts zu sehen. Ich bin seit heute in Besitz ihrer Handynummer. Es wäre nur ein Handgriff zu meinem iPhone, und ich könnte ihr schreiben, dass sie sich blicken lassen soll. Ich verwerfe diesen Gedanken. Das ist absolut bescheuert und das werde ich niemals tun. Vielmehr sollte ich mich von der Frau fernhalten und mich nicht weiter in ihre Nähe suchen. Sie bringt mich völlig durcheinander. Mit einem weiteren Treffen schafft sie es, dass ich ihrer Homestory zustimme.

Ich will mich abwenden und ins Bett gehen, als sie im Schlafzimmer erscheint. Ich schlucke heftig. Sie trägt einen kurzen pinken Morgenmantel, der ihrer hellen Haut schmeichelt. Ihre Haare hat sie zu einem hohen Zopf zusammengebunden. Sophie ist so verdammt sexy. Ich sollte nicht hier stehen und sie beobachten, aber sie macht es mir auch verdammt schwer woanders hinzuschauen. Sophie streift den Morgenmantel ab und legt ihn auf einen Stuhl in der Ecke ihres Schlafzimmers. Dann schlägt sie ihre Bettdecke zurück und legt sich hin.

Aufgekratzt von ihrer Erscheinung wende ich mich ab und gehe auch ins Bett.

7. KAPITEL

Damien

Zwei Wochen später

Bounty liegt in seinem Körbchen und sieht mich mit seinen großen braunen Augen an. Er ist seit einer Woche bei mir und wir haben uns gut eingelebt. Zu Beginn seines Einzugs war er noch zurückhaltend und hat alles abgewogen. Da wir nicht wissen, was ihm in seinem ersten Zuhause passiert ist, habe ich ihm alle Zeit der Welt gegeben, um sich bei mir heimisch zu fühlen. Doch bereits am dritten Abend wagte er sich aus der Ecke im Wohnzimmer, die er als seinen Rückzugsort auserkoren hat, zu mir auf die Couch. Das ist sein neuer Lieblingsplatz. In meiner kindlichen Vorstellung dachte ich, dass Bounty sein neues Körbchen lieben wird. Doch Fehlanzeige – sein Lieblingsplatz ist die Couch. Darum habe ich auch für mich entschieden, dass mein

Schlafzimmer und mein Bett für ihn tabu sind. Die Hundehaare auf der Couch reichen mir.

»Hören Sie«, sage ich gedämpft. »Ich brauche den Hundesitter in weniger als einer Stunde.«

Ich versuche seit Tagen alle verfügbaren Hundesitter in Berkeley und Umgebung abzuklappern, um einen Platz für Bounty zu bekommen. Dieses Wochenende haben wir ein Auswärtsspiel in Denver, da ist er mehr als ein paar Stunden am Sonntag allein. Ich habe mir die Suche nach einem Hundesitter viel einfacher vorgestellt. Mein Gott, wer rechnet denn damit, dass diese Sitter ausgebucht sind wie Kindertagesstätten oder Tagesmütter? Schöne Scheiße. Ich habe alle Sitter in Berkeley und Umgebung abtelefoniert, aber niemand wollte ihn aufnehmen. Noch dazu ohne Eingewöhnungsphase, ob er sich mit den anderen Hunden versteht. Nicht mal als ich ihnen das dreifache Honorar in Aussicht gestellt habe. Da meine einzigen Kontakte in Berkeley meine Teamkollegen sind, sind diese auch raus. Sie fliegen allesamt mit nach Denver.

Die Hundepension, die ich gerade am Telefon habe, ist meine letzte Hoffnung. Von allen Einrichtungen, die ich finden konnte, hatten sie die schlechtesten Bewertungen, aber meine Möglichkeiten sind ausgeschöpft.

»Es tut mir leid«, sagt die Stimme am anderen Ende der Leitung. »Aber wenn Sie keine Eingewöhnungsphase hatten und der Hund auch erst eine Woche bei Ihnen lebt, können wir ihn nicht aufnehmen.«

»Fein«, murre ich. »Glauben Sie nicht, dass ich Sie je wieder kontaktiere.«

Ohne ihre Antwort abzuwarten, lege ich auf.

Ich gehe vor Bounty auf und ab, um mir eine Lösung zu überlegen. Mein letzter Ausweg wäre, ihn übers Wochenende zurück ins Tierheim zu bringen, aber ich glaube, das will ich ihm nicht antun. Am Ende denkt er noch, dass ich ihn nicht mehr abhole, und unser Vertrauen ist im Eimer.

»Fuck!« Mir läuft die Zeit davon.

Genervt gehe ich ans Fenster und schaue hinaus, als ich in der Wohnung gegenüber Sophie sehe. Sie steht in der Küche und telefoniert.

Aber natürlich! Sophie ist die Lösung meines Problems. Sie wird sich bestimmt um Bounty kümmern. Außerdem sieht ihre Wohnung meiner sehr ähnlich. Wenn er also für zwei Nächte bei ihr ist, wird es ihm vielleicht nicht so arg auffallen.

»Ich bin gleich wieder da, Kumpel.« Ich streiche noch mal schnell über seinen Kopf, greife nach meinem Wohnungsschlüssel und verlasse sie.

In den letzten beiden Wochen haben wir uns ein paar Mal im Flur gesehen und zu meiner Überraschung hat sie mich nicht aufgehalten und mit Belanglosigkeiten vollgetextet, so wie die Male davor. Es war fast schon merkwürdig, dass sie von sich aus in ihre Wohnung gegangen ist und sich verabschiedete. Vielleicht hat sie auch endlich kapiert, dass ich mich nicht mit ihr unterhalten möchte und probiert es nicht mehr. Wobei unser Gespräch im Bee-Land durchaus nett war. Es hat mich überrascht, dass sie Football mag und dann auch noch Rushers Fan ist. Wieso ist man Rushers Fan? Es gibt Dinge, die erschließen sich mir einfach nicht. Das gehört definitiv dazu.

Ich klopfe zweimal an ihre Wohnungstür.

»Ich komme!«, ruft Sophie. Dann wird die Tür aufgerissen und sie sieht mich mit großen Augen an. Zugegebenermaßen kann ich ihre Überraschung sehr gut verstehen. »Damien?«, stößt sie aus. »War ich zu laut?«

»Nein.« Ich grinse. »Ich möchte dich um etwas bitten.«

»Du?«, fragt sie und zeigt mit dem Zeigefinger zunächst auf mich und dann auf sich. »Mich? Ich bin sehr gespannt.«

Ich verdrehe die Augen, weil ich genau sehe, wie viel Freude es ihr bereitet, dass ich zu ihr gekommen bin.

»Darf ich?« Mit einem Nicken deute ich ins Innere ihrer Wohnung.

»Sicher«, erwidert Sophie und tritt zur Seite, um mich eintreten zu lassen.

Mir fällt sofort auf, dass ihre Wohnung weitaus wohnlicher ist als meine. Auf ihrer Couch türmen sich süße türkisfarbene Zierkissen. Die Blumen auf dem Esstisch sehen ebenfalls sehr hübsch aus. Fotos hängen an den Wänden und auch sonst wirkt es in ihrer Wohnung deutlich mehr so, als würde hier jemand leben als in meiner.

»Also?«, fragt Sophie. »Meine Wohnung wolltest du nicht unter die Lupe nehmen. Was kann ich für dich tun?«

Ich grinse.

»Nein«, antworte ich. »Wie du vielleicht weißt, habe ich seit einer Woche einen Hund.«

»Ich habe es gehört«, antwortet sie.

»Ich muss in einer Stunde am Stadion sein, um zum Auswärtsspiel nach Denver aufzubrechen«, erzähle ich. »Ehrlich gesagt dachte ich, dass es deutlich einfacher wird, einen Hundesitter zu finden, als es in Wirklichkeit ist.«

»Oh«, murmelt sie. »Und jetzt hast du keine Betreuung für Bounty?«

»Genau«, seufze ich und fahre mir durch die Haare. »Und ich … na ja … ich wollte dich fragen, ob du dich vielleicht bis Sonntagabend um ihn kümmerst. Wir haben das frühe Spiel und ich bin gegen zehn Uhr wieder zurück.«

Sophie sieht mich einen Moment nachdenklich an. Dann nickt sie zustimmend. »Klar, kann ich machen.«

»Wirklich?«, frage ich und lächle breit. »Das würdest du tun?«

»Ja«, meint sie. Mir fällt ein Stein vom Herzen, dass sie zustimmt und sich die nächsten Tage um Bounty kümmert. Auch wenn wir nicht immer super miteinander ausgekommen sind, weiß ich, dass er bei ihr gut aufgehoben ist. Doch dann verziehen sich Sophies Lippen zu einem arrogant süßen Lächeln, das mir signalisiert, dass sie eine Gegenleistung will. »Ich mache das nicht einfach so.«

»Das verstehe ich«, erwidere ich. »Du kannst mir gern deine Bankdaten zukommen lassen und …«

Sie lässt mich nicht aussprechen, sondern beginnt augenblicklich zu lachen.

»Ich will keine Kohle, Damien.«

»Was willst du denn?«

»Überleg doch mal, was ich dich vor zwei Wochen gefragt habe.«

Ich denke einen Moment darüber nach und stöhne frustriert auf. Die Homestory, natürlich! Darauf hätte ich auch selbst kommen können. Das kommt nach wie vor nicht in die Tüte. Ich werde Sophie Turner, eine Journalistin, nicht in meinem Privatleben rumschnüffeln lassen. Man weiß doch, wie es mit diesen Presseleuten ist. Du reichst ihnen den kleinen Finger und sie nehmen die ganze Hand.

»Nein«, sage ich.

»Dann sitte ich Bounty nicht.«

»Das kannst du doch gar nicht vergleichen«, zische ich.

»Wieso nicht?«, fragt sie und verschränkt demonstrativ die Arme vor der Brust. »Du willst meine Hilfe und ich will eine Gegenleistung.«

»Aber doch nicht so eine«, murre ich. »Ich habe noch nie ein Interview gegeben, dass nichts mit Football zu tun hat und das werde ich auch nicht.«

»Du tust fast so, als würde ich deine dunkelsten Geheimnisse rausfinden, zu Papier bringen und dich vor der gesamten Nation bloßstellen.«

Ich schlucke schwer, als sie das sagt und ein eisiger Schauer läuft mir über den Rücken. Ehrlich gesagt stelle ich es mir genau so vor, wenn sie mehr über mein Privatleben und meine Familie erfährt. Sophie ist gut genug, um diese Informationen ans Tageslicht zu bringen.

»Du bist Journalistin«, räuspere ich mich. »Es ist dein Job, genau das zu tun.«

Sie verdreht die Augen.

»Ich bin Journalistin, kein Unmensch«, meint sie. »Ich will dich nicht bloßstellen, Damien. Natürlich kannst du den Artikel gegenlesen.«

»Gegenlesen.« Ich verkneife jegliche Gegenargumente. »Natürlich doch.«

»Gut, dann kannst du gehen und gucken, wie du Bounty versorgst. Für jemand, der bis vor fünf Minuten nichts mit mir zu tun haben wollte, und jetzt um meine Hilfe bittet, bist du ganz schön herrisch.«

»Sophie!«, knurre ich.

»Damien«, erwidert sie ruhig. »Homestory gegen Hundesitting.«

Um ihre Forderung noch einmal zu unterstreichen, hält sie mir ihre Hand hin.

»Fein!«, willige ich ein und nehme ihre Hand an. »Homestory gegen Hundesitting, aber ich bestimme die Inhalte und du fragst absolut nichts Privates.«

Sie presst die Lippen aufeinander, weil sie genau weiß, dass das eine Homestory ausmacht. Aber ich werde nicht über meine Familie und meine Kindheit und Jugend in New York sprechen. Da kann sie sich auf den Kopf stellen.

»Einverstanden«, murmelt Sophie. »So machen wir es. Dann holen wir Bounty mal rüber, weil du mich sicher nicht in deiner Wohnung haben möchtest.«

»Richtig«, erwidere ich und sie seufzt.

»Du solltest nicht so misstrauisch sein, Damien«, sagt sie. »Es steht dir nicht.«

»Danke der Nachfrage, aber ich kann sehr gut selbst entscheiden, was mir steht und was nicht. Du in meiner Wohnung, noch dazu ohne mich, gehört definitiv zu den Dingen, die mir nicht stehen.«

»Natürlich«, schmunzelt sie. »Ich frage mich wirklich, wie man so durch die Welt gehen kann.«

»Wie?«, frage ich und wir verlassen ihre Wohnung, um in meine zu gehen.

»Na so launisch und … misstrauisch. Macht das Spaß?«

»Macht es Spaß eine Nervensäge zu sein, die immer gut gelaunt ist?«, entgegne ich und Sophie lacht.

»In der Tat, das tut es und wie«, meint sie. »Ich bin sehr zufrieden mit meinem Leben.«

»Das freut mich«, seufze ich und lasse sie in meine Wohnung eintreten. Wie zu erwarten, sieht Sophie sich sofort interessiert um. Aber sie wird nichts finden. Alle ansatzweisen persönlichen Dinge befinden sich in meinem Schlafzimmer, und das wird sie niemals von innen sehen.

»Du kannst deinen Schnüffler Radar ausschalten«, rate ich ihr. »Du wirst hier nichts finden.«

»Ich schnüffle nicht.«

»Tust du wohl«, erwidere ich und zwinkere ihr zu. »Bounty! Komm her, Kumpel!«, rufe ich meinen Hund und höre, wie seine Pfoten auf dem Boden aufschlagen.

»Er darf auf die Couch?« Sophie rümpft die Nase.

»Sagen wir mal so«, wiegle ich ab, »er hat das einstimmig für uns entschieden.«

»Natürlich«, spottet Sophie. »Darf er auch in dein Bett?«

»Nein«, antworte ich. »Das ist nur für mich.«

Und wenn ich noch ein wenig länger darüber nachdenke, wohl auch für sie, denn sie würde mir verdammt gut in meinem Bett gefallen. Wieso denke ich Nonstop an Sex, wenn ich mit Sophie zusammen bin? Das war doch sonst nie der Fall bei einer Frau. Natürlich hatte ich One-Night-Stands in den letzten Jahren, aber das letzte Mal ist tatsächlich fast ein Jahr her und war nicht mal gut. Mir liegt nichts daran, eine lange Liste an One-Night-Stands und Affären zu führen, so wie einige meiner Kollegen es handhaben. Es führt nur zu Problemen, die ich nicht gebrauchen kann. Das beste Beispiel dafür ist unser Quarterback Dalton Meyers. Seine Freundin Melissa hat er kennengelernt, als der Club ihm eine Fake-Freundin zur Seite gestellt hat, um sein angekratztes Image zu retten. Bis dahin ist es ein weiter Weg, aber trotzdem halte ich nichts davon. Wenn ich mit einer Frau Sex habe, habe ich Sex, aber ich brauche es nicht als zweiten Leistungssport. Sophie hingegen … Fuck! Sie reizt mich und das nicht nur auf verbaler Ebene.

»Hi Bounty«, begrüßt sie meinen Hund freundlich und kniet sich zu ihm runter. Bounty genießt es sichtlich von ihr umsorgt zu werden. »Bist du bereit das Wochenende mit mir zu verbringen, statt mit deinem mürrischen Herrchen?«

»Ich stehe neben dir«, merke ich an.

»Ich sage nur die Wahrheit«, erwidert sie und zwinkert mir zu.

»Jaja«, seufze ich. »Wenn du möchtest, bringe ich dir alles, was er braucht, rüber. Körbchen, Leine, Futter, Spielzeug.«

»Ist gut«, meint sie. »Komm Bounty, gehen wir in dein Zuhause auf Zeit.«

Grinsend sehe ich ihr nach, wie mein Hund ihr folgt.

Auf die Homestory habe ich keinen Bock, aber es war die richtige Entscheidung, Sophie zu fragen.

*

Ich betrete mein Hotelzimmer in Denver und ziehe mein iPhone aus meiner Hose, um Sophie zu schreiben. Ich war schlussendlich so spät dran, dass ich ihr meine Nummer nicht gegeben habe. Bisher gab es keinen Grund, doch jetzt ist sie offiziell meine Hundesitterin und ich sollte für sie erreichbar sein.

> ***Damien:***
> *Hey Sophie, hier meine Nummer,*
> *dass du mich erreichen kannst,*
> *falls was mit Bounty ist. Damien*

Ich schicke die Nachricht ab und warte auf ihre Antwort. Die auch prompt kommt mit einem Foto. Grinsend öffne ich den Anhang und muss laut lachen. Tatsächlich liegt Bounty auf ihrer Couch. Sophie sitzt neben ihm, den Mund zu einem Lächeln verzogen.

> ***Sophie:***
> *Hey Damien, danke.*
> *Er war keine fünf Minuten*
> *hier, lag er auf der Couch.*

Bei uns ist alles super.

Wir verstehen uns.

Damien:
Das freut mich zu hören.
Wenn was ist, schreib mir.
Aber ich glaube, ihr braucht mich nicht.

Sophie:
Ich auf jeden Fall nicht.

Ich lache leise und lasse meine Finger über dem Display schweben.

Damien:
Bist du sicher?

Ich schicke die Nachricht ab und überlege noch im selben Moment, was ich ihr da schreibe. Es ist offensichtlich, dass ich mit ihr flirte. Sophie wird das auch merken.

Sophie:
Definitiv. Du kannst mich
nicht mal besonders leiden.

Fuck. Was antworte ich denn jetzt?

Sophie:
Du bekommst deinen Hundesitter
und ich meine Homestory.
Wir sind quitt, Damien.

Daraufhin weiß ich nichts zu antworten.

8. KAPITEL

Sophie

Golden Gate Arena, San Francisco, eine Woche später

Heute ist wieder Spieltag und die Berkeley Bees spielen gegen die San Francisco Rushers. Doch ich bin heute nicht hier, um mir das Spiel als Zuschauer anzusehen, sondern um meinen Bruder bei der Arbeit zu unterstützen.

Der »San Francisco Herald« ist seit letztem Jahr die Haus- und Hofzeitung der San Francisco Rushers, dem Footballteam aus San Francisco. Wir berichten exklusiv über alles, was rund um den Verein passiert. Neben den vereinsinternen Kanälen natürlich. Somit sind wir die erste Anlaufstelle für Trades, Spielentscheidungen und Gerüchte rund um die Rushers, die beizeiten an die breite Öffentlichkeit getragen werden sollen. Unserer Zeitung bringt das nicht nur mehrere Millionen Dollar an Sponsorengeldern, sondern auch eine deutlich höhere Auflage. Die Rushers hingegen haben in der Pressewelt einen verlässlichen Partner, der sie nicht enttäuscht. Es ist für alle eine Win-Win Situation. Zum heutigen Heimspiel der Rushers gegen die Berkeley Bees bin ich auch im Stadion. Ganz offiziell an Calebs Seite. Wenn unser Dad in einigen Jahren in seinen wohlverdienten Ruhestand geht, werden mein Bruder und ich den Herald und die dazu gehörenden Zeitungen führen. Es ist geplant, dass Caleb sich um das Sport– und Tagesgeschäft kümmert und ich mich um unsere Zeitungen, die auf soziale Themen abzielen. Wir haben eine Jugendzeitschrift, eine Seniorenzeitschrift sowie bald ganz neu, eine Zeitung für Frauen im mittleren Alter. Ich freue mich nach meinem Jahr beim »Berkeley Express« ins Familienunternehmen einzusteigen, aber bis dahin möchte ich meine Erfahrungen sammeln. Was Caleb nicht gefällt und er auch nicht müde wird zu betonen.

»Du siehst sehr förmlich aus«, meint er, als wir in der Tiefgarage der Golden Gate Arena aus unserer Limousine steigen.

»Findest du?« Grinsend drehe ich mich im Kreis, um ihm noch mal mein pinkes Kostüm zu präsentieren. »Danke.«

Meine Handtasche hänge ich mir locker über die Schulter. »Du siehst wie immer aus.«

Caleb rollt mit den Augen. Er trägt einen schwarzen maßgeschneiderten Anzug, darunter ein weißes Hemd und eine Anstecknadel der Rushers an seinem Revers.

»Du bist sogar ein richtiger Fan.« Kichernd tippe ich auf die Anstecknadel.

»Ich kann unter einem Anzug kein Trikot tragen«, meint er und zwinkert mir zu.

Ich trage ein weißes Rushers Trikot unter meinem Kostüm.

»Natürlich nicht«, ziehe ich ihn in guter alter Geschwistermanier auf.

»Hast du eigentlich mittlerweile mal beim Berkeley Express gesagt, welche Turner du bist?«

»Nein«, antworte ich als wir in einen der Aufzüge treten, der uns ins Innere des Stadions bringen soll. Caleb wirft mir wieder diesen Blick zu, den ich gar nicht leiden kann. Dieses besserwisserische, ich bin dein großer Bruder Gehabe. Ich hasse es, aber vermutlich würde er es auch machen, wenn er jünger wäre.

Zugegebenermaßen ist Caleb attraktiv, was ihn bei den Frauen gut ankommen lässt, aber auch dafür sorgt, dass er immer noch single ist. Er will sich nicht an eine Frau binden, wenn er alle haben kann. Ganz zum Verdruss unserer Eltern. Vor allem unsere Mom sieht Caleb schon lange im Hafen der Ehe. Mit seinen kurzen braunen Haaren, den breiten Schultern und einem reizenden Lächeln kann ich es mir nur zu gut vorstellen, wie leicht er es hat, in die Höschen der Frauen zu gelangen. Dennoch möchte ich mir keine Gedanken darüber machen, dass mein Bruder ernsthaft Sex hat. Das ist eklig. Er ist mein Bruder – Pfui!

»Wieso verziehst du den Mund so?«, will er wissen und ich sehe ihn überrascht an.

»Ach nichts.« Ich winke ab. »Gehen wir zum Spielfeldrand?«

»Natürlich«, antwortet er.

Ich nicke und folge ihm und dem Security Mitarbeiter aus dem Aufzug ins Innere des Stadions. Schon die letzten Tage ist mir der Besuch heute durch den Kopf gegangen. Aber nicht wegen des eigentlichen Besuchs, sondern wegen Damien. Nachdem er vergangenen Sonntag Bounty bei mir abgeholt hat, haben wir uns gut unterhalten. Er hat mir vom Sieg gegen Denver erzählt und ich habe ihm im Verlauf der Woche die ersten Fragen für die Homestory zugeschickt. Wenn er erst mal aufgetaut ist und nicht mehr das unnahbare Arschloch spielt, ist er tatsächlich ein netter Kerl. Für heute hatte er mich auch gefragt, ob ich auf Bounty schauen kann, aber ich musste leider ablehnen. Auf meine Nachfrage, was er gemacht hat, hat er geantwortet, dass er einen Hundesitter gefunden hätte. Ich hoffe, es macht Bounty nichts von jemandem Fremden betreut zu werden. Aber eigentlich sollte das gar nicht meine Baustelle sein. Ich habe für das Aufpassen meine Gegenleistung bekommen, die ich haben wollte. Mehr ist nicht wichtig für mich.

Caleb und ich werden in den Pressebereich geführt, wo mein Bruder sofort die Hände unseres Chefredakteurs des Sportbereichs schüttelt sowie die unserer Fotografin. Ich gehe ein paar Schritte weiter und beobachte die Rushers Spieler beim Aufwärmen, als ein ohrenbetäubendes Pfeifkonzert durchs Stadion hallt. Fragend drehe ich meinen Kopf und sehe es. Die Bees Spieler laufen ein und genießen es sichtlich, auf der anderen Seite der Bay gnadenlos ausgepfiffen zu werden. Mit meinen Augen suche ich sofort nach dem einen Spieler, der mich interessiert.

Damien joggt neben Center Jason Sterling her. Seinen Helm trägt er locker in der Hand und sieht verdammt gut aus in seiner Footballmontur. Seine Nummer, die fünf, prangert groß auf seiner Brust. Die Haare sind leicht feucht und er hat einen ungewohnt entspannten Gesichtsausdruck aufgelegt. Im ersten Moment bin ich versucht die Hand zu heben, und ihm zu winken, aber dann fällt mir ein, dass das schon mal total in die Hose gegangen ist. Warum sollte es hier anders sein als im Tierheim von Berkeley?

Seufzend fahre ich mir durch die Haare und wende mich wieder meinem Bruder zu.

»Die Berichterstattung läuft«, meint er. »Gehen wir in die Loge?«

»Klar.« Ich nicke ihm zu.

»Caleb, Sophie!«

Wir halten inne und drehen uns zu der Stimme herum. Elfengleich kommt Savannah Belfast, baldige Eigentümerin der Berkeley Bees, auf uns zu. Caleb und sie waren im selben Jahrgang in der Highschool, wenn auch Savannah in Berkeley und Caleb in San Francisco zur Schule ging. Durch den Status unserer Familien, traf man sich immer wieder bei verschiedenen Veranstaltungen.

»Savannah, hi«, sagt er und begrüßt sie mit einem Kuss auf die Wange. »Wie geht's dir?«

»Gut und euch?«

»Uns auch«, erwidere ich und begrüße sie ebenfalls herzlich. »Bist du bereit für das Spiel?«

»Natürlich«, meint sie und wirft ihre gelockten Haare zurück. »Wir werden die Rushers fertig machen.«

»Natürlich«, schmunzelt Caleb.

»Du Super-Fan trägst nicht mal ein Trikot«, merkt sie an und ich lache leise.

»Sag ich doch!«, mische ich mich ein. »Du bist falsch angezogen.«

»Sagt die, die aussieht wie Barbie?«, erwidert er und ich verdrehe die Augen.

»Ich bin einfach nur stylish«, antworte ich.

»Gehen wir?«, fragt er und ich nicke.

»Sophie!« Die Stimme lässt mich zusammenzucken und mein Herzschlag beschleunigt sich. Langsam drehe ich mich herum und sehe Damien auf mich zukommen. Oh Shit! Die Blicke meines Bruders und Savannahs sprechen Bände. Natürlich wissen beide nicht, dass wir uns kennen. Damien wiederum weiß nicht, dass Caleb mein Bruder ist und ich Savannah kenne.

»Hi«, sage ich und ignoriere die stechenden Blicke von Caleb und Savannah.

»Schickes Trikot«, meint er und zupft einmal an dem Stoff.

»Danke«, entgegne ich. Zur Untermalung meiner Worte fasse ich an den Revers meines Blazers und ziehe ihn auf, sodass er das Trikot noch besser sehen kann. »Mir gefällt es auch sehr gut.«

»Hm«, brummt er. »Ich wusste nicht, dass du mit meinem Boss bekannt bist.«

Ich linse zu Savannah, die bemüht ist, uns nicht zu beobachten, aber es misslingt ihr sowie Caleb gehörig. »Wir kennen uns schon lange.«

»Hast du ihr auch eine Homestory aufgeschwatzt und sie im Tierheim angeschrien?« Ich verdrehe die Augen.

»Ich habe dir nichts aufgeschwatzt und angeschrien habe ich dich auch nicht. Unsere Eltern
kennen sich.«

»Ah«, macht Damien.

»Sophie!«, sagt Caleb lauter als nötig. »Kommst
du?«

Damiens Augenbrauen wandern in die Höhe,
als er zwischen mir und meinem Bruder hin und
hersieht. Ich hasse Caleb dafür, dass er das tut,
was er gerade tut. Er weiß auch genau, dass ich
es tue. Es gibt keinen Grund, dass er mich von
Damien wegholt. Es ist noch mehr als genug
Zeit.

»Ich muss los«, verabschiede ich mich bei meinem Nachbar.

»Klar«, meint er und zwinkert mir zu.
»Wünschst du mir Glück?«

»Klar«, antworte ich. »Als Bee Spieler brauchst
du das auch.«

Tatsächlich entlockt es Damien ein kleines Lachen, bevor er sich umdreht und zu seinen Mitspielern zurückläuft.

»Woher kennst du Damien O'Riley?«, fragt
Caleb und sieht dem Footballspieler nach.

»Das würde mich auch interessieren«, mischt
Savannah sich ein.

»Das ist privat.«

»Schläfst du mit ihm?«, haut mein Bruder raus
und ich laufe rot an. Das tue ich nicht, aber die
Frage ist mir so unangenehm. Vor allem vor Savannah, dass meine Reaktion für Caleb nur einen Schluss zulässt. »Fuck … Sophie! Du vögelst
mit einem Bee Spieler.«

»Natürlich nicht«, fauche ich. »Hör auf das so rumzubrüllen, du Idiot. Damien ist mein Nachbar in Berkeley. Mehr nicht.«

»Dein Nachbar?« Wieder lugt mein Bruder an mir vorbei. »Er ist gruselig.«

»Wieso?«

»Ich finde seine Tattoos zu viel.«

»Deswegen ist er doch nicht gruselig«, wehre ich ab. »Du spinnst.«

»Er guckt immer so mürrisch«, argumentiert Caleb weiter.

Ich unterstehe mich wieder die Augen zu verdrehen und schaue noch mal zu Damien, der fast wieder im Inneren des Stadions verschwunden ist. Dann zu Savannah, die mich weiterhin interessiert mustert. Oje, oje. Das läuft alles gar nicht gut.

»Du hast einen Knall!«, weise ich Caleb zurecht. »Lass uns in die Loge gehen. Ciao Savannah.«

»Ciao«, meint sie und wir lassen uns von dem Security Mitarbeiter in unsere Loge bringen.

*

Während des Spiels liegt mein Augenmerk immer wieder auf Damien, der einen verdammt guten Job macht. Natürlich hat er mit Dalton auch einen der besten Quarterbacks der Liga an seiner Seite, aber er blockt ihn sehr gut frei. Ihm unterläuft kein einziger Fehler, was mich insgeheim sehr für ihn freut. Es ist das erste Mal, dass ich ein Spiel live von ihm im Stadion sehe. Na ja, solange ich ihn persönlich kenne und ich deswegen auch auf nichts anderes achte als auf ihn. Zum Glück bekommt er das nicht mit, damit würde er mich noch ewig aufziehen oder mich anschnauzen, dass ich ihn gefälligst nicht anschauen soll. Bei Damien weiß man nie genau.

Erleichtert atme ich aus, denn es reicht nach dem aktuellen Drive für die Bees lediglich für ein Field Goal. Die Offense muss den Platz verlassen. Damien zieht seinen Helm ab, als er zurück zur Bank geht und lässt seinen Blick durchs Stadion gleiten. Ein kleiner, aber naiver Teil in mir und ich habe keine Ahnung, wo dieser herkommt, glaubt, dass er mich sucht.

Doch das ist ausgemachter Bullshit, denn er weiß nicht, in welcher Loge wir sitzen. Wieso sollte er sich dafür interessieren, wo im Stadion ich mich befinde. Er mag mich nicht besonders.

»Die Bees spielen echt gut«, sagt Caleb und verzieht den Mund.

Ich sehe zu meinem Bruder auf.

»Ja«, sage ich, nachdem der Rushers Quarterback im ersten Versuch eine Interception wirft und die Offense der Bees zurückkehrt. »Sie machen kaum Fehler, die Drives sind perfekt ausgearbeitet. Ich verstehe das nicht.«

»Hast du was mit ihm?«, wechselt er das Thema auf Damien und ich stöhne auf.

»Wem?«, frage ich. »O'Riley?«

»Ja«, murrt Caleb.

»Mal abgesehen davon, dass dich das nichts angeht – nein. Ich habe nichts mit ihm, das habe ich dir doch schon gesagt. Wir sind Nachbarn und verstehen uns ganz gut.« Zumindest würde ich das nach den letzten beiden Wochen sagen.

»Ich habe ein paar Mal auf seinen Hund aufgepasst.«

»Gut«, antwortet Caleb. »Das gibt nur Stress.«

»Ach Cal«, seufze ich und drücke seine Schulter. »Wir wissen beide, dass du das auch bei einem Rushers Spieler sagen würdest.«

»Du bist nun mal meine kleine Schwester und man weiß doch, wie diese Footballspieler sind.«

Das ist wohl die absolut billigste Ausrede, die ich jemals gehört habe. Man weiß doch wie diese Footballspieler sind. Oh bitte, als wäre er ein Chorknabe, der seinen Schwanz kontinuierlich in der Hose behält.

»So wie du?«, kontere ich frech.

Tatsächlich legt sich ein breites Grinsen auf seine Lippen.

»Vielleicht«, meint Caleb. »Demnach solltest du dich wirklich von ihnen fernhalten. Besonders von ihm. Ich traue ihm nicht.«

»Cal!«, seufze ich. »Ich nehme dir das Geschwätz nur nicht übel, weil du mein großer Bruder bist und es irgendwie zur Jobbeschreibung für große Brüder gehört.«

»Und was gehört zur Jobbeschreibung für kleine Schwestern?«, erwidert er. »Mit Bad Boys und Footballspielern in die Kiste steigen, um mir einen Herzinfarkt nach dem nächsten zu bescheren?«

»Das hat …«, will ich antworten, aber breche sofort ab. Damien hat den Pass von Dalton gefangen und läuft über das Feld. Er tanzt mehrere Defense Spieler von San Francisco aus. »Oh mein Gott«, keuche ich und schlage mir die Hände vor den Mund. In diesem Moment wummern definitiv zwei Herzen in meiner Brust.

Eines für die Defense der Rushers diesen Drive zu beenden und eines für den Fullback der Berkeley Bees.

»Touchdown!«, dröhnt es durch die Lautsprecher im Stadion. Damien donnert den Ball auf den Boden in der Endzone. Er reißt die Arme in die Luft und wird von seinen Mitspielern gefeiert.

»Du freust dich doch wohl nicht«, zischt Caleb und ich beiße mir verlegen auf die Lippe. »Gott Sophie … du magst den Kerl und freust dich!«

»Das war ein super Touchdown«, rechtfertige ich meinen kleinen Jubel.

Caleb sagt nichts mehr und lässt mich stehen.

*

Caleb überwacht die Interviews, die unsere Reporter nach dem Spiel führen. Um für mehr Transparenz zu sorgen, möchte er auch einige Bees Spieler interviewen. Vorneweg natürlich Mann des Spiels Damien O'Riley. Mit verschränkten Armen stehe ich neben meinem Bruder, mein iPhone in der Hand und Damiens Chat geöffnet. Ich überlege immer wieder, ob ich ihm schreiben soll, aber entscheide mich dagegen. Vermutlich hat er sowieso keine Zeit drauf zu schauen und möchte nach so einem Sieg auch nicht mit mir reden.

Die Kabine der Bees öffnet sich und Quarterback Dalton Meyers und Tight End Desmond Price kommen heraus. Die beiden sind die absoluten Superstars des Teams und dazu auch noch beste Freunde. Eine bessere Football-Bromance kann man sich nicht ausdenken. Darüber hinaus sind auch ihre Frauen beste Freundinnen seit dem Kindergarten.

Beide werden sofort von diversen Reportern in Beschlag genommen, obwohl sie schon auf dem Feld einige Statements abgegeben haben.

Damien folgt ihnen aus der Kabine und will sich durch den Rummel an seinem Quarterback und Tight End aus dem Staub machen. Das passt so gut zu dem wortkargen Mann, den ich die letzten Wochen kennengelernt habe.

»Damien!«, rufe ich und mein Bruder sieht mich an. Er bleibt stehen und macht mich in der Masse aus. »Ein Interview!«

Er schüttelt den Kopf und ich glaube bereits, dass er abdreht und geht, aber tatsächlich kommt er auf uns zu.

»Ein Interview«, begrüßt er mich. »Du bist sowas von nervig, Turner!«

Das Grinsen auf seinen Lippen verrät mir, dass er es nicht böse meint. Auch nicht beleidigend, sondern mich mit der Bezeichnung einfach nur neckt. Caleb hingegen fasst das ganz anders auf.

»Ich möchte Sie bitten, nicht so respektlos mit Sophie zu sprechen.«

Ich zucke zusammen und sehe ihn mit großen Augen an. Damien, der bisher keine große Notiz von Caleb genommen hat, sieht ihn an. »Und Sie sind?«

»Caleb Turner«, stellt er sich vor. »Eigentümer des San Francisco Herald und Sophies Bruder.«

Die Überraschung ist Damien ins Gesicht geschrieben. Er sieht mich an, als bräuchte er eine Bestätigung für Calebs Aussage und nicke langsam.

»Du bist eine Turner … ich meine *so* eine Turner?«, keucht er. »Wow!«

»Ja, *so* eine Turner ist Sophie und darum bitte ich Sie ihren Ton ihr gegenüber zu mäßigen«, mischt sich Caleb wieder ein. Kann er nicht einfach die Klappe halten?

»Was ist dein Problem, Mann?«, knurrt Damien.

»Mein Problem ist, dass du meine Schwester verdammt respektlos behandelst.«

»Respektlos?« Damien lacht. »Respektlos ist, wie du dich in unser Gespräch einmischst, obwohl du weder die Umstände unserer Unterhaltung noch mich kennst. Schönen Abend noch.«

»Ich habe genug gehört, um festzustellen, dass du so nicht mit ihr redest.«

»Könntet ihr bitte aufhören!« Sauer sehe ich zwischen den beiden hin und her. »Wir sind hier nicht im Kindergarten. Bekomme ich das Interview?«

»Nein«, antwortet Damien. »Ich unterhalte mich nicht mit der Presse.«

Damit dreht er sich herum und stürmt davon.

»Was ein Penner«, mault Caleb neben mir und ich fahre herum.

»Halt die Klappe, Cal«, zische ich. »Ich hatte ihn so weit, bis du den großen Bruder spielen musstest.«

Dann tue ich es ihm gleich und lasse ihn ebenfalls stehen.

9. KAPITEL

Sophie

Ein paar Tage später

Das Spiel der Bees gegen San Francisco ist nun ein paar Tage her. Damit auch der peinliche Auftritt meines Bruders gegenüber Damien. Ich kann immer noch nicht glauben, wie er mit ihm geredet hat. Das war absolut unprofessionell und das, obwohl sich Caleb doch immer genau das auf die Fahne schreibt – Professionalität.

Tatsächlich war ich es diesmal, die Damien aus dem Weg gegangen ist, weil mir das Verhalten meines Bruders so unangenehm war. Dass Damien nicht mit der Presse spricht, nicht mal nach so einem Touchdown, glaube ich ihm aufs Wort. Umso stolzer war ich auf mich, dass ich ihn beinahe so weit hatte, dass er dem Interview zugestimmt hätte. Bis mein Bruder alles versaut hat.

Nun stehe ich mit meinem MacBook, Diktiergerät und einem Block vor Damiens Wohnung, um die ersten Fragen für die Homestory mit ihm durchzugehen. Ich befürchte, dass das ein ziemlich harter Knochen wird. Immerhin sollen auch noch Fotos gemacht werden. Mr. Presley verlangt dies, was auch absolut Sinn macht. Ich weiß aber, dass Damien niemals zulassen wird, dass diese in seinen eigenen vier Wänden entstehen. Darum muss ich mir hierfür auch eine Lösung überlegen. Im Notfall biete ich ihm meine Wohnung an, aber das wird uns keiner abkaufen. Sie ist viel zu feminin eingerichtet. Das würde sofort die Frage nach einer Freundin aufwerfen.

Eine Freundin … ich schüttle den Kopf. Damien hat keine Freundin und ehrlich gesagt, rumort es ziemlich in mir, wenn ich daran denke, dass er eine hätte. Nur rein hypothetisch gesehen, finde ich das nicht sonderlich toll. Obwohl er die meiste Zeit unfreundlich zu mir war und auch darüber hinaus nie näheres Interesse an mir gezeigt hat, mag ich ihn mittlerweile. Hinter dieser Fassade des mürrischen Footballers steckt ein feiner Kerl mit einem Herz für Tiere. Ich werde Bounty in den Mittelpunkt meiner Homestory stellen. So erzählt Damien etwas Privates über sich, was in einer Homestory nicht fehlen darf, aber nichts über seine Familie. Ich verstehe nicht, wieso er das so unbedingt vermeiden möchte. Natürlich habe ich recherchiert und auch nach seiner Familie gesucht. Er hat eine Schwester namens Ciara. Seine Eltern und sie leben noch in New York. Auch hieß es, dass sie ein herzliches Verhältnis pflegen. Da waren sich die Artikel allesamt einig. Manche stammten aus seinen aktiven Jahren in der Liga, andere noch aus dem College. Was mich stutzig machte, waren Fotos von ihm und einem jungen Mann, der ihm sehr ähnlich sieht. Laut den Artikeln handelte es sich bei diesem um Cian O'Riley – Damiens Bruder!

Wüsste ich es nicht besser und wäre er nicht voll mit Tattoos, würde ich sagen, dass sie Zwillinge sind. Die Fotos stammten alle aus seinen Collegejahren.

Ich bin immer noch schockiert und überrascht, denn nach der College Zeit fand ich kein einziges Foto mehr von ihnen. Es war als hätte man Cian aus Damiens Leben gestrichen. Wirklich merkwürdig. Ich bin mir nur leider sehr sicher, dass er nicht mit mir darüber redet. Meine Recherche brachte mich nicht weiter. Nichts war über diesen ominösen Bruder zu finden. Was auch immer mit Cian passiert ist, war so schlimm für Damien, dass es ihn zu dem Menschen gemacht hat, der er heute ist. Das zerreißt mir fast das Herz. Denn ich glaube, dass er wunderbar ist und dieses Bad Boy Gehabe nur eine Schutzmauer ist, die er über die Jahre aufgebaut hat. Allerdings bin ich auch so realistisch und weiß, dass ich nicht diejenige bin, die ihn heilt.

Nervös hebe ich die Hand und klopfe an seine Wohnungstür.

Damien öffnet mir. »Hey«, begrüßt er mich. »Komm rein.«

»Danke«, antworte ich und gehe an ihm vorbei in die Wohnung. Sein Aftershave weht mir in die Nase und ich stelle mal wieder fest, wie gut er riecht. Und noch viel besser sieht er heute mal wieder aus. Damien trägt ein eng geschnittenes weißes T-Shirt, das seinen muskulösen Oberkörper untermalt. Seitdem ich ihn letzten Monat nur mit einem Handtuch um die Hüften gebunden vorgefunden habe, lechzt alles in mir danach, ihn wieder halb nackt zu sehen.

Ich lache leise bei dem Gedanken, wie viel sich zwischen uns verändert hat. Damals wollte er mir noch bei jedem Wort an die Gurgel springen und jetzt bin ich ein gern gesehener Gast in seiner Wohnung. Na gut, das Ganze ist die Gegenleistung für das Hundesitting, aber wer fragt schon so genau nach.

»Warum lachst du?«, fragt er.

»Ich musste daran denken, wie ich dich damals zur Sau gemacht habe, nachdem du mich im Tierheim ignoriert hast und jetzt lässt du mich ganz freiwillig in deine Wohnung.«

»Freiwillig unter Wettschulden«, antwortet er und schließt die Tür. »Möchtest du einen Kaffee?«

»Gern«, antworte ich und sehe mich um. Doch es hat sich absolut nichts in seiner Wohnung verändert.

Wir gehen in die offene Wohnküche und ich schaue in meine eigene Wohnung.

»Eigentlich ist es gruselig, wie gut wir uns beobachten können«, sage ich und er grinst mich an.

»Vor allem im Schlafzimmer«, antwortet Damien und stellt mir einen dampfenden Kaffee vor die Nase. Als ich nach der Tasse greife, berühren sich unsere Finger und ein Stromschlag durchfährt meinen Körper. Unsere Blicke verhaken sich ineinander und ich traue mich nicht meine Hand zurückzuziehen. Obwohl es nur eine federleichte Berührung unserer Fingerspitzen ist, möchte ich Damien nicht loslassen. Mir gefällt dieses Band, das sich da gerade zwischen uns aufbaut.

Schließlich ist er es, der den Hautkontakt unterbricht und das Kribbeln in meinem Bauch stoppt. Verlegen wende ich meinen Blick ab und trinke von dem Kaffee. »Ich bin auf alle Fragen vorbereitet«, meint er. »Auch die, die ich nicht beantworten will.«

Er lehnt sich locker an die Küchenanrichte. Die Füße überkreuzt, die Arme vor der Brust verschränkt.

Ich grinse und setze mich auf einen der Barhocker an seiner Kücheninsel. Dann schalte ich das Diktiergerät ein und öffne mein MacBook.

»Bevor wir anfangen, du hast gesagt, dass du keine privaten Fragen beantworten möchtest«, eröffne ich das Gespräch und er spannt sich sofort an. »Ich werde auch keine stellen.«

»Aber?« Meine Güte, wie kann ein einziger Mann nur so skeptisch sein.

»Ganz ohne geht es auch nicht«, antworte ich. »Ich bin keine Sportjournalistin, sondern Lifestylejournalistin.«

»Sport macht, nehme ich an, bei euch dein bescheuerter Bruder?«

»Ist das eine Frage oder eine Feststellung«, erwidere ich.

»Zweiteres«, murrt Damien. »Es wundert mich, dass er überhaupt einen Interviewpartner bekommen hat.«

»Zugegebenermaßen lief euer Kennenlernen nicht optimal«, räume ich ein und er lacht.

»Nicht optimal?« Damiens Augenbrauen wandern in die Höhe. »Er ist ein arroganter Arsch, dem sein eigener Name zu Kopf gestiegen ist.«

Ich atme geräuschvoll aus.

»Er ist kein Arsch, er ist mein Bruder. Kapiert?«

»Kapiert.«

»Kommen wir zurück zum Thema«, sage ich. »Ich habe mir gedacht, dass wir die privaten Fragen rund um Bounty und … nun ja … dein Liebesleben aufbauen.«

»Mein Liebesleben ist genauso privat wie meine Familie«, antwortet er hart. »Bounty ist okay. Er ist fotogen.«

»Das ist er«, kichere ich und schaue zu ihm. Wie immer liegt er auf der Couch und schläft. »Trotzdem wäre es gut, wenn du dich wenigstens ein bisschen öffnest. Nur ein bisschen, Damien.«

»Was bedeutet für dich denn ein bisschen?«, fragt er. »Im einen Moment fragst du mich, ob ich single bin, was ich bin und jeder weiß und im nächsten Moment willst du meine Lieblingsstellung wissen und wann ich zum letzten Mal Sex hatte.«

Mein Kopf ruckt nach oben und ich sehe ihn sprachlos an. Das will ich nicht wissen. Sowas würde ich ihn niemals fragen. Auch wenn es mich unheimlich interessiert, worauf er im Bett steht. Dieses Interesse ist aber privater Natur und hat nichts mit meinem Job als Journalistin zu tun.

»Nein, das will ich nicht«, protestiere ich.

»Willst du doch!« Er lacht und stellt seinen Kaffee auf der Anrichte ab und kommt auf mich zu. Ich verfolge jede noch so kleine Regung seines Körpers. Geschmeidig wie ein Panther bewegt er sich auf mich zu. Damien stützt seine muskulösen Unterarme auf der Kücheninsel ab und beugt sich zu mir vor. Ich unterstehe mich, über seine tätowierte Haut zu fahren. Die feinen schwarzen Linien mit meinen Fingerspitzen nachzuziehen.

»Frag mich, Sophie!« Unsere Blicke treffen sich. Mein Herz schlägt schneller und ich lehne mich weiter nach vorne. Er hat mich genau da, wo er mich haben will. Kurz davor zuzugeben, wie sehr ich mich für sein Sexleben interessiere. Doch dieses Spielchen spiele ich nicht mit. Ich versinke nicht in seinen blaugrauen Augen, gehe nicht über Los und nehme einen Kuss mit.

Einen Kuss.

Mein Puls beschleunigt sich, wenn ich daran denke, seine Lippen auf meinen zu spüren. Sie sind weich und eben. Keinerlei Risse vorhanden. Sie sind voll und laden förmlich dazu ein, von ihnen zu kosten.

»Was hat dich dazu bewogen eine Wohnung in der Stadt zu mieten, statt ein Haus außerhalb?«

Verdattert sieht er mich an. Scheinbar hat er nicht damit gerechnet, dass ich ihm eine Frage stelle, die tatsächlich zum Interview gehört.

Damien räuspert sich und zieht sich zurück.

»Ich brauche kein großes Haus«, sagt er. »Die Wohnung ist völlig ausreichend. Außerdem kann ich von hier aus auch vieles zu Fuß erreichen.«

Ich nicke und notiere mir ein paar Kleinigkeiten über die Lage unserer Wohnung, während das Diktiergerät seine Antwort aufgenommen hat.

»Nächste Frage«, sage ich, um wieder einen professionellen Rhythmus zu finden. »Deine Familie kommt aus New York.« Sofort verdunkeln sich seine Augen und ich verdrehe meine. »Fühlst du dich dennoch in Kalifornien heimisch?«

»Ich lebe seit fast drei Jahren in Berkeley und es gefällt mir gut.«

»Vermisst du deine Familie?« Sein Blick wird grimmig und ich seufze. »Meine Güte … dann eine andere Frage. Was wolltest du werden, wenn es mit dem Football nicht geklappt hätte?«

»Ich hatte keinen Plan B.«

»Du lügst!«

»Was hättest du denn gemacht, wenn du dein Journalismus Studium nicht geschafft hättest?«, erwidert Damien grinsend.

»Okay, fein!«, räume ich ein. »Ich hatte auch keinen, aber mein Job ist nicht mal ansatzweise so gefährlich. Was machst du bei einer schweren Verletzung?«

»Ich glaube, freche Journalistinnen werden eher vermöbelt als ich.«

»Vermöbelt?«, frage ich und ziehe die Augenbraue hoch. »Wo denn?«

»Mir würde mindestens eine Körperstelle einfallen, die ich vermöbeln würde.« Seine Augen blitzen auf und Hitze erobert meinen Körper. Sein intensiver Blick trifft mich und ich presse die Lippen aufeinander und die Schenkel zusammen. Damiens Blick ist flirtend und herausfordernd zugleich.

»Ach ja?«, piepe ich. »Und welche?«

Er grinst und macht wieder einen Schritt auf die Kücheninsel zu. Erneut legt er seine Unterarme auf der Platte ab und beugt sich zu mir rüber.

»Ich korrigiere mich«, sagt er. »Ich meine natürlich *versohlen*.«

Ich schlucke und erwidere seinen Blick.

»Das will ich sehen«, behaupte ich kühn.

»Wie ich dir den Hintern versohle?« Damien lacht kehlig und eine Gänsehaut zieht sich über meinen Körper. Tatsächlich will ich das jetzt sehr gerne sehen. Meine Gedanken spielen völlig verrückt, wenn ich daran denke, dass er womöglich hinter mir steht, mich über die Kücheninsel beugt und … Ich muss mich konzentrieren!

»Du spinnst ja!«

»Du hast daran gedacht, oder?«, will er wissen. »Wie ich es tue.«

»Lass das, Damien«, rüge ich ihn wenig ladylike und hoffe, dass meine Gesichtsfarbe sich wieder normalisiert.

»Du hast angefangen«, meint er. »Hast du noch mehr Fragen?«

»Ja, natürlich«, antworte ich. Schnell suche ich eine Frage raus und lese sie vor: »Wann hattest du deine erste Freundin?«

Ich schließe die Augen und verfluche mich dafür, dass ich überhetzt eine Frage vorgelesen habe.

»Mit sechzehn, kurz nachdem ich angefangen habe, Football zu spielen.«

»Okay«, sage ich und gehe nicht näher darauf ein. Obwohl mich schon interessiert, wie sie aussah und welche Gemeinsamkeiten sie damals hatten. »Hast du noch andere Interessen außer Football?«

»Ja, natürlich«, antwortet er und der flirty Blick verschwindet aus seinen Augen. Ich atme erleichtert aus. »Vielleicht hatte ich doch einen Plan B, denn diesen studiere ich aktuell noch.«

»Moment … was?«, frage ich und werfe einen eiligen Blick auf seine Vita. »Davon habe ich nichts gelesen.«

»Du wirst vieles über mich nicht lesen, Sophie.«

»Wahrscheinlich«, seufze ich. Zum Beispiel hätte ich auch gern erfahren, was mit seinem Bruder geschehen ist, der so plötzlich von der Bildfläche verschwunden ist.

»Lass deine Sachen hier liegen, und komm mit.«

»Wohin?«

»Du wolltest doch wissen, was ich studiere. Komm.«

Ich stoppe das Diktiergerät und klappe mein MacBook zu. Dann rutsche ich von meinem Barhocker herunter und folge Damien durch den Wohnbereich die Treppe nach oben. Es ist erschreckend, wie sehr unsere Wohnungen einander gleichen und wie schnell ich mich bei ihm zu Hause zurechtfinde.

Im ersten Obergeschoss angekommen, steuert er eine Tür gegenüber der Treppe an.

»Hier ist mein Büro«, sagt er und lässt mich eintreten.

Interessiert sehe ich mich um und stelle fest, dass es das erste Mal ist, dass sowas wie eine private Note in einem Raum zu finden ist. Seine Trikots hängen an den Wänden sowie persönliche Auszeichnungen und Pokale stehen in einer Vitrine. Allerdings sind auch hier keine Fotos zu finden.

»Komm her.« Ich folge ihm hinter den massiven Schreibtisch, auf dem ein großer iMac steht. »Ich studiere Biologie und Chemie an der New York University.«

»Biologie und Chemie?« Damien zeigt mir eine Hausarbeit und deutet auf ein riesiges Regal mit Fachliteratur. »Ich liebe diese Fächer. In der Schule war ich ein richtiger Streber, hatte auch ein Stipendium am *Massachusetts Institute of Technology* in Boston mit Schwerpunkt Chemie. Es ist die renommierteste Uni der USA für Chemie. Aber dort konnte ich nicht Football spielen und ich … damals wollte ich es weitermachen und habe mich gegen Chemie entschieden.«

»Was hast du stattdessen studiert?«, frage ich und gehe auf das üppige Regal zu, in dem sich hunderte Bücher befinden. Unglaublich, das hätte ich niemals von Damien erwartet. Dass er kein einfältiger Mann ist, das war mir klar. Aber ein Chemie Stipendium ist wow.

»Wirtschaft wie viele meiner Kollegen auch.«

»Sicher nicht schlecht«, wiegle ich ab und er tritt neben mich. »Nein«, sagt er. »Vermutlich werde ich mit meinem Chemie Studium auch nie etwas anfangen, aber es macht mir Spaß.«

»Wie koordinierst du das mit deinen Spielen?«, will ich wissen.

»In dem ich es strecke«, antwortet er. »Ich habe den Luxus, dass Geld keine Rolle spielt.«

»Verstehe.« Ich nicke. »Du musst keine Regelstudienzeit einhalten, weil du die Gebühren ohne weiteres tragen kannst.«

»Genau.« Damien geht zurück zu seinem Schreibtisch und lehnt sich dagegen.

»Du bist voller Überraschungen, Damien O'Riley«, sage ich und gehe auf ihn zu.

»Glaubst du?«

»Ja«, sage ich. »Manchmal glaube ich, ich würde dich kennen und dann … zeigst du mir wieder eine völlig andere Facette von dir.«

»Und ich dachte immer, es ist gut, wenn man sich vor der Damenwelt interessant macht.« Er wirft mir ein jungenhaftes Grinsen zu, das so gar nicht zu seiner rauen Schale und der heftigen Körperbemalung passen will. Mein Herz macht einen Hüpfer und ich trete noch einen Schritt näher an ihn heran. Nun stehe ich nur noch wenige Zentimeter von Damien entfernt. »Auf jeden Fall besser, als wenn man sich wie ein Arschloch aufführt.«

»Wann habe ich das jemals getan?«, will er wissen und schafft es kaum ernst zu bleiben.

»Jedes Mal, wenn wir uns gesehen haben?«

»Okay schön«, meint er grinsend. »Du bist so ziemlich das Gegenteil von allem, was ich an Menschen mag, Sophie Turner.«

Ich schlucke heftig und suche seinen Blick.

»Du meinst eine Nervensäge?«

»Ja … auch«, murmelt er. »Wie du vielleicht gemerkt hast, bin ich kein sonderlich sozialer Mensch.«

»Das stimmt nicht«, sage ich und schüttle den Kopf. »Okay … ja, du meidest Gespräche und du hasst die Presse.«

»Das hat seine Gründe«, sagt er und sein Blick ist wieder so ausdruckslos und hart, wie ich ihn kenne.

Ich atme einmal tief durch und trete noch weiter auf ihn zu. Damien stellt seine Beine weiter auseinander, sodass ich mich dazwischen stellen kann.

Vorsichtig lege ich meine Hände auf seine Schultern und streiche darüber und weiter über seine durchtrainierte Brust. Er fängt meinen Blick auf, und legt seine Hände auf meine Hüften.

So nah waren wir uns noch nie.

»Wirst du es mir irgendwann erzählen?«, frage ich leise. »Als … Freunde?«

»Sind wir das?«, raunt er und der heisere Klang seiner Stimme bereitet mir eine Gänsehaut.

»Wir sind richtige Enemies to …« Ich stocke. Das, was kommt, sind wir nicht. Leider. Dafür kann er mich zu wenig leiden, auch wenn sich heute ein anderes Bild gezeigt hat und wir uns fast geküsst hätten.

»Lovers?«, hilft er mir grinsend aus. Seine Hände wandern weiter nach oben an meine Taille und er zieht mich näher an sich heran.

»Friends«, korrigiere ich, weil es mir unangenehm ist, dass er meine Gedanken erraten hat.

»Friends, natürlich«, meint er. »Was auch sonst …«

Damien schiebt mich von sich und drängt sich an mir vorbei. »Lass uns wieder in die Küche gehen und das Interview zu Ende bringen.«

Mein Magen zieht sich schmerzhaft zusammen und ich presse die Lippen aufeinander.

Deutlicher geht eine Abfuhr nicht.

10. KAPITEL

Damien

Ich stemme das Gewicht der zehn Kilo Hanteln und starre auf meine schwarzen Sportschuhe. Der Schweiß läuft mir übers Gesicht, brennt immer wieder in meinen Augen. Als würde er mich dafür bestrafen, dass ich so ein Idiot bin.

Dass ich mich nicht überwunden habe, die tollste Frau zu küssen, die ich seit Jahren kennengelernt habe. Mein Kopf ist immer wieder so blockiert, dass ich es nicht schaffe, mich voll und ganz bei Sophie fallen zu lassen. Sie ist schon lange keine flüchtige Bekannte mehr, mit der ich gern eine Nummer schieben würde. Fuck, sie ist großartig und ich genieße es sehr, in ihrer Nähe zu sein. Trotzdem schaffe ich es nicht, mich ihr zu öffnen und mich darauf einzulassen, was zwischen uns entsteht. Sie mag mich, das weiß ich und ich mag sie auch. Da brauche ich mir mittlerweile nichts mehr vormachen.

Sophie Turner, Nervensäge der Nation, hat es mir angetan.

Der letzte Schritt, dass wir uns näherkommen, will nicht passieren. Auch wenn sie meist vorlaut ist und mir Feuer unterm Hintern macht, würde sie niemals den ersten Schritt machen und mich küssen.

Trotzdem hat sie mich mit ihrem Vergleich in die Friendzone geschickt. Es heißt definitiv Enemies to Lovers. Ich habe eine kleine Schwester, die mega auf diese kitschigen Romane abfährt.

»Fuck«, ächze ich und lasse die Hantel fallen.

Jason wirft mir einen kurzen Blick zu, aber sagt nichts. Das tut er selten. Er kennt mich gut genug, um zu wissen, dass ich mit ihm rede, wenn ich reden will. Ich wische mir den Schweiß vom Gesicht und trinke aus meiner Wasserflasche. Jason sagt nichts neben mir und hebt weiter seine Hanteln.

»Hey Mann?«, frage ich.

»Ja?«, erwidert er und lässt die Hantel sinken.

»Kann ich dich was fragen?«

»Klar.«

»Nehmen wir mal an, da ist diese Frau und sie ... na ja ... sie schickt dich in die Friendzone, nachdem ihr euch fast geküsst habt. Ist man dann wirklich in der Friendzone?«

»Verdammt, nein!«, wendet Jason ein. »Natürlich nicht. Du hast sie hoffentlich geküsst.«

»Nein und wer sagt denn, dass ich von mir spreche.« Jason hebt vielsagend die Augenbrauen. »Okay, schön, es geht um mich.«

»Und Sophie?«, will er wissen und ich nicke.

»Ja, sie … wir … verstehen uns mittlerweile wirklich gut. Gestern war sie bei mir wegen der Homestory, die ich ihr versprochen habe. Ich habe ihr mein Büro gezeigt und ihr erzählt, dass ich Chemie studiere.«

Im Gegensatz zu den meisten meiner Teamkollegen weiß Jason sehr viel über mich. Alles kann und will ich auch nicht für mich behalten. Ich weiß, dass ich mich auf ihn verlassen kann. Er ist schweigsam und würde niemals etwas ausplaudern. Zwar würden die meisten meiner Kollegen mit meiner Vergangenheit nicht hausieren gehen, aber ich bin von Haus aus ein misstrauischer Mensch.

»Sie muss es dir wirklich angetan haben.«

»Das hat sie«, gebe ich zu und mein Herz schlägt schneller. »Sie hat etwas an sich, dem ich nicht widerstehen kann.«

»Sie ist verdammt heiß und ihrer Familie gehört die einflussreichste Zeitung der Westküste«, sagt Jason. »Für dich zwei sehr widersprüchliche, aber wichtige Argumente.«

»Wo ich doch so gern mit der Presse spreche«, erwidere ich ironisch.

»Damien«, meint Jason und sieht mich bestimmt an. »Lass nicht zu, dass die ganze Scheiße, die du seit Jahren mit dir ausmachst, das kaputt macht. Sie tut dir gut und wie es scheint, mag sie dich auch. Was ich mir nur sehr schwer erklären kann, so scheiße wie du dich manchmal verhältst.«

Ich presse die Lippen zusammen und sehe ihn an. Die Dämonen meiner Vergangenheit lassen mich nicht los, das werden sie vielleicht nie. Ich weiß, dass ich mich öffnen und jemanden an mich heranlassen muss, wenn ich eine Partnerin finden will.

»Du hast dich in sie verknallt, oder?« Er grinst mich triumphierend an.

»Ja, schon …«, räume ich ein wenig verlegen ein. Eigentlich bin ich nicht der Typ, der offen über seine Gefühle spricht. Noch weniger über die zu einer Frau. Mir gefällt mein Image als unnahbarer Bastard der Berkeley Bees mit seinen vielen Tattoos und dem grimmigen Gesichtsausdruck. Ich bin kein Honeymoon-Boy wie Dalton oder ein Daddy-Bad-Boy wie Desmond.

»Und was wirst du jetzt tun?«

»Gespräch beendet.«

»Arschloch«, raunt er und boxt mir gegen den Oberarm.

»Selbst Arschloch«, antworte ich und greife wieder nach meiner Hantel. »Danke«, schiebe ich dennoch nach.

»Immer gerne«, meint Jason und hebt schweigend seine Gewichte weiter.

*

Ich nehme zwei Stufen auf einmal auf dem Weg nach oben. Nach dem Training hatten wir noch ein wichtiges Meeting für das kommende Spiel in New York und danach musste ich zur Pressekonferenz und einem Sponsorentermin. Sophie hat sich heute wieder um Bounty gekümmert, worüber ich sehr dankbar bin. Er mag sie und fühlt sich bei ihr viel wohler als in der

Hundepension und bei der Sitterin. Sie sagten mir zwar, dass er sich gut benommen habe, aber als ich ihn wieder abgeholt habe, ist er mir stundenlang nicht von der Seite gewichen und wollte sogar in mein Bett. Wenn ich ihn bei Sophie hole, erobert er schnell die Couch und schläft. Ein deutlich entspannteres Tier. Darum will ich ihn, wenn möglich, nicht mehr in die Hundepension oder zur Sitterin geben.

Das Gespräch mit Jason hat mich nachhaltig beschäftigt. Den ganzen Tag durch, sodass Savannah mich während der Pressekonferenz mehrfach gefragt hat, ob ich überhaupt anwesend bin. Sie war mehr als genervt. Immer wieder musste ich an Sophie denken und daran, wie ich das kommende Gespräch am geschicktesten beginnen soll. Sie ist immer so offen und fröhlich, das genaue Gegenteil von mir. Auf den ersten Blick passen wir überhaupt nicht zusammen. Trotzdem will ich wissen, wohin das mit uns führt, und ich muss ihr die Wahrheit über meine Vergangenheit sagen. Egal wie schwer mir das fällt und wie sehr ich immer noch im Hinterkopf habe, dass sie Journalistin ist und eine Homestory über mich schreibt.

Das würde Sophie nicht tun. Sie ist keine dieser skrupellosen Menschen, die für eine Schlagzeile ihre Seele an den Teufel verkaufen. Im Gegensatz zu ihrem Bruder schießt es mir durch den Kopf. Caleb Turner ist ein arrogantes Arschloch, das sich für den größten und tollsten Kerl der Bay Area hält. Ein arrogantes Arschloch bin ich auch manchmal, aber nicht so wie er. Ich halte in gewissen Situationen meine Fresse. Er wäre sicher nicht begeistert, wenn ich mit seiner kleinen Schwester anbandle.

Ich finde es auch immer noch unglaublich, wie er in der Golden Gate Arena mit mir gesprochen hat. Allein schon die Frechheit sich in Sophies und mein Gespräch einzumischen. Auf den Kerl kann ich zukünftig wirklich verzichten.

Erst mal muss ich generell das Gespräch mit Sophie suchen und dann kann ich mir Gedanken über ihren Bruder machen.

In unserem Stockwerk angekommen, gehe ich auf ihre Wohnungstür zu und klopfe energisch an.

»Komme!«, ruft sie und ich grinse.

Sophie öffnet mir die Tür, das Handy ans Ohr gepresst und bedeutet mir stumm reinzukommen.

»Ja, Mom«, sagt sie.

Bounty springt von Sophies Couch und eilt auf mich zu. Ich schließe die Wohnungstür hinter mir und begrüße meinen Hund eindringlich. »Hey Kumpel«, sage ich und kraule seine Ohren. »Hattest du einen besseren Tag als ich?«

Bounty freut sich und wedelt mit seiner Rute. Ich streichle noch einmal seinen Kopf und folge Sophie in die Küche. Mittlerweile war ich so oft in ihrer Wohnung, dass ich mir bequem etwas zu trinken aus dem Kühlschrank nehmen und mich danach auf die Couch hauen könnte, ohne dass es groß auffällt. Durch meinen Hund bin ich zum Dauergast geworden. Denn mittlerweile hole ich Bounty nur noch sehr selten direkt ab und verschwinde wieder.

»Du kannst dich auf mich verlassen«, sagt Sophie und verdreht demonstrativ die Augen. »Schick mir alles per Mail und ich kümmere mich.«

Sie reicht mir ein Glas und eine Flasche Wasser.

»Tschüss!«, sagt sie. »Ich habe Besuch.«

Ich grinse erneut und trinke von dem Wasser.

»Was interessiert es dich, ob es ein Mann ist oder eine Frau?«, will sie genervt wissen und ich verschlucke mich. Hastig drehe ich mich weg, dass ihre Mutter mein Husten nicht hört. »Gott, Mom! Grüß Dad von mir. Ich habe euch lieb.«

Sophie beendet das Gespräch und knallt ihr iPhone auf die Küchenzeile.

»Hi«, begrüßt sie mich. »Meine Mutter.«

»Das habe ich mitbekommen«, antworte ich. »Und auch Hi.«

Ein Schweigen tritt ein und wir sehen uns einen Moment an. Sophie sieht hübsch aus wie immer. Sie trägt ein rosafarbenes T-Shirt, das locker über ihre Brüste und ihren Bauch fällt. Dazu eine schwarze Leggings und nackte Füße. Ihre Haare sind offen.

»Hat Bounty sich benommen?« Jener kommt zu uns rüber und setzt sich demonstrativ neben Sophie.

»Aber klar«, meint sie und streichelt seinen Kopf. »Manchmal kommt es mir vor, als wäre er unser Hund.«

Ich lächle und mein Herz macht einen Satz. Das wäre schön, das sage ich aber nicht laut. Seit Stunden fühle ich mich wie ein liebeskranker

Vollidiot, der einen Parkschein für die Friendzone hat.

»Wie dem auch sei ...« Sophie winkt ab und dreht sich herum. »Musst du los?«

»Nein.«

Ich folge ihr mit meinem Wasser.

»Wir können einen Film schauen«, schlägt sie leise vor und wirft mir einen schüchternen Blick zu. »Wenn du möchtest?«

»Gern«, antworte ich und folge ihr zur Couch. Sophie lässt sich auf das graue Sofa sinken. Die Zierkissen schiebt sie beiseite. Ich atme einmal tief durch und setze mich neben sie. Deutlich steifer als ich eigentlich möchte, aber die Situation fühlt sich komisch an.

Ich bin ein fünfundzwanzig Jahre alter Mann und kein fünfzehn Jahre alter Teenager, der zum ersten Mal einen Filmabend mit einem Mädchen macht, das er gut findet. Bounty hat deutlich weniger Hemmungen als ich. Dafür beneide ich meinen Hund gerade ziemlich. Er legt sich auf die andere Seite von Sophie und bettet seinen Kopf an ihrem Oberschenkel.

»Er ist so verzogen«, meint sie und öffnet die Apps ihres Smart-TV.

»Schuldig im Sinne der Anklage«, räume ich ein.

Sophie grinst mich an und öffnet die Netflix App auf dem Fernseher. Ich kann mich hingegen kaum auf das TV-Programm konzentrieren. Alles, was in meinem Kopf ist, ist die unglaubliche Frau neben mir. Ich spüre ihren Körper an meinem. Ich muss mich jedes Mal zusammenreißen, nicht frustriert aufzustöhnen, wenn ihr Arm meinen berührt. Ich wusste nicht, dass es so eine Qual ist, neben einer Frau zu sitzen, die man gut findet.

»Magst du den Film schauen?« Es ist ein Actionstreifen. Ich nicke. Es ist mir egal, was wir uns anschauen. Es macht die Situation nicht besser.

»Okay.« Sophie startet den Film und lässt sich tiefer in die Kissen sinken. Ich tue es ihr gleich und versuche mich zu entspannen.

Wobei die Betonung ganz klar auf Versuchen liegt. Fieberhaft versuche ich mir etwas zu überlegen, wie ich mich ihr annähern kann, ohne wie ein Idiot dazustehen.

»Einfach machen«, schießt es mir durch den Kopf.

Ich rutsche mit klopfendem Herzen weiter nach links. Dabei komme ich Sophie deutlich näher. Sie regt sich nicht. Das ist ein gutes Zeichen, oder?

Schließlich nehme ich doch all meinen Mut zusammen und lege meinen Arm um ihre Schultern. Augenblicklich schmiegt sie sich seufzend an mich. Ihr Kopf rutscht auf meine Schulter und ihre linke Hand bettet sie auf meinem Bauch.

»Na endlich«, murmelt Sophie. »Ich dachte schon, du bewegst dich gar nicht mehr.«

Ich lache leise und richte meinen Blick auf den Fernseher. Tatsächlich schaffe ich es für eine ganze Weile, mich auf den Film zu konzentrieren und sie einfach im Arm zu halten.

Bis sie sich regt und ich zu ihr schaue. Ihre braunen Augen treffen auf meine blaugrauen.

Dann passiert es. Einfach so. Ohne Hast, ohne Druck.

Mein Kopf bewegt sich auf ihren zu, während mein Herz schneller schlägt als beim Erreichen des neuen First Downs. Sophie lehnt sich zu mir vor. Damit kommt sie mir ein gutes Stück entgegen und ihre kleine Hand krallt sich in mein T-Shirt.

Dann treffen unsere Lippen zum ersten Mal aufeinander. Der Kuss fühlt sich toll an. Federleicht liegen meine Lippen zunächst auf ihren. Ihre freie Hand gleitet in meinen Nacken. Damit zieht sie mich an sich heran. Ich intensiviere den Kuss, als ich mit meiner Zunge über ihre Lippen streiche und stumm um Einlass bitte.

Sophie öffnet ihre Lippen für mich und als meine Zunge die ihre berührt, stöhnen wir beide auf. Das ist der Moment, in dem ich endlich aus meiner Teenagerstarre erwache und nach ihren Hüften greife. Schwungvoll ziehe ich sie auf meinen Schoß, sodass sie rittlings auf mir sitzt. Bounty springt beleidigt von der Couch und legt sich in sein Körbchen.

Meine Hände streichen über Sophies Hüften bis zu ihrem knackigen Hintern. Ich muss ihn ihr eines Tages definitiv mal versohlen. Er fühlt sich himmlisch an in meinen Händen. Sanft knete ich ihre Backen, während unsere Zungen sich einen stummen Kampf über die Kontrolle des Kusses liefern. Schließlich bin ich es, der nachgibt und sie gewähren lässt.

Sophie Turner küsst unglaublich!

Die Zweifel, die mich den ganzen Tag begleitet haben, küssen wir weg.

Nichts erinnert mich mehr an die Friendzone, in die sie mich geschoben hat.

So küsst keine Frau, die einen dort sieht.

Schwer atmend lösen wir uns voneinander und ich lächle sie an. Sophie erwidert meinen Blick und streicht mit den Fingerspitzen über meine Brust.

Mein Schwanz ist hart und am liebsten würde ich sie auf den Rücken drehen und unter mir begraben. Ich würde sie ausziehen. Ganz langsam, bis sie nackt und in all ihrer Schönheit vor mir liegt, ehe ich mich über ihren Körper hermachen würde.

»Also …« Ich streiche ihr eine lose Haarsträhne zurück. »Bin ich raus aus der Friendzone?«

»Welche Friendzone?«, fragt sie und zieht die Augenbrauen zusammen.

»Na die, in die du mich gestern geschickt hast«, antworte ich angesäuert. »Enemies to Friends?«

»Du hast mir das wirklich übel genommen«, schlussfolgert sie und schaut mich traurig an.

»Schmeichelnd war es sicher nicht, nachdem wir ziemlich offensichtlich geflirtet haben.«

»Ich habe das gesagt, weil ich dachte, dass du … nun ja … die Lovers Sache nicht möchtest«, gesteht sie mir.

»Machst du Witze?«, frage ich.

»Nein.«

»Sophie«, flüstere ich, »ich will nie wieder in deine Friendzone, kapiert?«

»Kapiert«, antwortet sie und küsst mich wieder.

Ich erwidere den Kuss und ziehe sie an mich. Der Kuss ist zärtlich und ich genieße es vollkommen, ihr so nah zu sein. Als wir uns wieder voneinander lösen, schaut sie mich glücklich an.

11. KAPITEL

Damien

Zwei Wochen später

Sophie und ich sitzen auf meiner Couch und schauen einen Film. In den letzten beiden Wochen haben wir uns nur selten gesehen, da ich viel zu tun hatte. Es folgten zwei Auswärtsspiele aufeinander, zwischen denen wir nicht nach Berkeley zurückgekehrt sind.

Seit einigen Tagen hadere ich mit mir, ihr von Cians Tod zu erzählen und ihr damit vielleicht ein paar Antworten auf die Fragen zu geben, die sie so sehr beschäftigen. Warum ich so bin, wie ich bin und warum ich auf keinen Fall etwas über mein Privatleben preisgeben will.

Ich richte mich auf der Couch weiter auf und sehe zu ihr herüber.

»Sophie«, sage ich leise und stoppe den Film.

»Ja?«, fragt sie und sieht mich an.

»Ich würde dir gern etwas erzählen«, rede ich weiter, bevor mich der Mut wieder verlässt. »Über mich und … meinen Bruder.«

Sophie rutscht ein wenig von mir weg, so-dass sie mich besser ansehen kann. Ich schlucke schwer und überlege noch einmal, ob ich einen Rückzieher machen soll. Aber nein, da muss ich nun durch. Es wird ihr vieles erklären.

»Ich hatte einen Zwillingsbruder, sein Name war Cian«, sage ich und sehe sie an. Mein Herz zieht sich direkt schmerzhaft zusammen, wenn ich an ihn denken muss. So wie es seit Jahren ist, weswegen ich versuche, ihn aus meinen Gedanken fernzuhalten. Auch nach nunmehr drei Jahren zerreißt es mich an ihn zu denken.

Sophie ist ungewohnt schweigsam, denn normalerweise hat sie immer etwas zu sagen.

»Cian war fünf Minuten älter als ich«, beginne ich zu erzählen. »Schon als wir Kinder waren, war er derjenige von uns, der ein Draufgänger war, die cooleren Freunde hatte. Ich war der Nerd, der sich hinter seinen Büchern versteckt hat. Ich habe es geliebt, schon in der Mittelstu-fe chemische Formeln zu bestimmen und mich mit physikalischen Phänomenen zu befassen. Das war meine Welt und ich fühlte mich wohl. Cian hingegen liebte Sport, ging gern aus und verbrachte viel Zeit draußen. Umso älter wir wurden, desto mehr entfernten wir uns voneinander.«

Ich sehe Sophie an und lache leise. »Wir waren zweieiig, das bedeutet für Menschen, die uns wirklich kannten, Familie, Freunde, Lehrer, enge Mitschüler immer zu unterscheiden. Einmal, da waren wir ungefähr vierzehn, hat mich ein bekannter Dealer an unserer Schule angesprochen, wann er sein Geld bekommen würde.«

»Nein«, wispert sie und sieht mich schockiert an. Sophie greift nach meiner Hand und drückt sie leicht.

»Ich habe ihn fortgeschickt und ihm gesagt, dass ich nicht Cian bin. Als ich meinen Bruder darauf angesprochen habe, hat er es abgetan. Mit sechzehn hat er mich überredet, mit zum Footballtraining unserer Highschool zu kommen. Cian war der Meinung, ich sei langweilig und könnte mehr aus mir machen.«

»Ich nehme an, du sahst nicht immer so tätowiert und muskulös aus?«

»Gott, nein!« Ein Lachen entfährt mir. »Ich war dünn, fast dürr, hatte keinerlei Muskeln und die Pickel in meinem Gesicht haben mich auch nicht besser ankommen lassen. Schließlich habe ich mich von ihm breitschlagen lassen. Das erste halbe Jahr habe ich noch als Tight End gespielt und wurde dann erst als Fullback eingesetzt. Es stellte sich heraus, dass ich auf dieser Position viel besser war. Ich war gut, wirklich gut. Im ersten Jahr hatte ich so viele Blocks wie kein anderer im Team. Cian spielte als Quarterback.«

»Du hast Football gemocht«, stellt Sophie fest.

»Absolut«, sage ich. »Ich war immer noch ein Streber, verdammt gut in der Schule, sodass ich keine Probleme bekam durch das viele Training. Es hat mir großen Spaß gemacht. Cian hingegen stürzte in der Schule ab. Er nahm die Sache mit dem coolen Quarterback zu ernst. Natürlich hatte ich durch mein neues Image als Star-Fullback auch verschiedene Mädchen kennengelernt, aber auch sehr schnell meine erste Freundin Macy. Wir waren fast zwei Jahre zusammen.«

»Ich bin beeindruckt davon, wie langweilig du warst«, meint sie kichernd. »Ich dachte immer, du seist total der Draufgänger und Aufreißer. Cian hat durch die Gegend … gevögelt?«

»So kann man es nennen«, brumme ich und denke mit Grauen daran zurück, wie unsere Mutter fast täglich ein neues Mädchen mit gebrochenem Herzen aus seinem Zimmer geleitete. »Und ja, ich war das Gegenteil von dem, wie ich wirke. Bin ich immer noch. Cian und ich beendeten die Highschool. Ich mit den erwarteten Bestnoten und einem Stipendium für Chemie in Boston. Cian mit Ach und Krach und viel Wohlwollen und Einfluss des Coaches, da er ihm eine glorreiche Zukunft in der NFL voraussagte.«

»Wow.« Sophie verlagert ihr Gewicht, sodass sie nun seitlich auf meinem Schoß sitzt. Ich lege den linken Arm um ihre Taille und die rechte Hand auf ihren Oberschenkel. Sanft streiche ich darüber.

»Irgendwas in mir hielt mich davon ab, dass ich einen anderen Weg einschlug.« Ich atme tief durch. »Meine Eltern waren außer sich. Natürlich wollten sie, dass ich nach Boston gehe und Chemiker werde. Weil sie wussten, wie sehr ich es liebte. Mehr als Football.«

»Und du bist mit deinem Bruder nach New York gegangen, um was … ihn zu beschützen?«

»Mir war zu dem Zeitpunkt klar, dass etwas mit ihm nicht stimmte. Er wurde immer verschlossener. Das Einzige, was er gut machte, war das Training. Er brillierte in den Spielen. Doch im zweiten und schließlich dritten Jahr gingen auch diese Leistungen den Bach runter. Ich hielt es eines Tages nicht mehr aus. Wenn ich ihn auf seine Probleme ansprach, und ihm Hilfe anbot, reagierte er aggressiv.«

Sophie schluckt.

»Es war ein Spiel im November, mitten in den Play-Offs. Die College Meisterschaften finden Anfang Januar statt. Cian hat im letzten Drive den Snap vergeigt, weil er plötzlich nach vorne gesackt ist. Gestolpert, wie er selbst sagte, aber das war Quatsch. Er hatte wieder diesen glasigen Blick in der zweiten Halbzeit. Ich war so wütend auf ihn, weil seine Drogensucht uns die Meisterschaft gekostet hat. Ich wusste erst seit ein paar Wochen sicher, dass er Kontakt zu den Campus-Junkies hat.«

»Scheiße«, stößt sie aus und ich ziehe sie näher an mich heran.

»Ich weiß nicht, was er genommen hat. Ich tippe im Nachhinein auf Aufputschmittel und Kokain. Er war außer sich und hat mich attackiert. Ich habe mich gewehrt. Als Fullback hatte ich deutlich mehr Muskelmasse und konnte ihn problemlos abwehren. Es gab eine Rangelei. Zuvor haben wir uns noch nie geprügelt, was auch daran lag, dass ich mich immer aus der Situation zurückgezogen habe. Doch dieses Mal war es zu viel und ich … ich habe ihm alles an den Kopf geworfen, was ich wusste.« Ich atme tief durch und versuche die Emotionen, die aus dieser Nacht in mir hochkochen zu ignorieren. Doch ich schaffe es kaum. Die Bilder ploppen vor meinem inneren Auge auf. »Cian ging auf mich los, ich wehrte ihn ab und er fiel … er … er konnte sich nicht halten und schlug mit dem Kopf gegen die Kante des Schreibtisches.«

Ich presse die Augen zusammen und kralle meine Hand so fest in Sophies Oberschenkel, dass sie aufschreit. Ich erinnere mich schmerzhaft daran, wie er dort lag. Sein Kopf blutete und er wimmerte immer wieder, was für ein Wichser ich sei.

»War er … tot?«, flüstert sie.

»Nein.« Ich schüttle den Kopf. »Ich habe ihn nicht getötet, falls das deine Vermutung ist.«

»Okay.«

»Ich habe den Notarzt gerufen und er wurde ins Krankenhaus gebracht. Unsere Eltern kamen und ich habe ihnen alles erzählt. Natürlich waren sie außer sich. Nicht wegen der Prügelei oder weil ich Cian verletzt habe, sondern weil er Drogen nahm. Das haben die Bluttests auch bestätigt. Die Folgen für ihn waren … verheerend.«

Ich hole tief Luft und lege den Kopf in den Nacken, um an die Decke zu sehen.

»Natürlich wurden die medizinischen Tests umgehend an den Teamarzt weitergeleitet«, erzähle ich. »Wir waren vertraglich dazu verpflichtet, ihnen jegliche medizinischen Eingriffe und Besuche mitzuteilen. Daraufhin flog Cian aus dem Team, verlor sein Stipendium und war raus. Ich muss dazu sagen, dass es zu diesem Zeitpunkt noch ein halbes Jahr bis zum Draft war.«

»Oh Gott, nein.«

»Cian verlor alles«, wimmere ich. »Und das meinetwegen. Weil ich den Krankenwagen gerufen habe, obwohl ich wusste, dass er positiv bei einem Drogentest reagieren würde.«

»Du musstest den Krankenwegen rufen. Er hatte eine Kopfwunde.«

»Meinetwegen ging sein Leben den Bach runter«, zische ich.

»Nein.«

»Doch Sophie!«, knurre ich. »Ich habe meinen Bruder vielleicht nicht getötet, aber dennoch ins Grab gebracht.«

»Verdammt, nein!« Sie setzt sich wieder rittlings auf meinen Schoß. Sanft legt sie ihre Hände an meine Wangen und sieht mich mit ihren braunen Augen eindringlich an. »Was ist danach passiert?«

»Cian stürzte komplett ab, war nur noch zugedröhnt«, seufze ich. »Schließlich hatte er einen Autounfall. Er war schon immer so ... so uneinsichtig, als könnte ihm nichts passieren. Nach einer Party – high und besoffen – setzte er sich hinters Steuer. Er schätzte einen LKW falsch ein und wurde ... mitgenommen.«

»Es tut mir so leid«, flüstert Sophie und ihre Augen tränen verräterisch.

Ich ziehe sie näher an mich ran und atme tief durch. Nun muss ich erst mal begreifen, dass ich die Geschichte jemandem Fremden erzählt habe. Nach all den Jahren ist es seltsam, sie noch mal Revue passieren zu lassen. Natürlich weiß mein Club, dass Cian tot ist und auch Jason weiß, dass er einen Autounfall hatte und es zuvor diese Schlägerei zwischen uns gab. Ich habe ihnen nichts von den Drogen und seinem fulminanten Absturz erzählt. Trotzdem ist es etwas anderes, es jemandem zu erzählen, der mit all dem Footballkram nichts am Hut hat.

»Er starb auf dem Weg ins Krankenhaus an seinen Verletzungen«, beende ich meine Geschichte. »Wir wurden völlig von seinem Tod überrascht. Vier Monate später drafteten mich die Bees und ich ging in die NFL. Ich legte mir die Tattoos zu, verschloss mich vor meiner Außenwelt und strich Cian aus meinem Leben – für Außenstehende. Ich möchte nicht, dass jemand über ihn schreibt, die Geschichte aufwärmt und Mitleid mit mir hat. Schlimmer noch: Meinen Bruder in den Dreck zieht. Trotz allem, wie es zum Ende hin zwischen uns lief, ist und bleibt er mein Bruder.«

Sophies rechter Daumen fährt über meine Wange. »Danke, dass du mir die Geschichte erzählt hast«, sagt sie aufrichtig. »Das bedeutet mir sehr viel. Jetzt verstehe ich dich besser. Caleb zu verlieren …« Sie schüttelt sich. »Das möchte ich mir nicht vorstellen. Er ist nur mein Bruder … ihr wart Zwillinge.«

»Ich weiß, dass der Unfall nicht meine Schuld war«, sage ich. »Er wollte sich nicht helfen lassen. Meine Eltern haben ihm so viele Kliniken gesucht, sogar unser Coach vom College hat versucht, Cian einen Platz zu besorgen, in der Hoffnung, dass er im nächsten Jahr seinen Abschluss macht und danach seinen Weg geht. Wir haben alle an ihn geglaubt und wollten helfen.«

»Er wollte nicht?«

»Er fühlte sich verraten, vor allem von mir. Wir haben kaum noch miteinander gesprochen, weil er es nicht ertrug, dass ich seinen Traum lebte.« Ich atme tief durch. »Seine letzten Worte an mich waren, dass er mir niemals verzeihen wird, dass ich den Krankenwagen in jener Nacht rief und sein Leben zerstört habe.«

»Damien …«

»Und er hat recht«, murmle ich. »Ich habe sein Leben zerstört.«

»Das ist doch Schwachsinn«, echauffiert Sophie sich und wird zum Ende hin immer lauter. »Er war ein Junkie!« Ich sehe sie finster an.

»Nenn ihn nie wieder so!«, knurre ich und treibe meine Finger fest in ihre Oberschenkel, sodass sie wimmert.

»Sorry«, meint sie und atmet tief durch. »Er war süchtig. Du hättest ihm nicht geholfen, wenn du den Krankenwagen nicht gerufen hättest. Wie solltest du seine Verletzung damals abschätzen? Er blutete am Kopf und war high.«

»Aber vielleicht …«

»Es gibt kein vielleicht«, sagt sie deutlich und sieht mir in die Augen. »Cian musste einsehen, dass er falsch liegt und sich helfen lassen. Diese Hilfe hat er ausgeschlagen. Es ist nicht deine Schuld.«

Ich schlinge meine Arme um Sophie und sage nichts. Sie lehnt sich gegen mich, bettet ihren Kopf an meiner Schulter und seufzt.

»Du musst das für dich behalten«, sage ich leise und streiche über ihren Rücken. »Versprich es mir.«

»Ich verspreche es dir«, flüstert sie. »Du kannst dich auf mich verlassen.«

»Danke«, hauche ich. »Meine Schwester Ciara und meine Eltern leben noch in New York. Ich sehe sie am Wochenende bei unserem Spiel.«

»Ihr steht euch sehr nah, oder?«

»Ja.« Ich nicke langsam. »Was ist mit deiner Familie?«, will ich nun wissen und sie hebt den Kopf. »Dein Bruder ist ziemlich beschützend.«

»Bist du bei Ciara auch so?«

»Definitiv.«

Sophie rollt mit den Augen.

»Meine Familie lebt in San Francisco«, sagt sie. »Wie du weißt, gehört ihnen der San Francisco Herald. Ich wollte nie etwas anderes werden als Journalistin. Eine gute Journalistin, wohlgemerkt. Meine Eltern und Caleb verstehen nicht, dass ich beim Berkeley Express arbeite.«

»Ich auch nicht«, sage ich. »Das ist ein Käseblatt.«

»Ich weiß«, seufzt sie und lehnt sich zu mir vor. »Für Nervensägen, die das Tierheim zusammenschreien, um die Aufmerksamkeit eines Footballstars zu erhaschen, genau das Richtige.«

Das Begegnung werden wir wohl beide nie vergessen. Grinsend beuge ich mich vor und lege meine Lippen sanft auf ihre. Nach diesem Seelenstrip brauche ich dringend ihre Nähe. Sie seufzt in den Kuss hinein und richtet sich wieder auf, sodass sie rittlings auf mir sitzt.

Meine Hände gleiten über ihren Rücken bis zu ihrem Hintern, den ich fest packe. Sophie stöhnt leise auf als ihr Becken über meinen immer weiter anschwellenden Schwanz gleitet. Ich will sie so sehr. Nicht nur, um die düsteren Gedanken aus meinem Kopf zu vertreiben.

Ich schiebe meine linke Hand unter den Bund ihrer Leggings und weiter in ihren dünnen Slip. Als ich fast das Zentrum ihrer Lust erreicht habe, hält sie mich auf.

»Nicht«, sagt Sophie und ich sehe sie überrascht an. »Ich … also ich«, stammelt sie, »ich habe meine Tage.«

Ihre Wangen färben sich rot und sie weicht meinem Blick aus.

»Okay«, sage ich und habe absolut Verständnis dafür, dass sie nicht von mir berührt werden möchte. Augenblicklich ziehe ich meine Hand zurück. »Kein Problem.«

Was allerdings ein Problem ist, ist die Härte in meiner Hose.

Ich stöhne auf, als sie auf meinem Schoß hin und her rutscht. Sophie grinst mich an und klettert von mir herunter. Zunächst noch fragend, sehe ich sie an.

»Komm mit«, meint sie und nimmt meine Hand. Ich stehe von der Couch auf, auf der Bounty immer noch liegt und schläft. Wir gehen die Treppe nach oben in ihr Schlafzimmer, wo sie mich zu ihrem Bett dirigiert. Ich würde mich gern mehr in dem Raum umsehen, doch alles, was ich wahrnehme, ist die wunderschöne Frau vor mir, die mir die Hose samt Boxershorts runterzieht, ehe sie vor mir auf die Knie geht.

»Du musst nicht«, keuche ich als sie ihre rechte Hand um meinen Schwanz schließt. »Vielleicht musst du doch!«

Ihre Hand gleitet auf meinem Schwanz auf und ab. Der Druck, den sie ausübt, ist mal fester, mal sanfter. Ich schließe genießerisch die Augen und lasse sie machen. Als sie mit ihrer Zungenspitze meine Eichel verwöhnt und die ersten Lusttropfen aufleckt, schiebe ich meine Hand in ihre langen Haare. Fuck, das fühlt sich viel zu gut an, und erinnert mich daran, dass das letzte Mal schon viel zu lange her ist. Vermutlich wird es ziemlich schnell gehen, bis ich komme.

Sophie nimmt meinen harten Schaft tief in ihren Mund auf. Ich beobachte sie von oben herab, wie meine Härte weiter und weiter in ihrem Mund verschwindet. Zentimeter für Zentimeter verwöhnt sie mich. Sie entlässt ihn wieder aus ihrem sündhaft schönen Mund, um an der Unterseite auf- und abzulecken. Adern treten an meinem besten Stück hervor und ich knurre, als sie erneut an meiner Eichel saugt.

»Das ist so gut!«, stöhne ich. »Nimm ihn wieder tief in den Mund.«

Sophie kommt meiner Bitte nach und lässt zu, dass ich tief in ihren Rachen vordringe. Ich bewege mein Becken vor und zurück. Nehme sie in ihrem drängenden Rhythmus und sie scheint nichts dagegen zu haben. Ihre Finger krallen sich in meine Oberschenkel, als ich mich ein weiteres Mal tief in ihr vergrabe.

»Schluckst du?«, keuche ich und mache weiter. Treibe mich immer wieder dem Höhepunkt zu. Während ich sie auf den Knien vor mir beobachte. Es ist zu schade, dass sie ihre Periode hat, denn ich würde mich gern für diesen Blowjob revanchieren.

Sophie nickt auf meine Frage hin.

Es dauert noch ein paar Stöße, bis ich mich in ihrem Mund ergieße. Ich lasse ihre Haare los, dass sie sich von mir zurückziehen kann. Sophie sieht zu mir auf. Dabei leckt sie sich dermaßen erotisch über die Lippen, dass ich sofort wieder hart werde.

Ich helfe ihr auf die Beine, ziehe sie an mich und drücke ihr einen Kuss auf die Lippen.

»Danke für die Ablenkung«, sage ich, was sie kichern lässt.

»Stets zu Diensten«, meint sie.

»Ich meine es ernst«, erwidere ich. »Und das nicht auf diesen fantastischen Blowjob bezogen: Danke.«

Sophie antwortet mir nicht, sondern verschließt ihren Mund erneut mit meinem, sodass wir knutschend zurück auf ihr Bett fallen.

Ihre Wohnung verlasse ich erst am nächsten Morgen, wenn ich zum Training muss.

12. KAPITEL

Damien

New York, drei Tage später

Wir haben unser Spiel gegen die New York Settlers mit 31:28 gewonnen. In New York zu gewinnen, bedeutet mir immer besonders viel. Vor allem auch, weil meine Familie heute im Stadion ist. Meine Eltern und meine Schwester haben kein Spiel meiner Karriere verpasst, dass besonders wichtig war oder in New York stattfand. Oft reisen sie auch zu den Spielen in Boston und Buffalo. Nun stehen sie hinter der Absperrung bei den Angehörigen der anderen Spieler und winken mir zu. Ich ziehe meinen Helm vom Kopf und gehe auf sie zu.

»Du warst großartig!«, ruft meine kleine Schwester Ciara und fällt mir um den Hals. Glücklich drücke ich sie an mich und gebe ihr einen Kuss auf die Wange. »Danke«, sage ich und lasse sie wieder los.

»Du hast gut gespielt, Junge«, lobt mein Dad und lässt mich grinsen. »Danke Dad«, sage ich und drücke ihn. »Die Defense waren ganz schön harte Brocken.«

»Ja, sie waren stark«, meint er.

Unser Dad hat unsere Pläne immer unterstützt. Zwar dachte er anfangs noch, dass ich es nur hobbymäßig in der Highschool betreibe, im Gegensatz zu Cian, aber trotzdem war er bei jedem Spiel dabei. Später am College unterstützte er uns auch.

»Du warst toll, Schatz.« Ich drücke meine Mom und lächle sie an. Zwar ist sie genauso euphorisch wie meine Schwester und mein Dad, aber betrachtet den Football auch oft mit Argwohn. Sie mag es nicht, dass ich ein Star bin und wie ich mich die letzten Jahre verändert habe. Das haben sie alle. Cians Tod und seine Drogensucht, bei der wir ihm nicht helfen konnten, gingen an keinem von uns spurlos vorbei. Dennoch stehe ich in der Öffentlichkeit und muss immer damit rechnen, dass ich und vor allem meine Familie wegen der Sache angefeindet werden. Das will ich nicht. Außerdem wissen meine Eltern nichts von dieser unschönen letzten Unterhaltung zwischen Cian und mir. Das werden sie auch nie erfahren. Ich möchte sie nicht noch unglücklicher machen, dass ihre Söhne im Streit auseinandergegangen sind.

»Kommst du heute Abend zum Essen nach Hause?«, fragt meine Mom und streichelt über meine stoppelige Wange.

»Ja«, antworte ich. »Ich bin bis zum Abflug entlassen.«

»Sehr schön«, meint sie. »Wir sehen uns zu Hause.«

Ich gebe ihr zum Abschied einen Kuss auf die Wange und drücke meine Schwester noch einmal. Mein Dad bekommt einen Handschlag. Dann folge ich meinen Teamkollegen in die Kabine.

Dort angekommen hält Dalton eine flammende Rede auf unsere Leistung heute und die rosigen Aussichten diese Saison, dass wir es vielleicht noch mal ins Finale schaffen und den Super Bowl erreichen. Das wäre das Größte überhaupt und dieses Mal werde ich mir keinen noch so kleinen Fehler erlauben. Wir werden gewinnen, wenn es denn so weit kommt.

Dalton hebt ein paar Spieler hervor, die heute ganz besondere Leistungen gezeigt haben. Ich gehöre nicht dazu, doch das macht nichts. Heute habe ich für mich selbst eine sehr starke Leistung gezeigt und das hat auch mit meinem ganz persönlichen neuen Lieblingsfan zu tun – Sophie!

Die letzten Tage seitdem wir uns zum ersten Mal geküsst haben, haben wir zusammen in ihrer Wohnung verbracht. Wir haben gemeinsam gekocht, uns um Bounty gekümmert, geküsst und hatten eine gute Zeit. Miteinander geschlafen haben wir noch nicht. Sophie hat noch immer ihre Periode und fühlt sich unwohl. Was ich absolut verstehen kann.

Die Situation ist generell gewöhnungsbedürftig für mich. In den letzten Jahren habe ich mich von allen näheren Bindungen ferngehalten. Sophie ist absolut der letzte Mensch, der so ist. Sie ist immer fröhlich, aufgeweckt und versucht diese Seite aus mir rauszukitzeln. Cian hätte sie gemocht, sie wären genau auf einer Wellenlänge gewesen. Vielleicht hätte mein Bruder sie sich geschnappt. Ich schüttle den Kopf bei dem Gedanken an Cian und Sophie. Dann gehe ich in die Dusche und stelle den heißen Strahl an. Das Wasser läuft mir über den Rücken und ich wasche den Schweiß ab.

Nachdem ich geduscht habe, ziehe ich mich um und verabschiede mich von meinen Teamkollegen. »Bis morgen!«, rufe ich in die Runde, um zu meiner Familie zu fahren. Anderson, ein Kollege von mir, stammt ebenfalls aus New York und wird den Abend mit seinen Liebsten verbringen. Wir kannten uns aber nicht, bevor es mich vor drei Jahren nach Berkeley verschlagen hat.

Ich verlasse die Umkleidekabine im Stadion und schleiche mich an den Reportern vorbei zu dem Taxi, das ich bestellt habe. Mit diesem fahre ich zu meinen Eltern.

*

Zuhause hat sich nichts verändert. Es sieht immer noch aus wie in meiner Kindheit. Außer das Ciara nun im Keller unseres Hauses lebt und nicht mehr Cian und ich. Ich hänge meine Jacke an die Garderobe und ziehe meine Sneakers aus. Meine Tasche lasse ich auf den Boden fallen.

»Du wirst wohl nie lernen, deine Sachen ordentlich wegzuräumen«, meint meine Mom und lehnt mit verschränkten Armen im Durchgang zur Küche.

»Du weißt doch, wie es ist, Mom«, rede ich mich raus.

»Sieht es in deiner Wohnung auch so aus?«

»Nein«, sage ich und gehe an ihr vorbei in die Küche, wo es bereits himmlisch duftet. »Ich habe eine Putzfrau.«

»Wann kann ich dir denn all die Jahre in Rechnung stellen?«

»Du bist meine Mutter, nicht meine Putzfrau, das ist was ganz anderes.« Ciara lacht auf.

Mom schüttelt den Kopf und reicht mir vier Teller. »Tisch decken, Superstar!«

Ich gehe mit den Tellern in der Hand zu unserem Esstisch. Im Gegensatz zu meiner Wohnung ist mein Elternhaus liebevoll eingerichtet. Mom liebt es Fotos von uns aufzustellen. Cian ist hier immer noch sehr präsent. Das ist auch gut so, denn er gehört genauso zu unserer Familie.

Mein iPhone vibriert in meiner Tasche und ich ziehe es heraus.

+1 neue Nachricht von Sophie

Sophie:
Wir drehen noch eine Runde.

Ihrer Nachricht hängt ein Foto von Bounty an, der vor ihr herläuft. Sofort tippe ich eine Antwort.

Damien:
Sieht gut aus. Hat er sich benommen?

Ich grinse.

»Deine Freundin?« Ich zucke heftig zusammen und starre meine Schwester grimmig an. »Wusste ich es doch! Wie heißt sie? Wo kommt sie her? Wie hast du sie kennengelernt?«

Ciara und Sophie würden auch sehr gut zusammenpassen. Sie ist genauso eine furchtbare Nervensäge.

»Sie ist meine Nachbarin, nicht meine Freundin und sie passt auf Bounty auf, wenn ich unterwegs bin.«

»Ist das so?«

»Ja!«

»Und wieso grinst du dann so … verliebt?«

Ich presse die Lippen zusammen und gehe zurück in die Küche, um meiner Mutter mit den Kartoffeln zu helfen.

»Komm schon, Damien«, nervt Ciara weiter. »Wer ist sie?«

»Wer ist wer?«, will Mom wissen und ich stöhne auf.

»Damiens Freundin.«

»Ich habe keine Freundin«, zische ich. »Glaub ihr kein Wort, Mom.«

»Oh, ich glaube deiner Schwester jedes Wort«, antwortet sie und ich verdrehe die Augen. »Wer ist sie?«

»Sie ist …« Ich schüttle den Kopf. »Nicht wichtig.«

»Ich glaube, sie ist sehr wichtig«, stichelt Ciara weiter. »Sie passt auf seinen Hund auf und ist seine Nachbarin.«

»Halt den Mund, Cia!«

»Deine Nachbarin?«, fragt meine Mom. »Ist sie nett?«

»Ja, ist sie.« Nun kann ich mir ein Lächeln doch nicht verkneifen, was meiner Mom nicht entgeht. »Können wir essen?«, frage ich.

»Natürlich«, antwortet sie und ich nicke dankbar, dass ich mich nicht weiter ihrem Verhör stellen muss.

Beim Essen reden wir über das Spiel und Ciara erzählt von ihrem Studium, das sie dieses Semester beenden möchte. Danach weiß sie noch nicht, was sie machen will, was meine Mom frustriert aufstöhnen lässt.

»Wann musst du morgen am Flughafen sein?«, will meine Mom wissen.

»Gegen zehn«, antworte ich. »Der Flieger zurück nach Berkeley geht um elf.«

»Holt Sophie dich ab?«, fragt Ciara wieder und ich werfe ihr einen vernichtenden Blick zu. Meine Güte, sie ist so nervig. Noch viel nerviger als Sophie es jemals war.

»Das geht dich nichts an.«

»Also ja«, schlussfolgert meine kleine Schwester.

»Über wen redet ihr?«, schaltet mein Dad sich ins Gespräch ein.

»Niemand«, antworte ich genervt.

»Damiens Freundin«, stichelt Ciara weiter. »Findet sie deine Tattoos nicht gruselig?«

»Nein sie gefallen ihr«, antworte ich. »Hast du noch mehr Fragen, die ich dir nicht beantworten will.«

»Eine Menge, aber wenn du sie nicht beantwortest.« Ciara zuckt mit den Schultern.

Ciara lässt das Thema Sophie endlich fallen und ich lehne mich zurück und lausche den Gesprächen meiner Familie. Nebenbei genieße ich es natürlich auch sehr wieder hier zu sein. Die Saison schreitet immer weiter voran. Es werden nicht mehr viele Besuche sein, die ich hier verbringe. Zumindest bis zur Off-Season im Februar.

»Ich lege mich hin«, verabschiede ich mich eine Stunde später bei ihnen und stehe auf. »Gute Nacht.«

»Gute Nacht«, erwidern sie im Chor. »Brauchst du noch etwas, Schatz?« Mom sieht mich besorgt an, als wäre ich glatte zwanzig Jahre jünger.

»Nein, danke«, antworte ich, verlasse das Wohnzimmer und gehe die Treppe hinauf ins Gästezimmer. Dort angekommen schließe ich die Tür hinter mir und betrachte die Pokale und Trikots aus meiner Highschool– und Collegezeit.

Langsam gehe ich auf ein bestimmtes Trikot zu und greife nach dem Stoff, der auch in drei Jahren nichts an seiner Qualität verloren hat. Es ist Cians letztes Trikot gewesen. Das Trikot, das er in seiner finalen Collegesaison trug, ehe wir uns geprügelt haben und sein Leben diese furchtbare Wende nahm.

»Denkst du oft an ihn?« Ich zucke zusammen und drehe mich zu meiner Schwester herum. Ciara schließt leise die Tür hinter sich und kommt auf mich zu. Schweigend stellt sie sich neben mich und schaut auf das Trikot.

»Schon und du?«, frage ich.

»Ich auch«, antwortet sie. »Ich frage mich immer, wieso er so war … wie er war. Er hatte doch alles.«

»Cia«, sage ich und lege meinen Arm um sie. »Die Drogen waren längst ein existenzieller Teil seines Lebens. Seit Jahren.«

»Wieso?«, schnieft sie. »Ich verstehe es nicht.«

Ciara dreht sich aus meiner Umarmung weg und geht in dem Zimmer auf und ab. »Du hast doch auch keine Drogen genommen und dich so verhalten. Weißt er überhaupt, was er uns und Mom und Dad damit angetan hat.«

Mir war nicht bewusst, dass es Ciara so nah geht, dass Cian gestorben ist. Natürlich trauerte sie genauso wie ich. Er war auch ihr Bruder, aber ich dachte, sie hätte ihren Frieden damit gemacht. Zumindest mehr als ich. Immerhin hatte sie nie Streit mit ihm und hat ihm diesen verehrenden Schubs gegeben.

»Für den Unfall konnte er nichts.«

»Ach, nein?«, zischt sie. »Er war high und besoffen. Keine gute Mischung, um sich ans Steuer eines Autos zu setzen, oder?«

»Nein.« Ich setze mich auf das Bett und klopfe auf den Platz neben mir. Ciara seufzt und setzt sich neben mich. »Tut mir leid«, meint sie. »Du kannst auch nichts dafür.«

»Na ja …«, murmle ich. »Ich habe damals den Krankenwagen nach unserem Streit gerufen, sodass er einen Drogentest machen musste.«

»Der war auch nötig, Damien!«

»Ich dachte wirklich, dass er es danach kapiert«, sage ich leise. »Dass er mit der Scheiße aufhört, aber er steckte viel zu tief drin.«

»Ja, leider.« Sie nickt und lächelt mich an. »Themenwechsel!«

Ciara wischt sich über die Wangen. »Erzähl mir von Sophie!«

Ich stöhne genervt auf und lasse mich zurückfallen. Meine Schwester tut es mir gleich und grinst mich an. »Bitte Damien.«

»Es gibt nicht viel zu erzählen«, antworte ich. »Sophie ist meine Nachbarin und passt auf meinen Hund auf, wenn ich mit den Bees unterwegs bin. Das war's.«

»Das war's nicht und das weißt du.« Sie dreht sich mir zu, bettet ihre Wange unter ihren Handflächen und grinst. »Erzähl es mir.«

»Es gibt wirklich nicht viel zu erzählen«, sage ich und sehe an die Decke. »Sophie ist meine Nachbarin und sie passt auf Bounty auf. Außerdem arbeitet sie als Journalistin und ihrer Familie gehört die größte Zeitung der Westküste.«

»Also der Feind!« Ciara kichert. »Wie romantisch.«

»Du hast so einen Knall«, seufze ich. »Ihr würdet euch mögen.«

»Ich weiß nicht«, meint sie. »Sie hat einen lausigen Männergeschmack. Du kannst sicher nicht mal gut küssen!«

»Hey!« Spielerisch stoße ich ihr meinen Ellenbogen in die Seite. »Kann ich sehr wohl. Es gab noch nie Beschwerden. Auch darüber hinaus.«

Cia hält sich die Ohren zu und lallt: »Lalala das will ich nicht hören!«

Ich setze mich auf und werfe ihr noch einen amüsierten Blick zu. »Lass den Quatsch!« Ich ziehe sie auf. »Sophie ist nicht meine Freundin, wir verstehen uns gut. Mehr nicht.«

»Aber du magst sie mehr als Freunde?«

»Schon«, räume ich ein.

»Wie süß«, schwärmt meine Schwester und will noch etwas nachsetzen als mein iPhone klingelt. Ich ziehe es aus meiner Jeans und lächle. Sophie ruft an.

»Das ist sie, oder?«, fragt Ciara.

»Hm.«

»Machst du FaceTime und ich kann ihr Hallo sagen?«

»Auf keinen Fall«, antworte ich und zeige auf die Tür. »Raus mit dir!«

»Bist du sicher?«

»Cia«, drohe ich. »Raus!«

»Na schön.« Schwungvoll steht sie auf und geht zur Tür. Ich nehme das Gespräch an, ehe Sophie auflegt.

»Hey«, begrüße ich sie.

»Bist du wirklich sicher, Damien?«, fragt meine Schwester erneut.

»Hey«, antwortet Sophie. »Wer ist denn bei dir?«

»Meine Schwester«, sage ich und schaue zu Ciara. »Aber sie geht jetzt.«

Ciara rollt mit den Augen und verschwindet endlich. »Und wehe du lauschst!«, rufe ich ihr nach.

»Ernsthaft!« Sophie lacht und mein Bauch kribbelt. »Sie lauscht an deiner Tür?«

»Wenn du wüsstest …«

»Es ist ein bewährtes Mittel, um große Brüder auf die Palme zu bringen«, meint sie und nun lache ich.

»Ist das so?«, will ich wissen. »Wie war dein Tag?«

»Ich würde sagen, dass du Caleb fragen kannst, aber ihr versteht euch nicht sonderlich gut.« Nein, das tun wir nicht. Ich kann den Kerl nicht ausstehen. »Mein Tag war gut. Ich habe einiges für deine Homestory geschafft und süße Fotos von Bounty gemacht.«

»Für die Homestory?«, frage ich und lasse mich zurück aufs Bett fallen.

»Nein, für mich«, erwidert sie. »Ich würde gern Fotos von Bounty und dir machen für die Homestory.«

»Ich weiß nicht …«, mäkle ich sogleich.

»Jetzt sei nicht wieder so, Damien«, rügt sie mich und klingt wie meine Schwester. »Ich werde alles organisieren. Location, Fotografen, Stylisten. Bring bitte nur dich und den Hund mit.«

»Okay, schön«, seufze ich und schließe die Augen. »Ich bringe mich und den Hund mit. Aber ich kann nicht dafür garantieren, dass Bounty Lust dazu hat.«

Sophie kichert.

»Er ist ein tolles Fotomodel, du wirst schon sehen«, meint sie und gähnt. »Tut mir leid. Ich bin echt müde.«

»Schon gut«, sage ich. »Wir sehen uns morgen.«

»Ja, bis morgen«, verabschiedet Sophie sich von mir.

13. KAPITEL

Sophie

Oakland, ein paar Tage später

Das Fotoshooting für Damiens Homestory findet auf einem wunderschönen Anwesen in Oakland statt. Seine Zeit in New York habe ich dazu genutzt, um nach dem perfekten Domizil zu suchen, um ihn zu inszenieren. Mir war es wichtig, dass das Haus seine oftmals kühle Art, die sich auch in seiner Wohnung widerspiegelt, aufnimmt. Genauso war es mir aber auch wichtig, dass es einen weitläufigen Garten mit Pool hat, der dem Leser den Eindruck vermittelt, dass Damien für Bounty die besten Voraussetzungen schafft. Natürlich ist den allermeisten Lesern klar, dass diese Shootings nicht in den privaten Villen der Spieler stattfinden. Aber die Menschen lieben die Illusion und die Geschichte dahinter. Journalisten und Fotografen sind dazu da, diese Geschichten zu vermitteln.

Neben unserer Fotografin Vanessa sind Visagisten und Stylisten anwesend sowie Linus und Mr. Presley, der es sich natürlich nicht entgehen lässt, einen NFL-Star persönlich zu treffen. Ich wette, er tut vor Damien gern so, als wäre das alles sein Verdienst und nicht meiner.

»Ist alles bereit, Ms. Turner?«, fragt Mr. Presley und ich nicke.

»Wir warten nur noch auf Mr. O'Riley.«

Damien und ich hatten in den letzten Tagen seit seiner Rückkehr aus New York nur schriftlich Kontakt. Es hat sich nicht ergeben, mal ein paar Worte miteinander zu wechseln. Umso mehr freue ich mich, dass wir uns heute wiedersehen. Zugegebenermaßen klopft mein Herz wild, wenn ich an ihn denke. Er hat mir gefehlt in den letzten Tagen. Seine Küsse haben mir gefehlt und ich hoffe, dass wir eine Nacht wie vor seiner Abreise wiederholen. Diesmal vielleicht auch mit einem anderen Ausgang für mich. Er hat seinen Blowjob bekommen, und der war ziemlich gut. Da muss ich mich selbst loben.

Neue Stimmen durchfluten den Garten und ich drehe mich herum. Damien schlendert mit Bounty an der Leine durch die große Glasfront des Hauses auf uns zu. Mein Herz schlägt schneller und ich lächle breit, als ich ihn sehe. Er sieht mal wieder zum Anbeißen aus. Seine Haare sind mit Gel fixiert. Er trägt ein weißes T-Shirt, das sich an seinen muskulösen Oberkörper schmiegt und dazu eine zerrissene Jeans, die die Tattoos an seinen Knien freigibt.

Was meiner Euphorie jedoch einen Dämpfer gibt, ist die schöne Unbekannte an seiner Seite.

Sie hat einen kinnlangen platinblonden Bob. Sie trägt eine Blusenshirt und eine Mom-Jeans mit bequemen Sneakers. In der Hand hält sie ein Tablet sowie ein Smartphone. Die beiden unterhalten sich angeregt und Damien lächelt sie immer wieder an.

Ich rege mich nicht innerlich darüber auf, wer sie ist und was sie mit ihm zu tun hat. Dazu habe ich erstens kein Recht, und zweitens ist es völlig unangebracht, eifersüchtig zu sein.

»Hallo«, sage ich neutral. »Da bist du ja.«

Na gut, so neutral war das jetzt auch nicht, wenn ich seine Begleitung völlig außen vor lasse bei meiner Begrüßung. Bounty zieht an seiner Leine und macht einen Satz auf mich zu. Sorgsam kraule ich ihn hinter den Ohren, was ihn dazu veranlasst, sich an mich zu schmiegen.

»Ich bin doch da«, sage ich. »Hast du mich vermisst?«

Ich wende mich von Bounty ab und sehe Damien an.

»Hi«, begrüßt er mich. »Du hast ziemlich viel aufgefahren.« Er lässt den Blick durch den Garten schweifen und verzieht den Mund. Ich habe keine andere Reaktion von ihm erwartet, auch wenn es mich natürlich schmerzt, dass er sich nicht einfach darauf einlassen kann.

»Für den Besten nur das Beste!«, antworte ich.

Seine Begleitung lacht auf, was ihr meine volle Aufmerksamkeit zukommen lässt.

»Hi«, sagt sie und reicht mir freundlich die Hand. »Ich bin Susanna, aber Suzy ist okay. Ich arbeite für Damiens Management.«

»Ich bin Sophie«, antworte ich deutlich kühler und schüttle ihre Hand. Ich kann mich nicht überwinden, nett zu ihr zu sein, und meine Hintergedanken, dass sie was mit ihm hatte, abstellen. Shit! Ich will nicht eifersüchtig sein, aber nach allem, was zwischen uns war, bin ich es doch. »Ich arbeite für den Berkeley Express und leite die Homestory.«

»Das weiß ich doch«, meint sie und ich nicke.

»Du solltest in die Maske und dich umziehen«, wende ich mich an Damien. »Für Bounty habe ich einen Hundesitter bestellt.«

»Hast du?«, fragt er und ich lache.

»Nein«, sage ich. »Mein Kollege Linus übernimmt das heute und …«

»Guten Tag Mr. O'Riley!« Mein Boss drängt sich unwirsch an mir vorbei und reicht Damien die Hand. »Randolph Presley. Ich bin der Leiter des Berkeley Express und freue mich sehr, heute für all Ihre Fragen und Anmerkungen zur Verfügung zu stehen. Möchten Sie etwas trinken?«

»Guten Tag«, antwortet er förmlich. »Erst mal nicht. Sophie hat gesagt, dass ich mich umziehen soll und in die Maske gehen.«

Damien Blick lässt das Kribbeln in meinem Bauch erneut einsetzen.

»In Ordnung«, meint Mr. Presley. »Soll ich Ihnen den Hund … äh … abnehmen?«

Ich verkneife mir ein Grinsen, weil Damien nicht aussieht, als wolle er meinem Boss Bounty anvertrauen.

»Ich bringe ihn zu Linus«, mische ich mich ein und greife nach der Leine. Dankbar übergibt Damien mir diese. »Du kannst in die Maske gehen.«

Ohne noch ein weiteres Wort an Mr. Presley oder Suzy zu richten, drehe ich mich herum und gehe mit Bounty zu meinem Kollegen.

»Das ist er also?«, fragt Linus zweideutig, ob er nun den Hund oder Damien meint und streichelt Bounty ebenfalls. Typisch Bounty fühlt dieser sich sofort wohl bei ihm und schmiegt sich für noch mehr Streicheleinheiten an ihn.

»Er scheint sich bei dir wohlzufühlen«, sage ich. »Danke, dass du dich um ihn kümmerst.«

Linus nickt mir zu und ich gehe ins Haus zu Damien, wo dieser gerade an dem großen Esstisch von der Visagistin fertig gemacht wird für die ersten Fotos. Suzy steht neben ihm und tippt auf ihrem Smartphone herum.

»Hey«, melde ich mich zu Wort. »Passt das alles für dich?«

»Klar«, meint er und zwinkert mir zu. »Du musst dir keine Sorgen machen und der Kaffee ist echt gut.« Grinsend hebt er einen Coffee to go Becher in die Höhe, der vor wenigen Minuten eingetroffen sein muss.

»Gut, okay«, sage ich. »Ich bespreche mich noch mal mit der Fotografin und …«

»Sophie!« Völlig unerwartet greift Damien nach meiner Hand und hält mich auf. Erneutes Kribbeln durchflutet meinen Körper und mein Herzschlag verdoppelt sich. Wieso reagiere ich nur so empfindlich auf seine Berührungen.

»Mach dir keinen Stress«, sagt er sanft. »Es wird alles gut gehen.«

»Ich weiß«, seufze ich. »Trotzdem muss ich kurz mit ihr sprechen.«

Er grinst, weil er weiß, dass er mich sowieso nicht abhalten kann und lässt mich gehen.

In der nächsten halben Stunde bespreche ich mit Vanessa die ersten Motive. Mr. Presley klebt dabei Gott sei Dank an Damiens Rockzipfel und redet mir nicht in die Motivauswahl rein. Wir wollen Damien so authentisch wie möglich darstellen. Was vor allem auch bedeutet, dass es alltägliche Situationen sind, die wir ablichten.

Damien macht sich gut auf den ersten Fotos, die entstehen. Mit der Zeit wird er immer lockerer und auch sein Lächeln wird ehrlicher. Vor allem auf den Fotos mit Bounty. Er ist ein Naturtalent vor der Kamera, und sollte es mit dem Football nicht mehr laufen, kann er Model werden.

»Wo ist der Football?«, frage ich und sehe mich auf dem Tisch mit den Requisiten um.

»Hier«, sagt Linus und reicht ihn mir. »Es läuft gut, entspann dich.«

Er drückt sanft meinen Oberarm und ich lächle ihn an. Meine Nervosität ist furchtbar, das weiß ich, aber ich will doch auch nur alles richtig machen.

»Danke«, sage ich und halte Ausschau nach Damien, der zu uns sieht. Seine Lippen sind fest aufeinandergepresst und seine Augenbrauen zusammengezogen. Was ist denn jetzt los? Ist mir in den letzten Minuten etwas entgangen, dass er so grimmig schaut? Eigentlich dürfte das nicht der Fall sein.

Mit dem Football in der Hand gehe ich auf Damien zu.

»Ich habe hier was, womit du dich auskennst!«, rufe ich. Dabei drehe ich den Football wenig galant in meiner Hand, sodass er mir fast runterfällt. Damiens Lippen verziehen sich spöttisch nach oben. »Ich sollte wohl noch üben«, flüstere ich bei ihm angekommen.

»Dalton ist auch nicht besser«, zieht er mich auf.

»Haha«, entgegne ich und reiche ihm den eiförmigen Ball. »Bitte.«

»Danke.« Damien nimmt ihn mir ab. In seiner riesigen Hand wirkt er gar nicht mehr so beeindruckend wie in meiner. Aber sollte mich das wundern? Nein. Immerhin muss er das Ding auch aus der Luft fangen, festhalten und loslaufen. Ich schaffe nicht mal den Ball aus der Luft mit beiden Händen zu fangen. Wie in aller Welt also mit einer Hand? Mir fällt er direkt auf die Nase.

»Ich dachte mir, du könntest so tun, als würdest du mit Bounty Football spielen«, erkläre ich meine Motividee.

»Den Ball also nicht werfen?«, fragt er.

»Lieber nicht«, antworte ich. »Du wirfst weiter als die Grundstücksgrenzen.«

»Vermutlich«, erwidert er. »Dein Kollege schaut ständig zu uns rüber.«

Seine Miene ist erneut verkniffen und nun ziehe ich die Augenbrauen zusammen.

»Linus?«, frage ich. »Na ja ... er ist Teil des Teams und arbeitet hier.«

»Steht er auf dich?«, murmelt Damien.

Ich reiße die Augen auf und sehe ihn fragend an. Wie kommt er denn bitte darauf, dass Linus auf mich steht. So ein Blödsinn! Wir mögen uns gern, mehr nicht.

»Wir sind Kollegen«, stelle ich klar.

»Sieht er das auch so?«, schießt Damien zurück und sieht an mir vorbei zu ihm.

»Ja«, behaupte ich, obwohl ich im Grunde keine Ahnung habe, ob er das so sieht.

»Okay«, meint er.

Ein Klicken unterbricht unsere Unterhaltung und wir drehen den Kopf zur Fotografin und Suzy. Beide grinsen uns an, dann einander.

»Ich … also … äh«, stottere ich peinlich berührt. Hitze steigt mir in die Wangen und ich wende mich hastig von Damien ab. »Wir machen weiter!«

Ohne ihn noch mal anzusehen, drehe ich mich herum und laufe zurück zu Suzy und Vanessa, die mich angrinst.

»Die Fotos von euch sind echt schön«, meint sie und zeigt sie mir. Wir stehen uns gegenüber und sehen uns in die Augen. Dabei übergebe ich ihm den Football. Und ja, sie hat recht, die Fotos sind wirklich schön. Aber das kann ich ihr nicht sagen.

»Das ist eine Homestory, keine Lovestory«, versuche ich einen Witz zu machen. Vanessa zieht die Augenbrauen hoch.

»Ich hatte schon viele Paare vor meiner Linse«, antwortet sie. »Ihr zwei seid etwas Besonderes.«

Binnen Sekunden wird mein Gesicht wieder feuerrot und ich wende mich ab.

Damien und ich sind etwas Besonderes? Das wird immer besser.

*

Ich schließe die Haustür der Villa hinter den letzten Teammitgliedern des heutigen Nachmittags und gehe zurück zu Damien und Bounty ins Wohnzimmer. Während Damien mit seinem iPhone in der Hand am großen Esstisch lehnt, liegt Bounty auf der Designercouch.

»Bounty, nein!«, rufe ich. »O Gott, die Haare kann ich keinem erklären.«

Damien lacht leise und ich werfe ihm einen genervten Blick zu. »Wärst du bitte so freundlich und würdest deinem Hund sagen, dass er von der Couch runter soll?«

»Bounty!«, ruft er in strengem Ton und der Hund spitzt die Ohren. »Runter!«

Bounty zuckt nur müde mit den Ohren und ignoriert sein Herrchen. Schmunzelnd gehe ich auf Damien zu.

»Er ignoriert dich«, sage ich.

»Scheinbar«, meint er und schiebt sein Handy zurück in seine Jeans. »Wie lange hast du die Bude noch gemietet?«

»Bis morgen früh«, antworte ich seufzend. »Die Maklerin wollte sie mir nur für mindestens vierundzwanzig Stunden geben.«

»Komisch.« Damien zieht die Augenbrauen zusammen. »Aber sie ist wirklich schick.«

»Könntest du dir vorstellen irgendwann mal, in so einem Haus zu leben?«, frage ich.

»Irgendwann sicher«, antwortet er. Damien tritt einen Schritt auf mich zu. Vorsichtig streckt er seine Hand aus und streicht mir eine Haarsträhne aus dem Gesicht. Meine Haut kribbelt und ich lehne mein Gesicht in seine große Handfläche. »Schön dich heute wiederzusehen«, meint er und beugt sich zu mir vor.

»Finde ich auch«, antworte ich.

Wir schauen uns in die Augen und mein Herz wummert in meiner Brust. Dieses bekannte Kribbeln stellt sich wieder ein. Damien beugt sich zu mir herunter. Ich spüre seinen heißen Atem auf meinem Gesicht, und dann treffen seine Lippen auf meine.

Augenblicklich erwidere ich den Kuss und schmiege mich an ihn. Seine Hände fahren über meinen Körper bis sie an meinem Hintern ankommen. Er fasst einmal fest zu, was mich keuchen lässt. Dann hebt er mich hoch, sodass ich meine Beine um seine Hüften schlingen kann. Damien dreht uns herum und setzt mich auf dem Esstisch ab.

»Das hat mir gefehlt, Sophie«, raunt er gegen meine Lippen.

»Mir auch.«

Ich schiebe meine Hände unter sein Shirt und streiche über seine harten Muskeln. Damien lacht in den Kuss hinein, als ich ihn kitzle.

»Ich will dich«, sagt er und fährt mit seinen Händen nun unter mein Shirt.

»Hier?«, piepse ich. »Ich will dich auch, aber das Haus ist … geliehen.«

»Die werden das Haus wohl putzen, oder?«

»Schon.«

»Hast du noch andere Gegenargumente?«

»Das ist ein Esstisch!«

»Hattest du noch nie Sex auf einem Esstisch?«
Ich lehne mich zurück, um ihm in die Augen zu

sehen. Das Grinsen in seinem Gesicht spricht Bände und ich beiße mir auf die Lippen.

»Nein«, gestehe ich. »Du?«

»In der Regel sitze ich dabei nicht auf dem Tisch, aber …«

»Damien!« Ich kneife ihm in die Seite. »Du machst dich über mich lustig.«

»Sorry«, murmelt er und zieht mir in Windeseile mein Shirt aus. Achtlos wirft er es auf den Boden und lässt seine Augen über meinen Oberkörper fahren. »Du bist so schön«, eröffnet er mir. Mein Herz schlägt schneller und ich dränge meinen Körper an seinen. »Ich will dich überall küssen.«

Meine Haut kribbelt und ich schaue ihn in freudiger Erwartung an.

»Hm«, murmle ich und lehne mich leicht zurück. Seine Lippen wandern von meinem Kinn über meinen Hals bis zu meinem Brüsten, die in einem klassischen schwarzen BH stecken. »Du hast zu viel an.«

»Ich habe weniger an als du«, entgegne ich.

Damien antwortet nicht, sondern küsst sich über meinen Körper bis zum Bund meiner Jeans. Er öffnet den Knopf und streift sie mir über den Hintern und die Schenkel. Danach zieht er mir meine Sneakers und Socken aus, ehe alles neben meinem Shirt landet.

Ich schlucke hart, als er zwischen meinen Beinen kniet und diese mit seinen breiten Schultern noch weiter auseinander drückt. Mein Puls beschleunigt sich und meine Haut wird von einer Gänsehaut überzogen, als er einzelne Küsse auf die Innenseiten meiner Schenkel haucht.

»Ich schulde dir noch was«, flüstert er und hakt seine Zeigefinger in den Bund meines schwarzen Slips ein. Ich hebe meinen Hintern an und lasse mir den Slip vom Körper ziehen. Damien spreizt meine Beine mit seinen Schultern und haucht einen Kuss auf meine rasierte Scham.

Aufregung schießt durch meinen Körper und ich kann es kaum erwarten, dass er weitermacht. Kuss über Kuss landet auf meinem Venushügel, bis er seinen Mittelfinger zur Hilfe nimmt. Damien teilt meine Schamlippen und leckt mit der Zungenspitze über meine Klitoris. Der empfindliche Knoten reckt sich ihm entgegen und bettelt um mehr Aufmerksamkeit.

Ich stöhne auf und lege den Kopf in den Nacken. Scheiße, das fühlt sich verdammt gut an.

Damien leckt mich weiter, umkreist meine Perle mit seiner Zunge und schiebt zwei Finger in meine Mitte. Meine Hüften bocken auf und kommen ihm entgegen. Es ist viel zu lange her, dass ich mit einem Mann zusammen war. Noch länger ist es her, dass ein Mann mich oral befriedigt hat.

Der Tsunami, der sich in meinem Inneren aufbaut, ist großartig, als er seine Finger leicht krümmt und seine Zunge ein letztes Mal über meine Klitoris schellt.

»Damien!«, rufe ich und kralle meine rechte Hand in seine Haare. »Fuck, ja!«

Ich will meine Beine schließen, doch seine Schultern hindern mich daran. Er leckt mich weiter, trägt mich mit seiner Zunge durch meinen Höhepunkt.

»Das ist es«, keuche ich ein letztes Mal und lehne mich auf meinen Unterarmen zurück auf den Tisch. Damien taucht grinsend zwischen meinen Beinen auf. Er leckt sich lasziv über die Lippen, die von meiner Feuchtigkeit glänzen und sorgt dafür, dass eine neue Welle der Erregung über mich hineinbricht.

Wortlos zieht er sein T-Shirt aus und wirft es zu meinen Sachen auf den Boden. Ich betrachte seinen stählernen Oberkörper und lecke mir über die Lippen. Er ist einfach so verdammt heiß.

Damien erwidert meinen Blick, öffnet seinen Gürtel und zieht seine Jeans mitsamt Boxerbriefs so weit herunter, sodass er seinen Schwanz rausholen kann. Er umfängt seinen Halbsteifen mit seiner Hand und pumpt einige Male auf und ab, bis er komplett hart ist.

Wortlos zieht er seine Geldbörse aus seiner Jeans und nimmt ein Kondom heraus. Ich beobachte das Ganze und schüttle für eine Sekunde den Kopf.

»Warum schüttelst du den Kopf?«, fragt er.

»Wieso haben Männer immer ein Kondom dabei?«, entgegne ich fragend.

»Ganz ehrlich?« Er lacht und reißt das Präservativ mit den Fingern auf. Damien nimmt das Gummi heraus und streift es sich über. »Ich habe es reingetan, weil ich wusste, dass wir uns sehen werden. Es gehört nicht zu meiner Grundausstattung wie eine Kreditkarte.«

Mein Herz explodiert vor Freude ich lächle ihn an. Diese Aussage bedeutet zum einem, dass er mich genauso sehr wiedersehen wollte, wie ich ihn und zum anderen, dass er nicht ständig mit jeder x-beliebigen Frau schläft.

Damien beugt sich über mich und drückt seine Lippen auf meine. Seine Spitze berührt meinen Eingang und ich stöhne gegen seinen Mund.

»Fuck«, keucht er, nachdem er sich einige Zentimeter in mich geschoben hat. »Das wird eine schnelle Nummer.«

»Warum?«

»Es ist schon eine Weile her, dass ich das letzte Mal Sex hatte«, gesteht er mir. »Wenn Männer besonders erregt sind, geht es schneller.«

»Bei mir ist es auch schon länger her«, antworte ich und drücke meinen Mund auf seinen.

Damien dringt komplett in mich ein und stößt in mich.

14. KAPITEL

Damien

Am nächsten Morgen gibt die weiche Matratze unter meinem Rücken nach und ich strecke mich ausgiebig. Als ich die Augen öffne, stelle ich fest, dass ich mich nicht in meiner Wohnung in meinem Bett befinde, sondern immer noch in dem gemieteten Haus. Es war definitiv nicht geplant, dass wir die Nacht hier verbringen. Nach dem Sex auf dem Esstisch sind wir in eines der Schlafzimmer umgezogen und erst tief in der Nacht erschöpft eingeschlafen.

Ich drehe meinen Kopf und betrachte Sophie.

Ihre Augen sind geschlossen, sie hat ein sanftes Lächeln auf den Lippen und eine Haarsträhne fällt ihr ins Gesicht. Ich drehe mich zu ihr herum und streiche die Strähne zurück.

»Morgen«, flüstert sie kaum hörbar und ich grinse breit.

»Morgen«, erwidere ich und drücke ihr einen Kuss auf die Lippen, den sie erwidert.

»Jetzt noch Frühstück ans Bett und du bist der perfekte Mann.«

Ich lache leise und küsse sie ein weiteres Mal. Jedoch mit mehr Nachdruck. Sophie schlingt ihre Arme um meinen Hals und erwidert den Kuss. Sie öffnet ihren schönen Mund für mich, sodass ich mit der Zunge eindringen kann. Wir stöhnen auf, als unsere Zungen einander berühren und einen Kampf miteinander beginnen. Ich rolle mich auf sie und dränge mich ganz nebenbei zwischen ihre nackten Schenkel.

»Was hältst du von Morgensex?«, frage ich mit immer noch belegter Stimme und küsse ihren Hals.

Ich sauge mich an der Haut fest, um ihr einen Knutschfleck zu verpassen, was sie kreischend zur Kenntnis nimmt. Sofort stemmt sie ihre zierlichen Hände gegen meine Schultern, aber hat keine Chance gegen mein Gewicht.

»Haben wir noch Kondome?«, will sie wissen und streichelt mit ihren Fingerspitzen federleicht über meine Schultern.

»Nein«, seufze ich. »Deswegen mussten wir heute Nacht aufhören.«

Sie grinst mich an bei der Erinnerung an unseren Marathon.

»Dann gibt es keinen Morgensex«, antwortet sie. Ich stöhne auf und sehe ihr in die Augen. »Nicht mal kurz reinhalten?«

»Nein!«, ruft sie feixend aus und schlägt mir auf die Schulter. »Außerdem müssen wir mit dem Hund raus und bald verschwinden, bevor die rausfinden, dass wir hier Sex hatten!«

»Verdammt guten Sex«, füge ich hinzu.

»Damien, bitte.«

»Na schön.« Ich stemme mich hoch und steige aus dem Bett.

Erst jetzt nehme ich mir Zeit, mich in dem wunderschönen Master-Schlafzimmer umzusehen. Das schwarze Kingsize Bett dominiert den Raum. Der beige flauschige Teppich gräbt sich in meine Füße und vor den bodentiefen Fenstern befindet sich eine kleine Terrasse. Es ist schön. Generell hat mir das Anwesen, das Sophie für die Fotostrecke ausgesucht hat, sehr gut gefallen.

Ob es noch zu haben ist? Ich bin nicht auf der Suche nach einem Haus, nicht jetzt, aber vielleicht in Zukunft.

»Weißt du, ob das Haus noch zu haben ist?«, frage ich dennoch.

Ich sammle meine Boxershorts vom Boden auf und schlüpfe hinein. Gott sei Dank waren wir heute Nacht noch so schlau, unsere Unterwäsche mit nach oben zu nehmen.

»Wie kommst du darauf?«, erwidert sie.

»Nur so.« Ich zucke mit den Schultern und werfe ihr ihren BH und Slip entgegen. »Hier! Anziehen!«

Sophie steigt aus dem Bett und fährt sich verdammt sexy durch die langen braunen Haare. Beim Anblick ihres heißen Pfirsich-Pos läuft mir das Wasser im Mund zusammen.

»Starr mich nicht an«, rügt sie mich sogleich. Ich verdrehe die Augen.

»Ich starre nicht«, sage ich und gehe auf sie zu. Dann ziehe ich Sophie an mich und streiche ihre Haare zurück.

»Seit wann bist du so zutraulich?«, will sie wissen und ich lache auf.

»Ich bin doch kein Hund.«

»Die sind definitiv weniger kompliziert.«

»Sei nicht so frech«, antworte ich und gebe ihr einen Klaps auf den Hintern, was sie aufstöhnen lässt. »Ich lasse Bounty in den Garten. Er kann dort hinkacken. Bis die das finden, sind wir weg.«

Mit einem weiteren Kuss lasse ich Sophie los und laufe nach unten.

Auch der Flur des Hauses ist absolut mein Geschmack. Es ist dezent, aber nicht komplett steril. Die Möbel passen perfekt dazu. Ich mag es, wenn Häuser nicht so vollgestellt sind. Sophie ist da das genaue Gegenteil, befürchte ich. Sie liebt jeden Kitsch und Dekokram. Ähnlich wie bei meiner Mom lebt sie nach dem Vorsatz: Mehr ist mehr!

Bounty springt von der Couch und trottet auf mich zu.

»Hey mein Junge«, begrüße ich ihn und gebe ihm eine ausgiebige Streicheleinheit. »Bist du bereit, dein Geschäft im Garten dieses tollen Hauses zu machen?«

Er bellt einmal auf und ich gehe mit ihm zur Terrassentür und öffne sie für ihn. Bounty rennt in den Garten und ich bleibe in der Tür stehen und beobachte ihn. Für ihn wäre ein Haus wie dieses so viel besser. Allein die Freiheiten durch den Garten, würden ihm so viel Lebensqualität geben. Und mir Zeit sparen. Was nicht bedeutet, dass ich Zeit sparen möchte mit dem Hund. Dafür habe ich ihn nicht aus dem Tierheim geholt.

Generell sollte ich aufhören, darüber nachzudenken, dieses Haus zu kaufen. Ich brauche es nicht. Kein alleinstehender Mann mit einem Hund braucht eine Villa.

»Hey.« Zarte Arme schließen sich um mich. »Hier bist du.«

»Hm«, brumme ich und lege meine Hände auf Sophies.

»Hat er schon gekackt?«, fragt sie und ich lache auf und drehe mich zu ihr herum. Sophie schaut zu mir auf, ihre Haare sind noch leicht durcheinander. Sanft streiche ich sie zurück.

»Gleich ist es so weit«, erwidere ich und senke meinen Mund auf ihren. »Wir können die Zeit des Wartens anders nutzen.«

»Gute Idee.«

*

Sophie und ich sitzen in meinem Audi und fahren zurück nach Berkeley. Auf der rund fünfzehnminütigen Fahrt geht mir allerhand durch den Kopf. Zwischen Sophie und mir hat sich einiges verändert. Von unserer ersten Begegnung bis gestern Abend haben wir uns um einhundertachtzig Grad gedreht. Es gefällt mir. Wie Jason so schön meinte, ich habe mich in sie verknallt. Das ist ein echt gutes Gefühl. Aber auch ungewohnt und ich weiß nicht, was ich damit anfangen soll. Immerhin halte ich alles und jeden in Berkeley auf Abstand. Dann verliebe ich mich in die nervigste Frau, die die Bay Area zu bieten hat.

»Hast du Hunger?«, frage ich.

»Ja, und du?«

»Ich auch«, antworte ich. »Lass uns Bounty nach Hause bringen und etwas essen gehen.«

»Ist gut.«

Gesagt, getan. In der nächsten halben Stunde bringen wir den Hund in meine Wohnung und gehen danach in ein kleines Restaurant in der Nähe unseres Apartmentkomplexes.

»Hallo«, begrüße ich Carla, die Inhaberin des Restaurants. Sie ist Mitte dreißig und hat sich mit dem Laden einen Lebenstraum erfüllt.

»Damien, hi!«, ruft sie mir zu. »Suchst du dir einen Platz?«

»Mache ich.«

»Langsam habe ich das Gefühl, dass du doch mit jedem sprichst, außer mit mir«, murmelt Sophie neben mir und ich sehe sie fragend an.

»Wie meinst du das?«, will ich wissen.

»Gestern Suzy, heute die Kellnerin.«

»Sie ist nicht die Kellnerin, sie ist die Besitzerin.«

»Wie auch immer«, schnappt sie.

Ich bleibe stehen und ziehe sie an mich. »Bist du eifersüchtig?«, will ich wissen.

»Ich … was … nein!« Sophie will mich empört ansehen, aber in Wahrheit steht es ihr ins Gesicht geschrieben, dass sie eifersüchtig ist.

»Du bist eifersüchtig.«

»Nein.« Sophie schüttelt den Kopf. »Wo wollen wir uns hinsetzen? Hier?« Sie deutet auf einen Tisch in der Ecke. »Gut, setzen wir uns.«

Ich presse die Lippen zusammen, um mir ein Lachen zu verkneifen. Dann folge ich ihr. Sophie sitzt mit dem Gesicht zum Inneren des Restaurants, sodass ich mit dem Rücken zu jenem sitzen kann. Was ich auch besser finde. Für den Fall, dass ich erkannt werde.

»Reden wir noch mal darüber, dass du eifersüchtig warst?«, frage ich und Sophie rollt mit den Augen.

»Ich war nicht eifersüchtig«, antwortet sie. »Du musst dich verguckt haben.«

»Ist klar.« Ich grinse sie an und scanne mit meinem Smartphone den QR-Code auf dem Tisch, um die Speisekarte aufzurufen.

»Kannst du mir etwas empfehlen?«, will sie wissen.

»Ich esse immer das Vital Frühstück mit viel Obst«, antworte ich und halte ihr meinen Bildschirm hin.

»Hm«, macht sie und ich lache. »Nicht deins?«

»Nein.« Sophie scannt den QR-Code selbst und scrollt durch. »Ich nehme Pancakes mit Schokoladensirup.«

»Das volle Programm an Kalorien«, erwidere ich und sie nickt selbstbewusst. »Weißt du, wie lecker das ist?«

»Weißt du, wie heiß es ist, dass du sowas isst und nicht so tust, als müsstest du streng auf deine Linie achten?«

Prompt wird sie rot im Gesicht, was wirklich süß aussieht.

»Habt ihr schon etwas gefunden?«, fragt Carla und tritt neben uns.

»Für mich das Vital Frühstück und einen großen Latte Macchiato. Für dich?«

»Ich nehme die Schokoladen Pancakes und
auch einen Latte Macchiato.«

»Normale Portion Schokolade oder mit Schokoladenstückchen im Teig?«

»Dann natürlich mit Schokoladenstückchen
im Teig«, bestellt Sophie grinsend.

»Ist notiert«, erwidert Carla und dreht sich herum. Sie geht zurück zur Theke, um die Bestel-
lung an die Küche weiterzugeben und ich wende
mich an Sophie, die ihr mit verkniffener Miene
nachsieht.

»Du musst nicht eifersüchtig sein«, sage ich
leise und sie zuckt zurück.

»Bin ich nicht«, behauptet sie immer noch.

»Gut«, antworte ich und lehne mich zu ihr vor,
sodass nur sie mich versteht. Küssen will ich sie
nicht in der Öffentlichkeit. Wir könnten immer
noch gesehen werden, aber ich will, dass ihr klar
ist, dass Carla mich nicht interessiert. »Carla interessiert mich nicht. Genauso wenig wie alle anderen Frauen, seitdem du mich so rüpelhaft im
Treppenhaus angequatscht hast.«

Sophie lächelt und nickt.

»Okay«, flüstert sie.

»Außerdem hatten wir derart fantastischen
…«

»Eure Getränke!« Carla steht wieder neben
mir, sodass ich mich von Sophie zurückziehe. Sie
stellt die Getränke vor uns ab und geht zurück
zur Theke.

»Derart fantastischen?«, nimmt Sophie meine Aussage wieder auf und kippt das halbe Zuckerpäckchen in ihre Milchschaumkrone.

»Derart fantastischen Sex«, sage ich. »Dass ich mich definitiv zukünftig nicht umsehen werde.«

»Trifft sich gut.« Sie grinst. »Ich auch nicht.«

Sophie trinkt von ihrem Latte Macchiato, sodass Milchschaum an ihrer Oberlippe zurückbleibt. Fuck, das ist heiß. Mit einem Mal werfe ich meinen Vorsatz, sie in der Öffentlichkeit nicht zu küssen über Board und lehne mich zu ihr.

Sanft drücke ich meine Lippen auf ihre und schmecke dabei den viel zu süßen Milchschaum. Ekelhaft viel Zucker, aber der Kuss ist verdammt gut.

»Euer Essen!« Ich ziehe mich von Sophie zurück und Carla grinst uns so breit an, dass sogar ich verlegen wegschaue. Ich habe mich seit meiner damaligen Freundin Macy in der Highschool nicht mehr so mit einer Frau gezeigt. Was vor allem an der ganzen Scheiße mit Cian lag. Doch mit Sophie habe ich seit Jahren wieder das Gefühl, dass es mir richtig gut geht. Die Welt um mich herum ist nicht mehr so trist. Obwohl sie es davor sicher auch nicht war. Aber mit ihr … sie macht meine Welt bunter, erlebnisreicher.

»Danke«, sagt Sophie.

»Gerne«, erwidert Carla. »Wenn ihr noch was braucht, ich bin an der Theke.«

Wir nicken und Carla geht zurück.

Schweigend essen wir, bis Sophie sich räuspert.

»Ich wollte dich etwas fragen«, murmelt sie.

»So?«, frage ich. »Was denn?«

Interessiert schaue ich sie an und greife nach meinem Kaffee.

»Erinnerst du dich an das Telefonat mit meiner Mom?«, fragt sie.

»Dunkel, aber ja.«

»Meine Eltern veranstalten jedes Jahr eine Charity-Gala in San Francisco, zu denen sie alle einladen, die Rang und Namen haben. Auch viele San Francisco Rushers Spieler, deren Eigentümer, die Belfasts … du verstehst?«

Ich nicke.

»Meine Mutter nötigt mich zu kommen«, erzählt sie weiter. »Und ich … na ja … ich dachte, dass du vielleicht Lust hast, mich zu begleiten.«

Ich bin baff. Damit habe ich nicht gerechnet. Ja, ich erinnere mich an das Telefonat und ja, ich erinnere mich auch daran, dass es die Charity-Gala gibt.

»Du willst nicht«, setzt sie hastig nach und rührt in ihrem Kaffee. »Wie dumm von mir. Wir sind nicht zusammen und … und das ist eine riesige Veranstaltung und …«

»Ich komme mit«, entscheide ich spontan.

»Was?«, fragt Sophie und sieht mich mit großen Augen an.

»Ich begleite dich«, wiederhole ich es etwas präziser. »Sag mir wann und wo ich sein soll und ich werde da sein. Ich nehme an, es herrscht Smoking Pflicht?«

»Du wirst heiß aussehen in einem Smoking.« Abrupt wird sie rot. »Habe ich das laut gesagt?«

»Hast du«, erwidere ich. »Du wirst heiß in deinem Kleid aussehen.«

Sie schneidet etwas von ihrem Pancake ab, die wirklich gut aussehen. Die Schokoladensoße läuft an den Seiten herunter, und die Schokostückchen türmen sich zusätzlich auf dem obersten Pancake.

»Willst du probieren?«, fragt sie und hält mir ihre Gabel hin.

»Einen kleinen Bissen«, sage ich und nehme es von der Gabel. Das Ganze beschert mir eine Geschmacksexplosion in meinem Mund. »Wow«, gebe ich zu. »Das ist der Wahnsinn.«

»Ja, oder?«

»Hm.« Ich schlucke es runter. »Gib mir noch ein Stück.«

»Bist du sicher?«

»Absolut!«

Kichernd schneidet sie ein Stück ab.

15. KAPITEL

Damien

Als ich am nächsten Morgen die Kabine betrete, liegen die fragenden Blicke meiner Kollegen auf mir. Skeptisch beäugen sie mich, aber sagen nichts. Einige von ihnen haben ihre Smartphones in der Hand, was nichts Außergewöhnliches ist. Es ist jedoch außergewöhnlich, dass sie mich immer wieder abwechselnd auf ihre Displays schauen und dann zu mir. Ich gehe zu meinem Spind und öffne ihn. Stelle meine Trainingstasche hinein und beginne mich umzuziehen, als die Blicke auch weiterhin nicht aufhören. Okay fein, da stimmt doch was nicht.

»Wieso guckt ihr alle so?«, frage ich genervt in die Runde, nachdem ich meine Protektoren angezogen habe und nach meinem Trikot greife.

Augenblicklich herrscht betretenes Schweigen in der Kabine, bis Desmond sich räuspert.

»Na ja«, druckst er herum. »Du, der nie mit der Presse redet, die Presse hasst und nicht mal nach Siegen ein Interview gibt, datete Sophie Turner. Da dürfen wir wohl mal fragend gucken, oder?«

Ich ziehe die Augenbrauen zusammen und mustere unseren Tight End fragend. Ja, ich date Sophie und ja, wir machen zukünftig auch kein Geheimnis daraus, immerhin begleite ich sie zur Charity-Gala ihrer Familie nächste Woche und bei unserem Heimspiel am Sonntag will sie ins Stadion kommen. In meinem Trikot, in unserem Fanblock. Damit machen wir die Sache zwischen uns definitiv offiziell. Das rechtfertigt dennoch nicht die blöden Blicke meiner Kollegen und noch weniger, dass sie sich eine derart negative Meinung bilden. Freuen tun sie sich eindeutig nicht.

Das Team schaut mich fragend an und verlangt stumm nach Antworten. Antworten, die ich ihnen aber nicht geben will, weil das meine Privatsache ist. Und überhaupt? Woher wissen die, dass wir uns daten? Ich kann mich nicht erinnern, dazu jemals etwas gesagt zu haben.

»Wer sagt das?«, frage ich.

»Alle Zeitungen?« Asher Williams, einer unserer Defensive Ends, hält mir sein iPhone vor die Nase. »Guck!«

Ich nehme es an mich und presse die Lippen zusammen. Tatsächlich zieren Sophie und ich sämtliche Titelseiten der großen Zeitungen in der Bay Area. Inklusive des »Berkeley Express«. Nur der »San Francisco Herald« berichtet nicht über eine angebliche Beziehung zwischen uns. Was mich auch nicht weiter wundert, denn ihnen wird es ganz und gar nicht in den Kram passen, dass sie mich datet und keinen Rushers Spieler. Was mich insgeheim ein wenig freut.

»Fuck«, murmle ich und scrolle mich durch die Artikel, deren Headlines immer absurder werden.

Damien O'Riley:
Footballstar datete Tochter von Zeitungs-Mogul

Damien O'Riley & Sophie Turner:
Presse Touchdown in der Bay Area

Ich seufze und suche nach weiteren Artikeln, in denen sich allesamt Fotos von uns bei Carla befinden. Wie wir das Restaurant betreten, wie wir uns küssen, sie mich mit ihrem Pancake füttert. Die Zeitungen werden nicht müde, sich mit ihren aberwitzigen Schlagzeilen zu übertreffen.

Sophie Turner & Damien O'Riley:
Geheimnisvoller Footballstar datete
SF-Herald Erbin

Damien O'Riley & Sophie Turner:
Süßer Nachwuchs wird erwartet!

»Was ein Schwachsinn«, murre ich und gebe Asher sein iPhone zurück. »Bis zu den Baby-News war es echt okay.« Meine Stimme trieft nur so vor Sarkasmus.

»Ihr küsst euch«, sagt Asher. »Und ihr haltet beim Verlassen Händchen. Das ist kein Schwachsinn.«

»Hm.« Ich wende mich ab und ziehe mir mein Trikot über.

»Wir freuen uns für dich«, mischt sich Jason ein und schenkt mir ein aufrichtiges Lächeln. »Es überrascht uns nur, dass es ausgerechnet Sophie ist. Ihre Familie verkörpert alles, was du hasst.«

Das ist die Wahrheit, aber ändert nichts an Sophie als Mensch.

»Ich date nicht ihre Familie«, stelle ich nun doch klar. »Sondern sie.«

»Sie ist eine Turner«, wendet Dalton ein.

»Ja, und?«, schnappe ich. »Was soll das, Jungs?«

Gott, warum reagiere ich denn nur so heftig auf die besorgten und irgendwo auch nachvollziehbaren Kommentare meiner Kollegen? Umgekehrt wäre ich genauso skeptisch wie sie. Sophie ist nicht nur eine Journalistin, sondern auch die Erbin des größten Zeitungsimperiums der Westküste.

»Wir denken nur, dass der Apfel nicht weit vom Stamm fällt«, meint er.

Ich weiß, was er meint. Zwar versucht der »San Francisco Herald« nach Spielen immer neutral über die Berkeley Bees zu berichten, aber es ist klar, dass immer irgendwelche Seitenhiebe in Artikeln stehen. Dass nun ein Bees Spieler die Zeitungserbin datet, ist natürlich etwas, was bei den Leuten und auch meinen Teamkollegen Fragen aufwirft.

»Wie gesagt«, wiederhole ich. »Ich date Sophie und nicht ihre Familie. Ihr Job spielt keine Rolle.«

»Wie kann ihr Job keine Rolle spielen?«, fragt Desmond und ich fahre herum.

»Welche Rolle hat denn Kyras Job gespielt?«, zische ich.

Prompt sagt er zumindest keinen Ton mehr und wendet sich ab.

»Was ist mit der Homestory?«, fragt Jason und ich sehe ihn wütend an, dass er das ausplaudert.

»Das habe ich dir im Vertrauen erzählt!«

»Wir wussten es schon«, nimmt Dalton ihn in Schutz. »Und darum geht es auch gar nicht.«

»Richtig!«, antworte ich entrüstet von ihrem Verhör. »Es geht euch alles nichts an. Es ist mein Leben und meine Entscheidung, mit wem ich zusammen bin.«

Damit rausche ich aus der Kabine.

*

»Bist du wieder runtergekommen?« Dalton tritt neben mich.

Ich sitze noch am Spielfeldrand und schaue unseren Platzwarten dabei zu, wie sie es für das nächste Training bereitmachen. Daltons Frage beantworte ich mit einem Schulterzucken.

»Wir wollen dir die Beziehung nicht schlecht reden, Damien«, meint Dalton und setzt sich neben mich. »Du bist definitiv besser gelaunt, seitdem du sie kennst und lächelst öfters.«

»Aha.« Ich will mürrisch wirken, aber kann mir ein kleines Grinsen nicht verkneifen.

»Siehst du.«

»Aber?«, frage ich. »Wo ist das Aber in deinem Satz?«

»Aber du musst verstehen, dass Sophie nicht irgendwer ist. Ihre Familie nicht …«

»Glaubst du, das weiß ich nicht?«, frage ich und seufze. »Ich vertraue ihr. Ich vertraue uns, Dalton. Was soll ich denn auch machen? Glaubst du ich … ich habe das geplant. Ganz ehrlich, dass letzte was ich wollte, war diese Nervensäge kennenlernen. Aber Sophie hat nie lockergelassen und trotzdem, dass ich immer so fies war, hat sie sofort auf Bounty aufgepasst.«

Ich schüttle unwirsch den Kopf.

»Für die Homestory als Gegenleistung?«

»Okay, ja«, seufze ich. »Aber trotzdem hat sich da etwas zwischen uns entwickelt.«

»Du hast dich in sie verliebt.« Er grinst. »So-was plant man nicht, Mann. Meli und ich hatten einen Deal, es ging um Geld … mehr nicht. Dann haben wir uns verliebt. Sie ist toll, das Beste, was mir jemals passiert ist. Ich werde sie heiraten, aber trotzdem will ich dir sagen, dass Sophie Journalistin ist und irgendwann vielleicht mal etwas schreiben wird, was dir nicht gefällt.«

»Zwischen mal etwas schreiben, was mir nicht gefällt und euren Kommentaren liegen Welten«, entgegne ich sauer. »Ich weiß, dass es nicht ideal ist, eine Journalistin zu daten. Sicherlich nicht, aber es ist mir egal. Ich definiere sie nicht über ihren Job und sie mich auch nicht. Und ja, ich weiß, wer ihre Familie ist und glaub mir … ihren Bruder brauche ich wahrlich nicht in meinem Leben.«

»Und jetzt kommt von dir ein Aber?«

»Nein. Ich habe mich in sie verliebt«, sage ich und sehe Dalton an. »Dagegen kann ich nichts tun.«

»Alles, was das Team will, ist, dass du glücklich bist, Damien.« Dalton klopft mir auf die Schulter. »Wir sehen, dass sie dich verändert hat. Du bist offener, beteiligst dich an Unterhaltungen und hast eine ganz andere Grundhaltung zum Leben. Das ist schön.«

Es ist interessant zu hören, was sie denken. Man selbst hat nie das Gefühl, dass man sich verändert. Auch wenn es mir in Bezug auf Sophie schon aufgefallen ist, hätte ich nicht gedacht, dass es nach außen hin dieselbe Wirkung hat.

»Trotzdem klang es in der Kabine so, als wärt ihr dagegen«, sage ich. »Was nicht nett ist. Ihr hättet mich auch anders auf die Artikel, die ich zu dem Zeitpunkt noch nicht gesehen hatte, ansprechen können.«

»Geht klar, aber du kennst doch Des.« Ich nicke. »Was denkst du über die Artikel?«

»Außer, dass sie Schwachsinn sind?«, frage ich. »Vor allem der mit dem Baby?«

Dalton nickt diesmal.

»Dass ich überlege meinen Anwalt einzuschalten, weil ich das nicht möchte«, antworte ich. »Nur weil ich eine Journalistin date und Sophie ausgesuchte Fragen für die Homestory beantwortet habe, heißt es noch lange nicht, dass ich damit hausieren gehe.«

»Du bleibst deiner Linie treu, das finde ich gut«, sagt er. »Zwar gab es zwischen Melissa und mir damals auch dieses Abkommen, aber dennoch wollte ich sie schützen.«

»Glaub mir!« Ich lache auf. »Sophie muss man nicht schützen, die Frau schlägt alle Zeitungen um Längen.«

Dalton grinst.

»Sie ist echt das komplette Gegenteil von dir, oder?«

»Das ist sie«, bestätigte ich.

16. KAPITEL

Sophie

Ich setze mich an meinen Schreibtisch und schalte den großen Bildschirm vor mir ein. Der Screen wird erhellt und vor mir erscheint das Word Dokument, in dem ich die Homestory über Damien abtippe. In den letzten Tagen bin ich sehr gut vorangekommen und die Fotos vom Shooting hat Vanessa mir auch endlich geschickt. Sie sind wirklich gut geworden und sie hat Damien und Bounty perfekt in Szene gesetzt. Doch es sind zwei andere Fotos, die immer wieder meine Aufmerksamkeit erhaschen und die sie mir mit einem Zwinker-Smiley in einer gesonderten Mail gesendet hat. Damien und ich stehen voreinander. Er nimmt mir den Football ab, den ich ihm für meine neue Motividee gebracht habe. Es war ein seltsames Gespräch, wenn ich noch einmal darüber nachdenke. Dennoch sind die Fotos wunderschön geworden. Würde Bounty noch zwischen uns stehen, wären sie vermutlich perfekt. Damals war es mir peinlich, dass Vanessa in diesem Moment draufgehalten hat. Heute bin ich ihr dankbar, denn sonst hätte ich diese schönen Motive von uns nicht. Damien hat die Fotos bisher noch nicht gesehen und ich habe mir vorgenommen sie ihm heute zu zeigen, sodass er mitentscheiden kann, welche es in den Artikel schaffen.

Das Einzige, was ich bisher geschafft habe zu Papier zu bringen, sind ein paar Facts seiner Karriere und seinem Weg zu den Bees. Die Fragen, die er mir beantwortet hat, will ich nach und nach einbauen. Ich schmunzle bei der Erinnerung und tippe die ersten Sätze zu seinem Leben mit Bounty runter. Wie er zu ihm kam und warum er ihn aus dem Tierheim geholt hat. Parallel dazu öffne ich ein zweites Dokument und schreibe das gleiche hinein. Ich gehe meine Notizen und seine Antworten weiter durch, als ich an der Antwort zu seinem Liebes– und Sexleben hängenbleibe. In meinem Magen kribbelt es, dass ich heute eine Antwort darauf weiß, welche Stellungen er im Bett bevorzugt. Hitze durchflutet meinen Körper und ich beiße mir auf die Lippe, um die Vorzüge seines durchtrainierten tätowierten Körpers nicht zu Papier zu bringen. Mein Gott, das würde wirklich jeden professionellen Bereich der Berichterstattung verlassen, aber ich bin mir sicher, dass es auch genau das ist, was die Leser wollen. Vor allem die unzähligen Leserinnen, die es kaum erwarten können, beim Friseur, bei der Maniküre oder schlicht bei einem Kaffee nach der Hausarbeit über die sexy Vorzüge eines Footballstars zu lesen. Davon hat er einige. Allein die Fertigkeiten seiner Zunge können sich sehen lassen. Meine Gedanken sollten nicht weiter abdriften und am Ende noch in den Bericht einfließen. Stattdessen halte ich mich lieber an die langweiligen Fakten, von denen er möchte, dass sie in seiner Homestory stehen. Bounty winselt neben mir und ich sehe zu ihm runter. Er folgt mir meist in jeden Raum, wenn er tagsüber bei mir ist und Damien länger beim Training. Er kann nur sehr schwer allein sein. Das hat sicher auch mit seiner Vergangenheit zu tun. Ich wende mich von dem Hund ab, der sich auf die andere Seite dreht und schreibe an meinem Artikel weiter.

Zeile um Zeile füge ich in der nächsten Stunde an, sodass endlich ein rundes Bild entsteht. Natürlich ist es lange noch nicht fertig und ich muss noch einige Stellen ausbessern, umformulieren und leider an der ein oder anderen Stelle kürzen, aber im Großen und Ganzen bin ich zufrieden mit meiner Arbeit. Es ist mir wichtig, Damien nicht nur als erfolgreichen Footballspieler darzustellen, sondern auch als den Menschen, der er ist. Mit seinen Facetten, die ihn ausmachen. Natürlich stets, ohne zu viel über seine Familie und seine Vergangenheit zu verraten. Was ich teilweise auch sehr schade finde. Denn um ihn zu verstehen, muss man seine Vergangenheit kennen. Ich verstehe auch seine Ängste, wie die Öffentlichkeit mit dem Tod seines Bruders umgeht.

Ich kann nur hoffen, dass mein Boss und Damien zufrieden mit meiner Arbeit sind.

Das Display meines Handys leuchtet auf und ich greife danach. Jamie ruft an.

»Hey«, begrüße ich meine beste Freundin.

»Hey«, erwidert sie. »Alles klar?«

»Alles bestens und bei dir?«

»Bei mir auch«, antwortet sie. »Wie läuft es mit deinem hotten Footballspieler?«

»Sehr gut«, antworte ich.

»Die Fotos von euch in allen Zeitungen sind auch verdammt süß«, meint sie und ich kichere.

»Vielleicht.« Das Damien gar nicht begeistert davon ist, muss ich kaum betonen. Er will sich darum kümmern, war seine Aussage heute morgen. Vermutlich lässt er sie verbieten oder verklagt direkt alle Zeitungen. Dabei waren es weder schlimme Bilder. Die Schlagzeilen waren teilweise so irre, dass sie niemand ernst nimmt. »Hast du am Sonntag schon was vor?«, frage ich sie spontan.

»Nein.«

»Dann hast du jetzt offiziell was vor«, bestimme ich. »Du kannst mich zum Spiel begleiten.«

»Zum Spiel der Bees?«, fragt Jamie und ich verdrehe die Augen. Zu welchem Spiel denn auch sonst. Natürlich zum Spiel der Bees.

»Na klar«, antworte ich. »Bitte komm mit. Dann kannst du Damien kennenlernen.«

»Wenn das so ist«, kichert sie. »Komme ich natürlich sehr gerne mit. Ich muss zu meinem nächsten Termin, aber schreib mir einfach alles.«

»Mache ich«, erwidere ich. »Ich freue mich, dich zu sehen.«

»Ich freue mich auch!«, ruft Jamie mir noch zu und legt auf. Grinsend lege ich das Handy zurück auf den Schreibtisch, als im Untergeschoss die Wohnungstür geöffnet wird. Bounty springt augenblicklich von seinem Platz auf. Seine Krallen kratzen über das Parkett und er rennt nach unten zu Damien.

»Sophie?«, ruft er und lacht im nächsten Moment laut. »Oh hey Kumpel ... nicht so stürmisch.«

Schmunzelnd schließe ich die Word Dokumente, dass Damien mein Meisterwerk nicht vor der Vollendung sieht und öffne den Ordner mit den Fotos.

»Hier bist du«, meint er und steht in der Tür.

»Hi«, erwidere ich und lächle ihn an. Er trägt noch seinen Trainingsanzug der Bees. Mit zwei schnellen Schritten ist er bei mir und drückt mir einen Kuss auf die Lippen. Ich lege meine Hand in seinen Nacken und erwidere den Kuss. Es ist immer noch ein unglaublich schönes Gefühl, dass wir nun sind, was wir sind.

»Was machst du?«, fragt er und wirft einen Blick auf den Bildschirm. »Die Fotos vom Shooting?«

Ich nicke.

Damien zieht mich von meinem Stuhl, um sich selbst zu setzen. Dann zieht er mich auf seinen Schoß und schlingt seine Arme um meine Hüfte. Anschließend legt er sein Kinn auf meiner Schulter ab.

»Zeigst du sie mir?«, bittet er mich. Sein heißer Atem streift die empfindliche Haut hinter meinem Ohr und ich erschaudere.

»Klar«, sage ich und öffne das erste Foto. »Vanessa hat mir eine Auswahl geschickt und ich denke, dass wir uns auf ihr Auge verlassen können.«

Foto für Foto klicken wir uns durch.

»Die sind wirklich gut geworden«, flüstert er. »Was meinst du?«

»Absolut«, bestätige ich. »Ich werde mich kaum entscheiden können, welche ich verwenden möchte.« Das ist die Wahrheit. Zu viel Auswahl ist für eine Frau nie gut. Das ist wie mit Handtaschen und Schuhen. Irgendwann weiß man nicht mehr, welche man am besten findet, und will alle nehmen.

»Diese hat sie mir auch noch geschickt«, erkläre ich und zeige ihm die Fotos von uns. Ich beiße mir auf die Lippe, als Damien sie betrachtet. Seine Augenbrauen ziehen sich zusammen und seine Augen fliegen über den Bildschirm. »Und?«, frage ich vorsichtig als er nichts sagt. »Wie findest du sie?«

»Sie sind schön«, meint er und ich atme erleichtert aus. »Wieso bist du so überrascht?«

»Ich weiß nicht«, murmle ich. »Ich war mir nicht sicher, ob sie dir gefallen.«

»Das tun sie«, erwidert er und drückt mir einen sanften Kuss auf die Lippen. Ich lehne mich in den Kuss hinein, streiche mit meiner Zunge über seine Lippen und bitte um Einlass. Damien gewährt mir diesen. Seine Hände finden ihren Weg unter mein Shirt und streicheln über meine Haut.

»Die Jungs haben mir heute viele Fragen gestellt«, sagt er plötzlich und ich hebe den Kopf, um ihm in die Augen zu sehen.

»Wozu?«

»Uns.« Damien verzieht den Mund. Das Thema passt ihm mal wieder gar nicht in den Kram, das merke ich ihm sofort an.

»Und … was genau?«

»Das Übliche, wenn sie einer Frau nicht trauen.« Er atmet hörbar aus. »Sie glauben, dass du mich ausnutzt und nicht die Richtige für mich bist.«

Mein Herz zieht sich schmerzhaft zusammen. Wenn er glaubt, was sie sagen und Schluss macht, würde es mir das Herz brechen.

»Und … und was hast du geantwortet?«

»Dass sie mich in Ruhe lassen sollen«, entgegnet er genervt. »Und, dass es sie nichts angeht. Ich bin glücklich mit dir.«

»Das bin ich auch«, wispere ich und küsse ihn sanft. »Die Artikel waren wirklich bescheuert. Einer irrer als der andere.«

»Da sagst du was!« Nun wirkt er gelöster und lacht leise auf. Damien beugt sich zu mir vor und drückt mir einen weiteren Kuss auf die Lippen.

»Übrigens«, sage ich nachdem wir uns voneinander lösen. »Jamie kommt zum Spiel am Sonntag.«

»Deine beste Freundin?«

»Ja.« Ich nicke. »Seit ich in Berkeley wohne, sehen wir uns kaum noch.«

»Also lerne ich sie dann auch kennen?«

»Ja.« Ich nicke ihm zu. »Sie freut sich schon, meinen hotten Footballspieler kennenzulernen.«

»Deinen *hotten* Footballspieler«, wiederholt er meine Worte und küsst meinen Hals. Ich neige den Kopf, um Damien mehr Fläche zu bieten. »So so … und was genau ist so *hot* an ihm?«

Seine Hände schieben sich unter mein Shirt und wandern an meinem Rücken hinauf, bis zum Verschluss meines BHs. Ich seufze wohlig auf, als er unterhalb des Stoffes mit seinen Fingern entlangfährt. »Gute Frage«, antworte ich zwischen zwei Küssen. »Das musst du sie fragen.«

»Das werde ich«, meint er. »Ich wette, sie weiß eine Menge peinliche Dinge über dich zu berichten.«

»Niemals!«

»Natürlich.« Damien stielt sich noch einen Kuss und zieht mich an sich heran. »Als ich meine erste Freundin Macy in der Highschool hatte, hat Cian ihr auch allerhand Quatsch erzählen wollen.«

»Echt?«

»Ja.«

Er lächelt, was mein Herz höherschlagen lässt. Damien ist so ein wunderbarer Mensch und Mann. Ich wünschte, er würde das auch sehen. Vor allem in Bezug auf seinen Bruder. Es ist so schön, wenn er von ihm erzählt und was sie alles miteinander erlebt haben.

»Sein Lieblingsargument war natürlich, dass sie sich den hässlicheren Zwilling ausgesucht hat.«

»War es denn so?« Ich wackle mit den Augenbrauen.

»Hässlicher nicht, aber untrainierter«, antwortet er. »Cian hatte schon länger Football gespielt und auf seinen Körper geachtet. Damit hatte er natürlich auch schon mehr Muskeln aufgebaut.«

»Du warst sicher ein süßer kleiner Nerd«, erwidere ich und kneife ihm in die Wange.

»Das nimmst du zurück!«, droht er mir und kneift mir nun seinerseits in den Hintern.

»Nein!« Lachend winde ich mich unter seinen Händen, die versuchen mich durchzukitzeln. »Ich wette, du sahst richtig süß aus.«

»Und ich wette, dass du richtig scharf drauf bist, dass ich dir deinen süßen Hintern versohle.«

Plötzlich steht er auf und wirft mich wie einen nassen Sack über seine Schulter. Ich schreie spielend auf, und strample mit den Beinen.

»Damien!«, rufe ich. »Mir läuft das Blut in den Kopf.«

»Und mir in den Schwanz, wenn du so weitermachst«, antwortet er und haut mir das erste Mal auf den Hintern. Ich jaule auf, was ihn veranlasst das Ganze zu wiederholen.

»Ab ins Schlafzimmer, Baby. Da lernst du mein nerdiges Ich kennen.«

Grinsend betrachte ich aus meiner unvorteilhaften Position seinen straffen Hintern und freue mich darauf, was kommt.

17. KAPITEL

Sophie

Ein paar Tage später

»Hey!« Ich schließe meine beste Freundin Jamie in die Arme, die es endlich mal über die Brücke nach Berkeley geschafft hat. »Komm rein, komm rein.«

Ich mache ihr Platz, dass sie meine Wohnung betreten kann.

Bounty springt von seinem Platz auf, um Jamie ebenfalls zu begrüßen.

»Hey«, meint sie. »Du musst Bounty sein.«

Sichtlich angetan von der Aufmerksamkeit, schmiegt der Hund sich an sie.

»Das ist Bounty«, bestätige ich seine Identität. »Möchtest du was trinken?«

»Kaffee, wenn du hast«, erwidert sie. »Heißes Trikot!«

Ich zupfe grinsend an dem Stoff. Ja, ich trage heute zur Feier des Tages auch ein Bees Trikot.

In unserer Familien Chatgruppe wurde ich dafür schon ordentlich ausgebuht. Selbstverständlich mit Damiens Nummer, der fünf.

»Wann fahren wir zum Stadion?«, fragt Jamie.

»In einer halben Stunde kommt unser Taxi.«

Ich habe Jamie gebeten, mich zum heutigen Spiel der Bees gegen die Denver Devils zu begleiten. Es macht mich nervös, dass ich heute das erste Mal als Damiens Freundin ganz offiziell im Stadion sein werde. In seinem Trikot, in der Loge der Belfasts mit noch anderen Spielerfrauen der Bees. Jamie ist die perfekte Unterstützung.

»Bitte«, sage ich und stelle ihr den Kaffee hin.

»Danke«, meint sie und setzt sich zu mir an die Kücheninsel. »Wie läuft es mit Damien?«

»Gut«, antworte ich grinsend und schaue sie verträumt an.

Ich habe mich ziemlich in den sonst so gefühlskalten Kerl verliebt. Wobei ich sagen muss, dass Damien diese Seite längst abgelegt hat. In meiner Gegenwart ist er mittlerweile sehr liebevoll und einfühlsam, was ich ihm anfangs gar nicht zugetraut hätte.

»Gut?« Jamie zieht grinsend die Augenbrauen hoch. »Es läuft doch wohl besser als gut?«

»Es läuft sehr gut, perfekt.« Ich grinse sie breit an. »Ist es das, was du hören willst?«

»Du bist echt richtig verknallt in den Kerl.«

»Schon«, stimme ich zu. »Er begleitet mich zur Charity-Gala.«

»Echt?«

»Hm«, mache ich. »Ich habe ihn gefragt und auch überhaupt nicht damit gerechnet, dass er zustimmt.«

»Ich freue mich so für dich.« Jamie legt ihre Hand auf meine und drückt zu. »Und der Sex?«

Ich lache lauthals los, sodass Bounty den Kopf hebt. Es war klar, dass sie nicht lange mit dieser Frage hinterm Berg halten kann. Natürlich interessiert Jamie nur das Eine, aber verdammt, das würde es mich auch, wenn meine beste Freundin einen derart heißen Typen daten würde.

»Der Sex ist … wow«, schwärme ich. »Der beste Sex meines Lebens.«

»Natürlich«, schmunzelt sie. »Er hat bestimmt viel Ausdauer. Immerhin ist er Profisportler.«

»Ganz genau«, antworte ich. »Aber nein. Es ist wirklich schön mit ihm. Wir passen gut zusammen, auch wenn das keiner glauben mag.«

»Wieso nicht?« Jamie nippt an ihrem Kaffee. »Wer findet denn nicht, dass ihr zusammenpasst? Die Presse feiert euch.«

Ich seufze schwer.

»Caleb und er sind nicht sonderlich gut aufeinander zu sprechen«, erwidere ich.

»Caleb kann auch ein ziemlicher Arsch sein, wenn er den großen Boss raushängen lässt und wenn es um dich geht, erwischt man ihn immer auf dem falschen Fuß. Aber sonst stimme ich der Presse zu. Was ist das Problem?«

Damien hat sofort seine Anwälte auf die Sache angesetzt, die einen Artikel nach dem anderen haben verbieten lassen. Mir war es egal, aber ihm ist seine Privatsphäre heilig und ich habe es akzeptiert. Ich bin dankbar, dass meine Familie keinen Artikel rausgegeben hat.

»Damien hasst die Presse«, antworte ich. »Er hat jeden Artikel über seine Anwälte löschen lassen.«

»O wow!« Jamie hebt die Augenbrauen. »Du lastest ihn zu wenig aus, deswegen hat er dafür noch Zeit.«

Ich rolle mit den Augen und seufze.

»Er möchte nicht im Fokus der Öffentlichkeit stehen, er hasst es sogar, glaube ich. Natürlich gehört es zu seinem Job als bekannter Sportler im Rampenlicht zu stehen, aber darüber hinaus teilt er sein Leben nicht. Was auch völlig okay für mich ist, aber manchmal muss er Sachen auch mal seinen Gang lassen.«

»Und dann ist er mit einer Vollblutjournalistin zusammen?« Meine beste Freundin schmunzelt. »Interessant.«

»Hey!«, rufe ich. »Ich bin süß.«

»Das bist du«, erwidert Jamie. »Und es freut mich, dass du glücklich mit ihm bist.«

»Danke«, erwidere ich und drücke nun meinerseits ihre Hand. »Und ich bin froh, dass du Damien endlich kennenlernst. Er freut sich schon auf dich.«

»Echt?«

»Ja«, seufze ich. »Laut ihm weiß niemand so viele peinliche Dinge über mich wie du.«

Damien will all diese peinlichen Dinge über mich erfahren. Natürlich habe ich gesagt, dass es da nichts gibt, was er mir nicht geglaubt hat. Vielmehr hat er mich grinsend angesehen und gemeint, dass ich mehr Leichen immer Keller habe, als mir lieb ist. Vermutlich ist das auch so, wenn Jamie einmal ins Plaudern gerät.

»Da hat er natürlich recht.«

»Aber du wirst ihm nichts erzählen«, sage ich.

»Wieso nicht?«, fragt sie und schiebt mir die leere Tasse rüber.

Mit hochgezogenen Augenbrauen sehe ich sie an. »Ich bin deine beste Freundin, das erklärt es wohl.«

»Also erzähle ich ihm nicht, dass dir früher immer Blut aus der Nase geschossen kam und du einmal dein sauteures neues Kleid ruiniert hast, weil du nicht hören wolltest.«

»Dafür konnte ich nichts«, verteidige ich mich. »Aber ja, sowas meine ich.«

»Oder als du den Basketball von Steven Hudgens gegen den Kopf bekommen hast und im Highschool Finale auf der Krankenstation lagst?«

»Jamie«, zische ich. »Genau diese Geschichten meine ich.«

»Ich wollte nur sichergehen, was genau du meinst.«

Ich rolle mit den Augen.

»Lass uns gehen.« Bounty springt von der Couch auf. »Du musst leider hierbleiben«, sage ich und streichle seinen Kopf. »Bis nachher.«

Traurig sieht er uns hinterher, als wir unsere Jacken nehmen und die Wohnung verlassen.

Berkeley Pacific Arena

Gemeinsam mit den Menschenmassen strömen Jamie und ich zum Stadion. Durch den VIP-Eingang, wo ein freundlicher Mitarbeiter unsere Tickets scannt, treten wir ein. Damien hat auch angeboten, dass wir in die Tiefgarage gebracht werden können, aber das fand ich nicht nötig. Nachdem wir durch die Schleuse getreten sind, gehen wir weiter ins Innere des Stadions. Unsere Tickets ermöglichen es uns, direkt an die Sideline zu kommen. Ich habe Damien versprochen, vor dem Spiel dort auf ihn zu warten. Die Sicht von hier unten an den riesigen Tribünen hinauf ist der helle Wahnsinn. Schnell ziehe ich mein Handy heraus und mache ein paar Fotos. Jamie tut es mir gleich, ehe wir noch ein Selfie von uns schießen.

Damien ist bereits auf dem Feld und macht sich warm. Strahlend winke ich ihm zu. Als die Fotografen mich ausmachen, richten sie sofort ihre Objektive auf mich. Sogar ein offizielles Kamerateam der Liga fängt mich ein. »Haben die nichts Besseres zu tun«, nuschelt Jamie und ich schüttle den Kopf.

»Scheinbar nicht«, murmle ich und winke ihnen dennoch zu. Das lässt sie nur noch wilder Fotos von mir schießen und als Damien uns entdeckt und auf uns zukommt, wird es noch abgefahrener. Die Reporter drängen einander beiseite, um in der ersten Reihe hinter der Absperrung zu stehen. Sie versuchen sich gegenseitig immer wieder mit kleinen Seitenhieben wegzuschubsen, um ein Foto von uns zu machen.

»Hey«, begrüßt Damien uns. Von den Fotografen abgelenkt, habe ich nicht bemerkt, dass er zu uns gekommen ist. Noch trägt er seine Trainingssachen und ist alles andere als bereit für das Spiel. Er langt über die Absperrung und zieht mich in seine Arme.

»Hey«, erwidere ich und schlinge meine Arme um seinen Hals. Anschließend schmiege mich fest an ihn. Er beugt sich zu mir herunter und küsst mich sanft.

»Du siehst gut aus«, meint er grinsend und schaut auf sein Trikot. »Steht dir viel besser als rot.«

Natürlich ist das eine Anspielung auf das San Francisco Trikot, das ich bei unserer letzten Begegnung trug. »Ich kann alles tragen«, stelle ich klar und zwinkere ihm zu.

»Natürlich«, meint er gut gelaunt und stielt sich noch einen Kuss, ehe er mich loslässt und zu Jamie sieht. Meine beste Freundin erwidert seinen Blick.

»Hey«, sagt er. »Ich bin Damien.«

»Jamie«, stellt sie sich vor und schüttelt seine Hand. »Freut mich dich kennenzulernen.«

»Ich freue mich auch!« Wenn ich den Leuten erzähle, wie grumpy er bei unserem Kennenlernen war, glauben sie es mir nicht, wenn sie ihn treffen. Damien hat sich sehr verändert in den letzten Wochen. Zum Positiven und es freut mich, dass ich ein Teil dieser Veränderung bin.

»Ich habe gehört, dass du ganz viele coole Geschichten über Sophie auf Lager hast.«

»Hat sie nicht«, interveniere ich sogleich.

»Hat sie doch«, meint diese kichernd. »Kann ich dir alles erzählen. Du kannst gern wählen zwischen Partyentgleisungen, Highschool-Pannen und Sportunfällen.«

»Sportunfälle interessieren mich sehr«, meint Damien und wackelt mit den Augenbrauen. Ich seufze schwer.

Er zieht mich noch einmal in seine Arme und drückt mir einen Kuss auf die Lippen.

»Bis später, Baby.«

»Bis später«, sage ich. Jamie bedenkt er mit einem Nicken. Dann joggt er zurück zu seinen Teamkollegen, um mit ihnen wieder im Inneren des Stadions zu verschwinden.

»Er ist wirklich süß«, kichert meine beste Freundin. »Ich glaube nicht, dass er mal so grummelig war.«

»Glaub doch, was du willst«, antworte ich als wir uns auf den Weg in die Loge machen. »Highschool-Pannen und Sportunfälle, dein Ernst?«

»Er hat gefragt.« Unschuldig zuckt sie mit den Schultern. »Und ich habe geantwortet.«

Ich schüttle den Kopf und wir betreten die Loge. Dort herrscht bereits reges Treiben.

»Sophie, hey!« Savannah kommt auf uns zu und begrüßt mich mit einer Umarmung. »Wie geht's dir?«

»Gut und dir?«, frage ich. »Jamie kennst du sicher.«

»Ja.« Savannah nickt. »Hi, schön, dass du auch da bist. Nehmt euch Getränke und Snacks. Schickes Trikot.«

»Danke«, antworte ich und zupfe daran. »Die Farben stehen mir angeblich besser.«

Ich zwinkere ihr zu, was sie grinsen lässt. »Definitiv«, erwidert sie. »Und solange es Damien gefällt – noch besser.«

Jamie und ich verabschieden uns erst mal von Savannah, die noch weitere Gäste begrüßt und decken uns mit Snacks und Getränken ein, ehe wir auf den Balkon vor der Loge treten, um direkt aufs Spielfeld zu blicken.

Es wird immer lauter im Stadion und die heimischen Cheerleaderinnen heizen dem Publikum ein. Sie stehen im Spalier aufgestellt vor dem Spielertunnel, aus dem die Jungs nur Minuten später unter Feuerfontänen hinausströmen. Mein Blick liegt einzig und allein auf dem Spieler mit der Nummer fünf. In den kommenden Stunden macht Damien ein ausgesprochen gutes Spiel. Ich springe bei seinen Aktionen immer wieder von meinem Sitz auf. Mal aus Jubel, mal aus Sorge oder Frust, weil ein Drive nicht so gut lief. Im Großen und Ganzen holen die Bees allerdings einen verdienten Heimsieg.

Jamie und ich schließen uns Savannah, Melissa und Kyra sowie Desmonds Tochter Summer an. Vor der Kabine der Bees sind die Spieler lautstark zu hören.

»Die haben verdammt gute Laune«, meint Melissa und ich lächle sie an.

»Nach so einem Sieg kann man die auch schon mal haben«, stelle ich amüsiert fest.

»Wann kommt Daddy?« Summer springt aufgeregt auf und ab. Ihre Korkenzieherlocken wippen im Takt mit. Sie trägt ein Trikot ihres Vaters und dazu eine schwarze Leggings. Bis auf Jamie und Savannah sind wir alle in Trikots unserer Männer gekleidet.

Außer Melissa und Kyra habe ich die anderen Frauen und Freundinnen der Spieler noch nicht kennengelernt, aber ich hoffe, dass wir das bald nachholen werden. Obwohl Damien auch schon anklingen ließ, dass einige single sind. So zum

Beispiel sein bester Kumpel und Center Jason oder Defensive End Asher Williams.

Die Tür der Kabine wird aufgestoßen und Desmond tritt als erster heraus. Summer reißt sich von Kyra los, die im ersten Moment von dem Reißaus der Kleinen noch völlig überrascht ist und folgt ihr gut gelaunt. Desmond hebt Summer hoch und herzt sie. Kyra begrüßt er mit einem Kuss.

Dalton tritt hinter ihnen aus der Kabine und schließt Melissa in die Arme.

Nervös trete ich von einem auf den anderen Fuß, weil von Damien noch nichts zu sehen ist.

»Suchst du mich?« Ich zucke zusammen und fahre herum.

Grinsend steht er mir vor. Seine Tasche über die Schulter geworfen.

»Das tue ich«, antworte ich und lasse mich an ihn ziehen. »Wo warst du?«

»Beim Doc.« Ich reiße die Augen auf. »Reine Vorsichtsmaßnahme, weil ich nach einem Tackle im letzten Viertel nicht mehr richtig auftreten konnte, aber es ist alles in Ordnung.«

»Gut«, flüstere ich.

Damien nimmt mich in den Arm und drückt mir einen unanständigen Kuss auf die Lippen. Seine Zunge dringt forsch in meinen Mund ein, und ich schlinge meine Arme um seinen Hals, um mich noch fester an ihn zu pressen. Erst ein deutliches Räuspern von Jamie lässt uns auseinanderfahren.

»Sorry«, murmle ich und sehe meine beste Freundin entschuldigend an.

»Seid ihr mit dem Taxi hergekommen?«, fragt Damien und greift nach meiner Hand. »Dann nehme ich euch jetzt mit.«

Er verschränkt unsere Finger miteinander und ich grinse in mich hinein. Wir abschieden uns von seinen Kollegen und deren Frauen, und verlassen das Stadion.

In meinem Bauch kribbelt es und ich kann immer noch nicht glauben, dass dieser großartige Mann nun zu mir gehört.

Während er sich mit Jamie über das Spiel unterhält, schmiege ich mich an ihn und genieße es, zwei meiner liebsten Menschen um mich zu haben.

18. KAPITEL

Sophie

Eine Woche später

Ich schließe die Riemchen meiner Sandalen und richte mich wieder auf, um in den Spiegel in unserem Hotelzimmer zu schauen. Meine Eltern haben darauf bestanden, dass Damien und ich sowie alle anderen Gäste in dem Hotel einquartiert werden, das zum Gebäude gehört, in dem die Charity-Gala stattfindet. Obwohl es für alle kein Problem ist, nach Hause zu fahren heute Nacht.

Meine Haare fallen in weichen Wellen über meine Schultern, die Locken lassen sie voluminöser wirken. Das aufwendige Make-up und dazu die roten Lippen sind verrucht und sexy. Mein dunkelblaues trägerloses Kleid ist bodenlang und mit einem üppigen Schlitz ausgestattet, der es mir unmöglich macht, einen Slip zu tragen. Zum Glück weiß Frau sich in solchen Fällen

zu helfen. Mit einem unsichtbaren Slip und Nip-
pelpads bin ich bestens ausgestattet.

»Sophie!«, ruft Damien. »Kannst du mir helfen?«

»Komme!«, rufe ich zurück und schließe die
Verschlüsse meiner Creolen.

Dann verlasse ich das Badezimmer und gehe
zu ihm ins Wohnzimmer unserer Suite. Kaum,
dass ich Damien erblicke, entschlüpft mir ein
Grinsen. Er sieht völlig verzweifelt auf seine
Fliege hinab, die ungebunden um seinen Hals
baumelt.

»Du brauchst Hilfe?«, frage ich.

Er sieht zu mir auf, und seine Augen weiten
sich sichtlich. Er öffnet den Mund, aber kein Ton
kommt heraus. Grinsend gehe ich auf ihn zu.

»Mund zu«, weise ich ihn an und lege anschließend meine Hand unter sein Kinn, um ihn
zuzuklappen.

»Wow«, stößt er aus.

Damien greift nach meiner Hand, entfernt sich
ein paar Schritte von mir und ich drehe mich einmal im Kreis. »Du siehst atemberaubend aus und
…« Sein Blick bleibt an dem Schlitz hängen, der
einen guten Teil meiner Hüfte entblößt. »Trägst
du keine Unterwäsche?«

»Etwas Ähnliches.« Ich zwinkere ihm zu und
greife nach der Fliege.

»Was ist denn etwas Ähnliches?«, will er wissen und lässt seine Fingerspitzen über die Haut
meines Schenkels fahren. »Darf ich nachsehen?«

Ich sehe zu ihm auf und schlucke. Nichts
klingt verführerischer, als dass er nachsieht, was
ich drunter trage, aber ich weiß nicht, ob wir

dafür noch Zeit haben. Doch als er grinst weiß ich, dass er meine Gedanken erraten hat. »Umdrehen!«

Ich tue, was er sagt und drehe mich herum. Vor mir steht der Esstisch, auf dem noch eine weitere Fliege liegt, die ich ihm zur Anprobe bestellt habe. »Beug dich über den Tisch, Baby.«

Ich schlucke, zwischen meinen Beinen kribbelt es verräterisch, als ich seinen hungrigen Blick sehe. Ich beuge mich über den Tisch. Die kalte Tischplatte ist ein Kontrast zu meiner erhitzten Haut.

»Du bist so schön«, raunt er mir zu und streicht meine Haare zur Seite. »So verdammt schön, Sophie.«

»Damien«, keuche ich als seine Hände über meine Schenkel streichen und mein Kleid nach oben schieben. Er legt es rechts neben mir auf der Tischplatt ab, sodass mein Hintern nackt vor ihm liegt.

»Interessant«, meint er und fährt mit seinem Zeigefinger über die Naht des unsichtbaren Slips an meinem Hintern. »Klebt der auf deiner Haut fest?«

»Ja.«

»Klebt der wieder und wieder?«, fragt er und öffnet seine Hose.

Mein Puls rast und ich wackle mit meinem Hintern.

»Sag schon«, fordert er und fährt mit der Hand über meine erhitzte Haut.

»Ein paar Mal klebt er wieder, ja«, antworte ich.

»Gut.« Mit einem Zug hat er das Ding entfernt und legt es neben mir auf dem Tisch ab. Nervös was er als nächstes tun wird, reibe ich meine Schenkel aneinander, bis er seine Hand dazwischen führt und mit zwei Fingern in mich eindringt.

»O Gott!«, stöhne ich und beiße mir auf die rotgeschminkte Unterlippe.

»Wie feucht du für mich bist«, stellt er erregt fest. »Es wird so einfach sein, dich zu ficken.«

»Bitte tue es«, wimmere ich, weil ich das Necken seiner Finger nicht mehr aushalte.

Damien zieht seine Finger zurück und ich atme stoßweise aus. Vorsichtig wage ich einen Blick über meine Schulter, um ihm in die Augen zu sehen. Das Lächeln auf seinen Lippen spiegelt keinesfalls die Dominanz seiner Körperhaltung und seines Wirkens in diesem Moment wider. Es ist vielmehr pure Zuneigung, die er mir zukommen lässt. Unser Sexleben ist aufregend. So wie ich es mir mit dem richtigen Mann immer ausgemalt habe. Damien erfüllt mir diese Wünsche und Zweisamkeit. Wir haben Blümchensex, bei dem wir uns stundenlang lieben, aber wir haben auch aufregende Quickies und härtere Nummern wie diese.

»Ich werde dich ficken«, sagt er und reibt mit seiner großen Hand ein paar Mal über seinen Schwanz, bis dieser zu seiner vollständigen Größe erigiert ist.

Damien schiebt seine Eichel zwischen meine Schamlippen und dringt mit einem festen Stoß in mich ein. Wir stöhnen synchron laut auf. Mein Körper wippt auf der Tischplatte nach vorne.

Immer wieder stößt er kraftvoll in mich hinein, seine Hände graben sich dabei hart in meine Hüften.

»Damien«, keuche ich und beiße mir auf die Lippe. »Härter!«

»Fuck Baby!«, knurrt er und stößt noch fester in mich. Mein Körper bebt und meine Hände finden keinen Halt auf der Tischplatte, sodass ich mich nicht abstützen kann, als er immer wieder in mich pumpt.

Damien greift nach meinem linken Bein und legt es angewinkelt auf die Tischplatte. So spreizt er meine Beine noch weiter und öffnet mich für sich.

Unser Stöhnen erfüllt den Raum und kurz bevor ich so weit bin, zieht er sich ruckartig aus mir zurück. In Sekundenbruchteilen sitze ich auf der Tischplatte. Der kühle Untergrund schmeichelt meiner erhitzten Haut.

Ich schlinge meine Beine um seine Hüfte und meine Arme um seinen Hals. Unsere Lippen prallen krachend aufeinander und er dringt erneut hart in mich ein.

»Am liebsten würde ich dir das Kleid ausziehen«, keucht er, »aber dafür haben wir keine Zeit.«

Mit wenigen Stößen und zwei beherzten Kniffen in meine Klitoris springen wir gemeinsam über die Klippe.

*

Hand in Hand treten Damien und ich vor die Kameras auf dem roten Teppich. Unser erster öffentlicher Auftritt und das nach nicht einmal drei Wochen Beziehung macht uns beide nervös. So einschüchternd und auch abgebrüht Damiens Äußeres wirken mag, so unsicher ist er immer noch im Umgang mit der Presse. Das mag sicher auch mit den Erlebnissen mit seinem Bruder zusammenhängen, die seiner Meinung nach niemals ans Tageslicht kommen sollen. Ich hingegen glaube, dass es ihm guttun würde, sich alles mal von der Seele zu reden und sich von Cians Dämonen zu befreien. Das ist eine Entscheidung, die muss er für sich selbst treffen. Wir sind noch nicht lange genug zusammen, dass ich zu diesem Thema Stellung beziehen kann.

Ich stehe seitlich zu ihm, meine Hand liegt auf seiner Brust, während sein Arm um meine Hüfte geschlungen ist. Dabei streifen seine Finger wieder den schmalen Streifen Haut zwischen dem Schlitz des Kleides. Unsere Nummer auf den Esstisch wirkt in meinem Inneren immer noch nach. Hoffentlich sieht es mir keiner an, wie gefickt ich mich fühle. Gentleman durch und durch hat Damien mir auch geholfen, den unsichtbaren Slip wieder anzubringen.

»Mr. O'Riley!«, rufen die Reporter und Damien hebt die Hand zum Gruß. Dann greift er nach meiner Hand und führt mich in den großen Saal, in dem die Gala stattfindet.

Viele Gäste sind bereits eingetroffen und ich halte Ausschau nach meinen Eltern. Leider kann ich sie noch nicht ausmachen.

»Ein Drink gefällig?«, fragt ein Kellner freundlich.

»Ist das Whiskey?«, fragt Damien und der Kellner nickt. »Danke«, antwortet mein Freund, nachdem er nach einem Glas gegriffen hat. Ich nehme einen Champagner und stoße mit ihm an.

»Auf uns«, flüstere ich gegen seine Lippen und küsse ihn sanft.

»Auf uns«, erwidert er.

»Sophie!« Ich fahre herum und meine Eltern kommen auf uns zu. Mein Dad trägt wie Damien einen schwarzen Smoking und meine Mom ein passendes schwarzes Kleid. Ihr kurzer blonder Bob ist mit Haarspray fixiert und sie ist dezent, aber elegant geschminkt.

»Hallo«, begrüße ich sie und löse mich von Damien. Zuerst nehme ich meine Mutter, dann meinen Vater in den Arm. »Schön, dass du da bist.«

Mom grinst mich an und sieht an mir vorbei zu meinem Freund, der mit seinem Whiskey in der Hand ein wenig unbeholfen wirkt. Ihm war bisher nicht ganz wohl damit, meine Eltern bereits so früh kennenzulernen. Aber ich habe ihm versichert, dass das alles kein Problem sei und sie sich sehr auf ihn freuen würden.

»Darf ich vorstellen?«, frage ich. »Mom, Dad, das ist mein Freund Damien. Damien, das sind meine Eltern Allison und James.«

»Guten Abend«, entgegnet Damien förmlich und reicht ihnen die Hand. »Ich freue mich sehr, Sie kennenzulernen und vielen Dank für die Einladung.«

»Wir freuen uns auch, dass Sie unserer Einladung gefolgt sind«, redet meine Mutter sofort drauf los. »Wenn unsere Kleine uns endlich einen Mann präsentiert, dann wollen wir diesen auch so schnell wie möglich kennenlernen.«

»Mom«, murmle ich peinlich berührt und kralle meine Finger in Damiens Arm.

»Was denn?«, will sie unschuldig wissen. »Du bist fast fünfundzwanzig. Du bist bereit für eine ernsthafte Beziehung.«

»Ja, aber das musst du doch jetzt nicht so ausplaudern.«

»Kein Problem«, meint Damien und schenkt mir einen liebevollen Blick, der mein Herz schneller schlagen lässt. »Meine Mutter möchte auch, dass ich mich binde.«

»Na siehst du!« Mom winkt ab. »Wir hoffen sehr, dass es Ihnen auf unserer kleinen Gala gefällt.«

Klein ist für dieses Event nun wirklich das falsche Wort, aber meine Mom legt so viel Herzblut in ihre Charity-Arbeit. Es ist für sie eine Art Kinderersatz geworden ist, seitdem Caleb und irgendwann auch ich aufs College gegangen sind. Da fällt mir ein, dass ich meinen Bruder heute auch noch nicht gesehen habe.

»Wo ist Caleb?«, frage ich.

»Ich bin hier, Schwesterchen«, meldet mein Bruder sich zu Wort und ragt hinter unserer Mutter auf. Damien spannt sich augenblicklich neben mir an, und seine willkommene Miene gegenüber meinen Eltern verfinstert sich. Ich hatte glücklicherweise verdrängt, wie schwierig ihr letztes Aufeinandertreffen war. Dass sich an dieser Feindseligkeit nichts geändert hat.

»Hi«, begrüße ich Caleb mit einem Kuss links und rechts.

»Hi«, antwortet er. »Damien.«

»Caleb.« Die Männer nicken einander zu, und ich tausche einen schnellen Blick mit meinem Dad. Während meine Mutter scheinbar immer noch völlig begeistert von Damien ist, hat dieser schon verstanden, dass es zwischen seinem Sohn und meinem Freund nicht so rund läuft.

»Kennt ihr euch schon?«, fragt Mom überflüssigerweise an Damien und Caleb gerichtet.

»Kann man so sagen«, erwidert Damien schmallippig.

»Woher denn?«, fragt sie.

»Caleb und ich waren in San Francisco im Stadion vor ein paar Wochen«, mische ich mich ein. »Dort habe ich die beiden einander schon vorgestellt.«

»Ach ja … die Geschwister werden immer zuerst informiert.«

»Ja«, meint Damien. »Sophie hat so lange genervt, bis sie ein Interview von mir hatte.«

Ich atme tief durch, lächle weiter und sehe, wie die Kieferpartie meines Bruders hart aufeinander mahlt. Es war eine unnötige Provokation. Das hätte Damien sich schenken sollen.

»Ja, Sophie kann sehr penetrant sein, wenn sie ein Interview will«, meint mein Dad und lächelt. »Wussten Sie, dass sie beim Berkeley Express arbeitet, obwohl ich ihr schon einen leitenden Posten beim Herald angeboten habe?«

Damien schüttelt den Kopf und fängt meinen Blick auf.

»Ihre Tochter ist eine verdammt gute Journalistin«, meint er und sieht mich liebevoll an. »Bei unserer ersten Begegnung war ich so abweisend, weil ich nicht mit ihr reden wollte, dass ich sie einfach habe stehenlassen, nachdem sie sich vorgestellt hat.«

»Wie unhöflich!«, entfährt es meiner Mutter.

»Das war es«, räumt Damien ein. »Sophie hat nicht aufgegeben. Beruflich und … privat. Sie haben wirklich großes Glück mit ihr.«

»O nein, mein Lieber«, wendet meine Mom ein. »Sie haben großes Glück, dass Sie Sophie haben.«

»Das auch«, flüstert Damien, der Caleb entweder nicht gehört hat oder ihn zum Glück ignoriert. Stattdessen drückt er mir einen Kuss auf die Schläfe.

Meine Eltern und Caleb verabschieden sich und wir suchen nach unseren Plätzen. Wir sitzen bei meinen Eltern sowie dem Bruder meiner Mom am Tisch. Onkel Edgar lebt in New York und arbeitet dort als Sportjournalist für einen großen amerikanischen Fernsehsender und besitzt Anteile an einem Baseballclub. Nachdem offiziellen Dinner spielt eine Band und am Tisch wird sich angeregt unterhalten.

Caleb sitzt am Tisch mit den Vorständen großer Firmen in der Bay Area, darunter auch Damiens Boss Roger Belfast mit seiner Frau und Savannah.

»Alles klar?«, frage ich und beuge mich zu Damien rüber.

»Alles klar«, meint er und legt seine Hand auf meine, die auf seinem Oberschenkel liegt. »Ich mag deine Eltern, sie sind nett.«

»Sie mögen dich auch«, entgegne ich. »Caleb und du … das ist noch ein bisschen schwierig.«

»Schwierig?«, fragt er. »Er hasst mich.«

Ich werfe einen Blick auf meinen Bruder, der uns immer wieder beobachtet und seufze. »Ja, vielleicht«, gebe ich zu. »Zum Glück sehen wir ihn nicht so oft. Arbeiten tue ich auch nicht mit ihm.«

»Wieso nicht?«, fragte er. »Wieso nimmst du das Angebot deines Vaters nicht an, Sophie?«

»Ich will es selbst schaffen.«

»Dein Boss ist ein Wichser!«

Tante Lucy sieht zu uns herüber und ich lächle schnell.

»Das weiß ich«, murmle ich und versuche meine Stimme gesenkt zu halten. »Ich will es mir beweisen.«

»Indem du unbescholtene Sportler zu Homestorys drängst, pompöse Villen für sie mietest und sie dann in dein Bett zerrst?«

»Genau so«, raune ich ihm zu und drücke seinen Oberschenkel leicht. Langsam lasse ich meine Hand weiter nach oben wandern, in Richtung seines Schritts. Damiens Blick verdunkelt sich und er rutscht mit seinem Stuhl unauffällig nach vorn, sodass sein Unterleib von der Tischdecke verdeckt wird.

»Sophie«, keucht er als ich meine Hand auf seinen Schritt lege und seine Härte ertaste. »Fuck … lass das!«

»Ich mache doch gar nichts«, entgegne ich zuckersüß und richte meine Aufmerksamkeit auf die Runde an unserem Tisch. Die Gespräche sind langweilig und belanglos. Aber insgeheim zu wissen, dass Damiens Schwanz unter meiner

Hand immer größer wird, macht mich ebenso an.

»Das reicht«, knurrt er und drückt mein Handgelenk fest. Ich sehe zu ihm. Er beugt sich zu mir vor und flüstert: »Ich werde mich jetzt entschuldigen und du wirst mir in fünf Minuten folgen.«

»Und dann?«, will ich wissen. Mein Herz schlägt mir bis zum Hals.

»Dann suchen wir uns einen ruhigen Ort, und ich bin mir sicher, dass du einen findest. Dort wirst du auf die Knie gehen und es mit deinem Mund zu Ende bringen.«

Meine Pussy zieht sich vor Aufregung zusammen und ich nicke. Damien drückt mir einen unschuldigen Kuss auf die Lippen und erhebt sich.

»Entschuldigen Sie mich. Ich begrüße Familie Belfast. Immerhin sorgen sie dafür, dass ich heute spenden kann.« Meine Familie lacht und Damien verschwindet.

Fünf Minuten später folge ich ihm, weitere fünf Minuten später knie ich in einem abgeschiedenen Raum vor ihm und nehme seinen Schwanz in den Mund.

19. KAPITEL

Sophie

Einen Monat später

Ich arbeite seit einem Monat an Damiens Homestory und heute habe ich sie endlich fertiggestellt. Das letzte Wort ist unter meinen Artikel geschrieben, auf den ich verdammt stolz bin. Mit den wunderschönen Fotos, die Vanessa von ihm und Bounty gemacht hat, geht die gesamte Datei heute in die Korrektur und wird nächste Woche als große Sonderausgabe im »Berkeley Express« erscheinen. Mein Körper kribbelt und ich kann es kaum erwarten, dass jeder in der Bay Area endlich lesen kann, was für ein wunderbarer Mann Damien ist. Darüber hinaus freue ich mich, dass mein Name unter dem Artikel steht. Die süßen Fotos mit seinem Hund geben der Homestory noch den entscheidenden Touch.

Wie versprochen, habe ich über die Geschichte mit Cian kein Wort verloren, obwohl ich es sehr gern getan hätte. Der frühe Tod seines Bruders hat Damien verändert und ihn zu dem Menschen gemacht, der er heute ist. Er vermisst ihn jeden Tag, das merke ich ihm an. Immer wieder, wenn wir im Bett liegen oder zusammen auf der Couch sitzen, erzählt er mir von Cian. Was sie als Kinder alles zusammen angestellt haben und ihre Mutter so zur Verzweiflung gebracht. Er erzählt aber auch immer wieder, wie nah sie einander standen, bevor die Drogen Cian für sich eingenommen haben. Sie waren typische Zwillinge, sind durch dick und dünn gegangen. Allgemein ist Damien sehr redselig, wenn er einem erst mal sein Vertrauen geschenkt hat.

Damien erzählt von seiner Schwester, wie sehr er sie liebt und wie sehr er sich freut, dass ich Ciara dieses Wochenende kennenlerne. Wir fliegen heute noch nach New York, um die kommenden Tage bei seiner Familie zu verbringen.

Tatsächlich habe ich zwei Artikel parallel geschrieben. Den offiziellen für die Zeitung und einen sehr persönlichen für Damien und jeden, dem er diesen zeigen möchte. Dort habe ich den Tod seines Bruders nicht verschwiegen, sondern aufgearbeitet. Ich hoffe sehr, dass meine Darstellung und Worte ihm gefallen werden. Ich möchte, dass er sich mit dem Thema auseinandersetzt und nicht versucht, es zu ignorieren, das hat er viel zu lange getan.

»Sophie!«, ruft er. »Ich bin wieder da!«

Damien hat Bounty zu Jason gebracht, der sich netterweise angeboten hat, auf den Hund aufzupassen. Es fällt uns furchtbar schwer, ihn in Berkeley zu lassen, aber mit nach New York wollen wir ihn auch nicht nehmen. Die Sache mit dem Hundesitter funktioniert nicht sonderlich gut. Jason hingegen kennt er mittlerweile auch und mag Damiens Kumpel.

»Ich bin im Büro«, antworte ich und suche die Datei für die Zeitung heraus. »Ich schicke noch eine Mail ab und komme.«

Mein Koffer steht bereits gepackt im Wohnzimmer, sodass wir uns direkt auf den Weg zum Flughafen machen können.

»Welche Mail?«, fragt er und ich drehe den Kopf. Damien lehnt im Türrahmen und sieht mich interessiert an.

»Mit deiner Homestory«, antworte ich und füge die Datei hastig an die E-Mail an, sodass er nicht sieht, dass es zwei Versionen gibt. Ich kann nach wie vor nicht einschätzen, wie er reagiert, wenn er erfährt, dass ich seine Geschichte doch zu Papier gebracht habe. Immerhin hat er mir sehr deutlich gemacht, dass ich kein Wort über das Thema verlieren darf. Dass ich eine Geschichte daraus geschrieben habe, wird Damien überhaupt nicht gefallen. Trotzdem habe ich es getan, weil ich fest daran glaube, dass er es eines Tages lesen will. »Fertig!«, verkünde ich, nachdem die Mail abgeschickt ist.

Ich schalte den Laptop aus und stehe auf.

»Bereit für das Wochenende bei deiner Familie?« Ich lege meine Arme um seinen Hals und sehe zu ihm auf. Er umarmt mich und drückt mir einen sanften Kuss auf die Lippen. »Bereit«, erwidert er. »Bounty hat sofort Jasons Couch erobert.«

Ich lache laut auf und schüttle amüsiert den Kopf.

»Zu Weihnachten bekommt er seine eigene Couch, was meinst du?«, will ich wissen.

»Sehr gute Idee«, stimmt Damien mir zu und stielt sich noch einen Kuss. »Vielleicht kaufe ich mir auch eine eigene, sodass du mich nicht immer an den Rand drängst.«

»Hey.« Ich knuffe ihn in die Seite. »Das ist nicht nett.«

»Was?« Er schmunzelt. »Dass du die gesamte Couch für dich einnimmst?«

»Nein«, erwidere ich. »Dass du behauptest, ich würde mich breitmachen.«

»Das machst du doch auch«, murmelt er gegen meine Lippen. »Lass uns zum Flughafen fahren.«

New York, acht Stunden später

Nervosität frisst sich in jeden Winkel meines Körpers, als wir mit dem Taxi vom Flughafen auf dem Weg zu seinem Elternhaus sind. Damiens Erzählungen nach zu urteilen, wohnen seine Eltern in einer netten Nachbarschaft in einem Vorort von New York. Ganz anders als meine Eltern gehören seine zur amerikanischen Mittelschicht. Das macht mich nervös. Es ist eine große Sache, seine Eltern und seine Schwester kennenzulernen. Er ist so ganz anders aufgewachsen als Caleb und ich. Was ist, wenn sie mich nicht mögen oder denken, dass ich nicht zu Damien passe? Wie viel Einfluss haben sie auf ihn? Werden sie uns auseinanderbringen? Gedanken um Gedanken kreisen in meinem Kopf und ich zucke heftig zusammen, als er nach meiner Hand greift.

»Alles klar?«, fragt er und ich sehe zu ihm rüber.

»Ich bin nervös«, antworte ich ehrlich.

»Warum?«

»Was ist, wenn sie mich nicht mögen?«, will ich wissen und beiße mir auf die Unterlippe. Damien schüttelt den Kopf und haucht mir einen Kuss auf den Mund.

»Das wird nicht passieren«, spricht er mir gut zu. »Sie freuen sich auf dich.«

»Wirklich?«

»Ich kann sagen, was ich will, oder?«, fragt er. »Du glaubst mir nicht.«

»So ist es nicht«, widerspreche ich und schmiege mich an ihn. »Ich bin nur schrecklich nervös und will, dass sie mich mögen.«

»Und das werden sie.«

»Hm.« Ich schaue auf unsere ineinander verschränkten Hände und Damien streichelt sanft mit dem Daumen über meinen Handrücken.

»Sophie, Babe«, meint er und ich sehe auf. Seine blaugrauen Augen treffen auf meine braunen. »Sie werden dich mögen, glaub mir. Es gibt keinen Grund, wieso sie es nicht tun sollten. Du bist toll.«

»Ich wäre nicht die erste Freundin, die nicht die Traumschwiegertochter ist«, werfe ich ein und er lacht auf.

»Du bist verrückt«, erwidert er. »Meine Mom fragt seit Tagen nach dir und Cia nervt mich auch damit, dass sie dich endlich kennenlernen wollen. Und glaub mir, meine Schwester ist im Nerven noch weitaus besser als du.«

»So sind kleine Schwestern.« Ich zwinkere ihm zu. Auf Damiens Lippen erscheint ein breites Grinsen. Dann beugt er sich zu mir vor und küsst mich.

Ich erwidere den Kuss. Seine Zunge teilt meine Lippen und bittet um Einlass. Seufzend öffne ich meinen Mund und heiße ihn willkommen. Der Kuss ist tief und leidenschaftlich. Damien vergräbt seine freie Hand in meinen Haaren und zieht mich noch näher an sich heran.

»Sie werden dich mögen, ganz bestimmt«, beschwört er und streicht mit dem Daumen sanft über meine Wange. Ich schmiege mein Gesicht in seine große Hand und seufze wohlig auf, als das Taxi in eine Hofeinfahrt abbiegt und zum Stehen kommt.

»Wir sind da, Mr. O'Riley«, informiert uns der Taxifahrer vom Flughafen. Es ist bereits später Abend in New York, die Sonne ist längst am Horizont verschwunden und die Straßenlaternen sind die einzige Lichtquelle. Daher kann ich nicht viel vom Grundstück und der Fassade seines Elternhauses erkennen.

»Danke«, sagt Damien und wir steigen aus. Der Fahrer tut es uns gleich und hilft meinem Freund mit dem Gepäck, während ich wartend danebenstehe. Damien bezahlt ihn und gibt dazu ein üppiges Trinkgeld.

Ehe wir zu unseren Koffern greifen können, um zur Haustür zu gehen, wird diese aufgerissen und eine junge Frau rennt auf uns zu.

»Du bist da!«, ruft sie.

Damien lässt sofort die Koffer los und geht ihr entgegen. Lachend nimmt er sie in den Arm und wirbelt sie durch die Luft. »Hey!«, ruft er. »Schön dich zu sehen.«

Um den Geschwistern ihren Freiraum zu lassen, stehe ich einige Schritte hinter ihnen. Nachdem Damien seine Schwester wieder runtergelassen hat, betrachte ich sie. Ciara ist ungefähr so groß wie ich. Sie hat lange braune Haare und Augen. Sie hat das gleiche Lächeln wie ihr Bruder, aber darüber hinaus haben sie kaum etwas gemein. Sie trägt eine bequeme Leggings und einen Oversized Pullover mit dem Logo eines großen amerikanischen Sportherstellers darauf.

»Hey«, sagt sie und kommt freundlich auf mich zu. »Ich bin Ciara, Damiens Schwester.«

»Ich bin Sophie«, erwidere ich und schüttle ihre Hand. »Freut mich dich kennenzulernen.«

»Ich freue mich auch sehr, dich kennenzulernen.«

Damien tritt neben mich und schiebt Ciara meinen Koffer zu, was mir ein wenig unangenehm ist. Ich bin dazu in der Lage, diesen selbst zu tragen. »Ich kann das auch machen«, biete ich an.

»Kein Problem«, meint Ciara sofort und lächelt mich an.

Damien nimmt meine Hand und schaut zu mir runter. »Sie macht das gerne.«

»Hast du sie gefragt?«, will ich wissen.

»Wir sind hier Gast.«

Ich rolle mit den Augen und folge den O'Riley Geschwistern ins Haus. Der Eingangsbereich ist klein, aber gemütlich. Mit einer Garderobe, in der wir unsere Jacken hängen und einem kleinen Schuhregal. Ciara hat unsere Koffer neben die Treppe gestellt, die ins Obergeschoss führt. Von dort aus geht es in einen Wohn– und Essbereich. Alles ist liebevoll eingerichtet und superschön dekoriert. So ganz anders als seine Wohnung in Berkeley. Fotos säumen die Wände und Regale. Mir fällt sofort auf, dass Cian in der Familie präsent ist. Er ist auf nahezu jedem älteren Foto mit drauf. Aber auch neue Fotos von Damien bei den Bees oder Ciaras Collegeabschluss.

Damiens Eltern warten in der Küche, wo noch ein üppiges Essen auf der Mütteninsel aufgebaut ist. Wie gut, dass wir noch nichts gegessen haben.

»Hallo mein Schatz.« Damiens Mom kommt freudestrahlend auf ihn zu und umarmt ihn.

»Hallo Mom«, sagt er.

»Hallo Junge«, begrüßt ihn sein Dad mit einer kurzen Umarmung und einem Schulterklopfen.

»Hi Dad.« Damien wendet sich mir zu. Liebevoll legt er seinen Arm um mich. »Mom, Dad das ist Sophie«, stellt er mich vor. »Meine Freundin.«

Mein Herz schlägt schneller, als er das sagt und ich lächle breit.

»Ich bin Aine«, stellt sie sich vor. »Schön dich kennenzulernen.«

»Sophie«, wiederhole ich. »Ich freue mich auch sehr. Danke für die Einladung.«

»Ich bin Cillian«, sagt sein Dad. »Schön, dass du da bist.«

Ich stelle fest, dass man in dieser Familie viel Wert auf Namen mit Ci legt. Cillian, Cian, Ciara. Meine Güte, wer soll denn da noch durchblicken? Ich lächle und hoffe, dass ich mir das alles merken kann. Es wäre unglaublich peinlich, wenn ich seinen Dad mit Cian anspreche. Nein, es wäre sogar eine Katastrophe und darf nicht passieren.

Ciara sieht ihrer Mom ähnlich. Beide haben die gleichen braunen Augen und dunklen Haare. Damien ist das jüngere Ebenbild seines Dads.

»Habt ihr Hunger?«, will seine Mom wissen und dreht sich zu dem üppigen Menü herum. »Es gibt Pommes mit Chicken Wings.«

Auf der Kücheninsel stehen zwei Chevys. Dazu Mayonnaise, Ketchup und verschiedene Getränke.

»Ich liebe es!« Damien geht an mir vorbei und nimmt sich einen Teller. Schmunzelnd betrachte ich ihn dabei.

»Würdest du deiner Freundin bitte einen Teller anbieten?«, fragt seine Mom, während Ciara ebenfalls an mir vorbeigeht und sich einen Teller nimmt.

»Hier.« Damien hält mir einen Teller hin, den ich dankend annehme.

»Ich meinte damit eigentlich, dass du bitte so höflich bist und ihr auch etwas zu essen auf den Teller machst.« Aine rollt mit den Augen und wendet sich an mich. »Ich hoffe zu Hause benimmt er sich nicht so rüpelhaft.«

»Damien doch nicht«, erwidere ich ironisch und sein Dad lacht auf.

Ich nehme mir Chicken Wings und Pommes sowie Ketchup. »Was möchtest du trinken?«, fragt Cillian freundlich.

»Ein Bier, bitte.«

»Normales Bier oder Guinness?«, fragt er und hält mir die beiden Sorten zur Auswahl vor die Nase. »Guinness stammt aus Irland und muss getrunken werden in unserer Familie.«

»Na dann«, erwidere ich. »Natürlich Guinness.«

»Geht klar.« Er öffnet mir eine Flasche und stellt sie mir hin. »Danke«, sage ich und setze mich auf einen der Barhocker, die um die Kücheninsel stehen.

»Wie habt ihr euch denn aus deiner Sicht kennengelernt?«, fragt Ciara. Ich schaue von ihr zu Damien und lache auf.

»In dem er mich zunächst ewig ignoriert hat, mir mit seinem Anwalt drohte und schließlich doch vor meiner Tür stand und um Hilfe bat.«

»Das klingt nicht sehr romantisch«, resümiert sie und sieht zu ihrem Bruder. »Passt zu dir.«

Damien verdreht die Augen und schiebt sich ein Pommes in den Mund. »Sie hat genervt«, meint er achselzuckend. »Das kennst du ja.«

»Dich nerven?«, fragt Ciara. »Definitiv. Eine meiner leichtesten Übungen. Aber du kannst doch nicht behaupten, dass sie besser war als ich.«

Nun lache ich und sehe zu Damien. Er trinkt von seinem Bier und sieht seine Schwester wieder an.

»Glaub mir«, meint er. »Sophie kann dir das Wasser reichen. Sie hat auch einen großen Bruder.«

»Ach wirklich?«, fragt Aine. »Wie heißt er denn? Lebt deine Familie auch in Berkeley?«

Prüfend sehe ich sie an und dann für einen Moment zu Damien. So wie es aussieht, hat er ihnen nicht erzählt, wer meine Familie ist.

»Meine Familie lebt in San Francisco, also quasi in der Nachbarschaft.«

»Schön«, sagt sie. »Und du bist Journalistin?«

Ihre Stimmlage ist neutral und ich weiß, dass es eine unverfängliche Frage über meinen Beruf ist, aber trotzdem löst es Unbehagen in mir aus, da ich nicht weiß, wie sie mit dem Thema Öffentlichkeit umgehen.

»Ja.« Ich räuspere mich. »Ich arbeite bei einer Zeitung in Berkeley, aber nicht im Sportbereich.«

»Damien überlebt es, wenn seine Freundin schlechte Kritiken schreibt«, wirft Ciara ein. Damien rollt mit den Augen. Ich glaube sein Ego würde es nicht verkraften, wenn ich das eines Tages tun würde. Aber mein Ziel ist nicht der Sportbereich, sondern der Lifestylebereich beim »San Francisco Herald«. Caleb wird sich unterstehen ihm schlechte Kritiken zu geben, dafür werde ich sorgen.

»Ich arbeite lieber im Lifestylebereich«, antworte ich.

Das Essen ist wirklich köstlich und Damiens Familie sehr nett. Wir unterhalten uns gut, und ich fühle mich direkt willkommen bei ihnen.

Als wir uns zwei Stunden später ins Bett legen, zieht Damien mich nah an sich heran und haucht mir einen Kuss auf die Stirn.

»Auf die Stirn?«, frage ich und ziehe die schwarzen Linien seiner Tattoos am Hals nach.

»Wieso nicht?«, fragt er.

»Küss lieber meinen Mund oder meinen Hals«, sage ich.

»Hm …« Damien grinst. »Fallen dir noch andere Körperteile ein, die ich küssen könnte?«

Langsam schiebt er sich auf mich und zwischen meine Beine. »Vielleicht könnte ich dich zwischen deinen schönen Beinen küssen?«, raunt er mir zu und küsst meinen Hals. »Was meinst du?«

Damiens Hände ziehen meine Pyjamahose runter.

»Klingt gut«, schnurre ich und reibe mich an ihm. Er stöhnt auf, als meine Mitte gegen seinen Schwanz bockt.

»Spreiz deine Beine, Baby«, weist er mich an. Ich tue, was er sagt und sein Mund fängt mich stöhnend auf, als er mit zwei Fingern in mich eindringt. »Ich verschiebe das Küssen zwischen deinen Beinen noch eine Weile und streichle dich dort. Was meinst du?«

»Klingt gut«, keuche ich und presse meinen Mund auf seine nackte Schulter, als er beginnt mich zu fingern.

*

Damien parkt den SUV auf dem großen Parkplatz vor dem Friedhof in New York und wir steigen aus. Ich nehme die Blumen, die ich auf dem Weg gekauft habe, von der Rückbank und gehe auf ihn zu. Er trägt einen schwarzen Pulli, dazu eine schwarze Snapback und Sonnenbrille, obwohl nicht mal die Sonne scheint. Damien geht es aber mehr darum nicht erkannt zu werden, als dass er wirklich seine Augen schützen möchte. Er nimmt wortlos meine Hand und verschränkt unsere Finger miteinander. Schon den ganzen Morgen ist er sehr wortkarg unterwegs und ich versuche diese Schale nicht zu durchbrechen. Seine Mom hat mir heute früh erzählt, dass er oft in sich gekehrt ist, wenn er in New York ist. Sie hat mir auch erzählt, dass Damien sich Vorwürfe wegen der Schlägerei macht, die dazu führte, dass Cians Leben komplett aus den Fugen geriet. Ich habe ihr schweigend zugehört und zwischendurch ihre Hand gedrückt. Man merkt ihr sofort an, wie sehr ihr der Verlust ihres Sohnes und die damit verbundene Hilflosigkeit zusetzt. Trotzdem haben Damiens Eltern nie die Lust am Leben verloren und versuchen für sich und ihre Kinder in die Zukunft zu schauen. Was ihnen meiner Meinung nach sehr gut gelingt. Ciara ist sowieso total super und offen. Es hat viel Spaß gemacht sie und Damien zusammen zu sehen. Caleb und ich sind nicht anders. Er sieht in mir eine genauso nervige kleine Schwester wie Damien in Ciara.

Das gusseiserne Tor quietscht, als wir es öffnen und anschließend wieder schließen. Friedhöfe umgibt immer eine gewisse Aura, die man nur sehr schwer bis gar nicht greifen kann. Ich fröstle, als wir über das Gelände laufen, obwohl es nicht kalt ist. Damien zieht mich näher an sich heran und drückt mir einen Kuss auf die Schläfe. Ich schmiege mich an ihn und streiche mit dem Daumen über seinen Handrücken. Mir ist bewusst, wie schwer es für ihn ist, zum Friedhof zu fahren und Cian zu besuchen.

Sein Grab befindet sich im hinteren Teil, geschützt von einigen Büschen, die zu umliegenden Gräbern gehören. Als wir vor dem geschmackvoll gepflegten Grab zum Stehen kommen, schlucke ich hart.

Ich löse meine Hand aus Damiens und hocke mich hin. Vorsichtig stelle ich die Blumen, die ich mitgebracht habe, in eine der Vasen und betrachte den Grabstein noch einige Sekunden. Der Gedanke, dass ich den Friedhof von San Francisco besuchen müsste, um bei Caleb zu sein, zerreißt mich. Dieser Besuch macht das, was Damien und seiner Familie widerfahren ist noch viel realer. Langsam richte ich mich auf und schlinge meine Arme um ihn. Damien zögert zunächst noch, dann drückt er mich auch an sich und schluchzt auf.

»Ich bin bei dir«, flüstere ich ihm zu.

»Ich hätte den Krankenwagen nicht rufen dürfen«, murmelt er.

»Doch, das hättest du«, widerspreche ich. »Mach dir keine Vorwürfe, bitte.«

Er schweigt und hält mich fest. So stehen wir da, hängen beide unseren Gedanken nach.

»Er hätte dich gemocht«, sagt Damien leise. »Vermutlich wäre er sogar ziemlich auf dich abgefahren.«

»Ach ja?«, frage ich und ein Grinsen legt sich auf seine Lippen.

»Ziemlich sicher«, erwidert Damien. »Du bist sein Typ. Zumindest mehr als meiner.«

»Ich bin nicht dein Typ?«, frage ich und er schüttelt den Kopf.

»Eigentlich gar nicht«, murmelt Damien und wickelt eine meiner Haarsträhnen um seinen Finger. »Bist du sauer?«

»Nein«, sage ich. »Nur überrascht. Du bist auch nicht mein Typ, damit passt es wieder.«

Er grinst mich an und schließt liebevoll seine Arme um mich. »Danke, dass du mich begleitet hast.«

»Danke, dass du mich mitgenommen hast«, entgegne ich. »Das bedeutet mir sehr viel.«

Damien sieht wieder auf das Grab. »Er hätte sich dich geschnappt«, meint er noch mal. »Und ich wäre verdammt glücklich, dass er so eine tolle Frau an seiner Seite hat, die ihm mal die Meinung sagt.«

»Tja«, erwidere ich. »Vielleicht hat alles seinen Grund, Damien. Vielleicht sollte ich dich nerven und finden.«

»Ja, vielleicht«, erwidert er. »Es war einfach Schicksal, dass wir uns getroffen haben. Cian wollte immer, dass ich mehr aus mir rauskomme und abenteuerlustiger werde. Du bist das perfekte Gegenstück dafür.«

»Das bin ich«, bestätige ich seine Annahme. »Ich hätte ihn auch gemocht und wie cool ist es, einen Zwilling zu daten.«

»Verdammt cool, schätze ich?« Damien verschränkt unsere Finger miteinander. »Ich lade dich zum Essen ein und zeige dir Cians Lieblingsessen. Danach hättest du definitiv mich gewählt.«

Er meint es im Spaß, aber dennoch möchte ich ihn klar und deutlich wissen lassen, dass es für mich kein hätte gibt. Egal ob Cian noch am Leben wäre oder nicht. Ich würde immer ihn wählen.

»Damien.« Ich halte ihn auf. »Ich würde immer dich wählen, weil ich mich in dich verliebt habe. Bitte zweifle nie wieder daran, dass er besser zu mir passt und mich mehr verdient hätte. Ich habe mich für dich entschieden und würde es immer wieder tun.«

Er drückt meine Hand und wir verlassen gemeinsam den Friedhof, um zurück zum Auto zu gehen.

»Zum Essen sage ich dennoch nicht nein«, lasse ich ihn noch wissen.

20. KAPITEL

Damien

Berkeley Pacific Arena, eine Woche später

Übermorgen spielen wir gegen Seattle und finden uns heute noch einmal zu einem abschließenden Training im Stadion ein. In der Regel lässt Coach Dixon uns an einem Freitag nicht mehr trainieren, aber dieses Wochenende liegt eine Nervosität in der Luft, die ich nicht richtig greifen kann. Schon die ganze Woche hat er uns zu Höchstleistungen angetrieben und wollte, dass wir bei jedem noch so kleinen Drive über unsere Grenzen gehen. Keine Ahnung, warum er so verdammt nervös ist. In den letzten Jahren haben wir zu Hause gegen Seattle immer gewonnen. Es gibt keinen Grund, dass wir Sonntag verlieren.

Ich schließe mein Auto ab, schultere meine Trainingstasche und gehe in Richtung Stadion. Mit einem Nicken begrüße ich den Security Mitarbeiter am Eingang und trete ein. Bereits auf dem Weg zur Umkleide habe ich das Gefühl, dass mich die Angestellten der Arena beobachten. Ich weiß nicht, woran es liegt, aber es fühlt sich unangenehm an. Natürlich bin ich es gewohnt, dass sie mir – uns Spielern – nachsehen und auch, dass sie über meine Tattoos tuscheln. Vor allem neue Mitarbeiter tun das. Doch als ich an der Kabine ankomme, bin ich irritiert. Mr. Belfast steht dort mit Savannah und Coach Dixon.

»Guten Morgen«, sage ich. »Sav, Coach Dixon, Sir.« Nach und nach schüttle ich ihre Hände. Ja, wir spielen gegen Seattle und ja, sie sind stark, aber das ist doch kein Grund, dass der Boss und der neue Boss sich die Ehre beim letzten Training geben.

Die Tür der Kabine öffnet sich und Desmond und Dalton treten heraus. Beide werfen mir einen undefinierbaren Blick zu. Sie sind irgendwo zwischen mitleidig und … erschüttert. Definitiv nicht positiv und ihre Blicke haben auch definitiv nichts mit dem Spiel zu tun. Mein Herz beginnt schneller zu schlagen und mein Magen dreht sich um. Was hat das zu bedeuten? Ich habe in den letzten Wochen einen hervorragenden Job gemacht. Sie werden mich nicht rauswerfen. Das kann nicht sein. Auch, dass sie vielleicht sauer sind wegen der Homestory glaube ich nicht. Diese wurde heute im Berkeley Express veröffentlicht und ist mit Savannah abgesprochen.

»Damien.« Savannah ergreift das Wort und sieht mich traurig an. »Würdest du uns bitte folgen. Desmond und Dalton haben es der Mannschaft bereits mitgeteilt.«

»Ich …«, krächze ich und mir bleiben die Worte im Hals stecken. Sie wollen mich wirklich rauswerfen, aber wieso? Ich habe exzellente Leistungen gezeigt und mein Fehler beim Super Bowl ist Monate her.

»Natürlich«, antworte ich und folge ihnen. Coach Dixon schiebt die Hände in die Taschen seiner Trainingshose, während wir den Konferenzraum neben der Umkleide ansteuern. Er ist klein. Ein Tisch steht in der Mitte, um den nicht einmal mehr als sechs Stühle stehen. Perfekt für unsere Runde. Es gibt einen Fernseher an der gegenüberliegenden Wand und ein Beamer hängt unter der Decke.

Die Tür wird ein weiteres Mal geöffnet und Dalton kommt rein. Mr. Belfast und Savannah setzen sich gegenüber von Coach Dixon und mir. Dalton setzt sich schweigend ans Kopfende des Tisches. Ich verstehe immer noch nicht, was es mit diesem Treffen auf sich hat. Aber das muss ich auch nicht, befürchte ich, denn sie werden es mir gleich sagen.

»Haben Sie heute Morgen schon mal in die Zeitung gesehen, Mr. O'Riley?«, fragt Mr. Belfast.

»Nein«, antworte ich. »Doch ich weiß, dass die Homestory, die meine Freundin über mich geschrieben hat, heute im Berkeley Express erschienen ist. Aber das war mit Ihrer Tochter abgesprochen, Sir.« Ich nicke Savannah zu.

»Das wissen wir.« Mr. Belfast atmet tief durch und Savannah öffnet ihr iPad und schaltet den Beamer ein. Sie projiziert den Bildschirm auf die Wand und es dauert ein paar Sekunden, bis die Homepage des Berkeley Express aufgerufen wird.

Ich richte meinen Blick auf das Bild an der Wand und binnen Sekunden schnürt sich mir die Kehle zu, als ich die Schlagzeile des Tages lese.

Ich blinzle einmal, ich blinzle zweimal, aber die Schlagzeile verschwindet nicht. Die schwarzen Buchstaben auf dem weißen Hintergrund brennen sich tief in mein Gedächtnis hinein. Hinzukommt noch, dass darunter direkt ein altes Foto von mir und Cian zu sehen ist. Vereinzelt habe ich mir schon immer mal wieder ausgemalt, wie es wohl sein wird, wenn die Story irgendwann ans Tageslicht kommt. Doch jetzt trifft es mich härter als jeder Tackle in den vergangenen Jahren. Knockout und Gehirnerschütterung inklusive. Ich kann es nicht fassen, was ich da lese.

Das Bild ist aus unserer Collegezeit und wurde wenige Wochen vor unserer Auseinandersetzung aufgenommen. Ich verstehe nicht, wie der Berkeley Express an diese Informationen kommt. Sophie hat mir versprochen … Mit einem Mal realisiere ich, dass die Frau, die ich liebe und der ich mein größtes Geheimnis anvertraut habe, mich von vorne bis hinten belogen hat.

Sophie Turner ist Journalistin durch und durch.

Sie hat diesen Artikel geschrieben.

Ich war ihr nie wichtig. Das, was wir hatten, war für sie nie das, was es für mich war. Ich habe mich aufrichtig in sie verliebt. Ich liebe sie. Sophie hingegen hat ihren Plan, eine Knaller Story über den verschlossenen Footballstar zu bringen, durchgezogen. Ich Vollidiot bin auf sie hereingefallen.

»Scheiße«, murmle ich und balle meine Hände zu Fäusten. Ich drücke sie so fest zusammen, dass meine Nägel sich in meine Haut bohren. Mein Herz fühlt sich an wie ein schwerer Klumpen in meiner Brust, und mit allergrößter Willenskraft schaffe ich es, nicht aufzuspringen und mich zu übergeben.

»Damien.« Coach Dixon spricht leise, aber bestimmt. »Was ist an diesen Schlagzeilen dran?«

Mittlerweile hat Savannah noch weitere Schlagzeilen zu dem Thema von diversen anderen Zeitungen und Online-Magazinen an die Wand geworfen.

Ich antworte Coach Dixon zunächst nicht, sondern gehe in meinem Kopf immer wieder die Frage durch, wie Sophie mir das antun konnte.

Wie konnte ich so dumm sein und Sophie Turner vertrauen? Einer Journalistin.

Die Jungs hatten Recht, als sie mich davor gewarnt haben, dass sie mich verarschen wird. Sie hatten so verdammt recht, aber ich Idiot wollte es nicht hören. Ich war blind vor Liebe. Es war schön jemanden zu haben, der mich versteht und der mir guttut. Ich habe Sophie vertraut und sie … tritt es mit Füßen und tut mir das an. Tut meinen Eltern und Ciara das an.

»Damien.« Diesmal ist es Dalton. »Rede mit uns.«

Ich hebe den Kopf und wische mir mit dem Arm über die Augen.

»Mein Bruder war drogensüchtig«, sage ich. »Er hat sich nach einer Party besoffen und high hinters Steuer seines Wagens gesetzt und ist in einen LKW geknallt. Ich denke, das steht auch so in dem Artikel.«

»Dort steht ziemlich viel … auch über eure Zeit am College und dass du ihn geschubst und verletzt hast«, sagt Savannah leise. »Wir wussten nicht, dass du die Geschichte erzählst. Wir … wir wussten nicht mal, dass er so gestorben ist.«

Ich sehe sie an und atme tief durch.

»Ich habe es Sophie … meiner Freundin«, murmle ich. »Ex-Freundin«, korrigiere ich, »vor einigen Wochen erzählt und ihr geglaubt, als sie sagte, dass sie es für sich behält. Ich wollte nie, dass das jemand erfährt.«

Savannah antwortet mir nicht und schließlich ist es Mr. Belfast, der sich räuspert.

»Wie du dir denken kannst, muss der Club eine Erklärung zu dieser Schlagzeile abgeben und wir müssen uns positionieren.« Mr. Belfast ist kein kalter Mensch, das weiß ich. Aber in diesem Moment geht es um seinen Club, um sein Lebenswerk und da stehen Einzelschicksale seiner Spieler hintenan.

»Schmeißen Sie mich raus?«, frage ich ganz offen nach.

»Was?« Coach Dixon schnappt nach Luft. »Niemand schmeißt dich raus, Damien!«

Ich atme erleichtert aus, und ein Felsbrocken fällt mir vom Herzen, da Mr. Belfast ebenfalls nickt.

»Es ist nur so, dass man natürlich wissen möchte, wie wir zu dem Thema stehen und natürlich auch noch mal eine Erklärung deinerseits, warum die Geschichte plötzlich an die Öffentlichkeit gelangt. Darum ist es wichtig, dass du ehrlich bist.«

»Natürlich«, sage ich. »Wenn die Artikel auf der Homestory basieren.« Savannah macht zwei Klicks und ruft die Homestory auf. »Dann ist es von Sophie und wahr. Ob sie etwas dazu gedichtet hat, weiß ich natürlich erst, wenn ich es lese. Was alle anderen Zeitungen daraus machen, ist nicht meine Schuld.«

Was ich ihnen nicht sage, ist, dass ich mir die Homestory auf keinen Fall durchlesen werde. Niemals will ich lesen, wie meine hinterhältige Ex-Freundin den Tod meines Bruders ausschmückt und vermutlich auch noch ausschlachtet, weil das Teil ihres Jobs ist. Ich hätte mich nie auf sie einlassen dürfen. Niemals mit der Presse in die Kiste steigen. Ich bin doch fast selbst schuld, dass es gekommen ist, wie es gekommen ist.

»Wenn du damit einverstanden bist, würden wir dich für das Spiel am Sonntag nicht ins Roster nehmen«, sagt Mr. Belfast. Es klingt im ersten Moment wie ein Angebot, aber ich weiß, dass es eigentlich nur eine Mitteilung an mich ist. Ich bin raus gegen Seattle. »Das nicht, weil wir nicht von deiner Leistung überzeugt sind, sondern weil wir dich schützen wollen, Damien.« Ich sehe ihn an und nicke.

Das verstehe ich und vermutlich ist es auch eine gute Entscheidung. Im Moment fühle ich mich einfach verdammt leer und weiß nicht, was ich tun und denken soll.

»Was hat die Mannschaft gesagt?«, frage ich an Dalton gewandt. »Wie haben sie reagiert?«

»Sie sind schockiert so wie alle. Aber sie stehen hinter dir, Damien. Das tun wir alle. Du gehörst zu uns und wir sind für dich da.«

Brüderlich legt er mir eine Hand auf die Schulter und drückt leicht zu.

»Es tut mir leid, dass ich das jetzt sagen muss, aber kannst du uns bitte erzählen, was damals passiert ist?«, fragt Savannah. »Danach werden wir eine Presseerklärung abgeben, dass du für das kommende Spiel nicht zur Verfügung stehst und wir die Arbeit des Berkeley Express verurteilen.«

Ich nicke und erzähle ihnen alles, was ich vor einigen Wochen Sophie anvertraut habe.

*

Es ist später Nachmittag, als ich vor meinem Apartmentkomplex vorfahre, um in die Tiefgarage zu gelangen. Paparazzi stehen am Wegrand, blockieren zum Teil die Einfahrt in die Tiefgarage und ich stöhne gequält auf, als ich an den Schalter fahre, um meine Karte anzuhalten, dass sich das Tor öffnet. Kaum, dass ich das Fenster runtergelassen habe, wird mir das erste Mikrofon ins Gesicht gehalten.

»Mr. O'Riley«, werde ich angesprochen. »Ein Statement zum Tod Ihres Bruders.«

Ich presse die Lippen fest aufeinander und hoffe, dass das Tor sich möglichst schnell öffnet, sodass ich hindurchfahren kann. Der Piep-Ton signalisiert mir, dass die Karte angenommen wurde, und das Tor öffnet sich. Langsam lasse ich das Auto vorrollen, um keinen der Paparazzi über den Haufen zu fahren, obwohl ich das sehr gern tun würde. Sie gehen mir so unfassbar auf die Nerven. Wie kann man nur so widerlich sein und sich dermaßen in das Leben anderer Menschen einmischen? Das werde ich nie verstehen. Ich stehe doch auch nicht bei ihnen vor der Tür und frage sie nach ihrem schlimmsten Schicksalsschlag.

Ich parke mein Auto in der Tiefgarage und sehe, dass Sophies Wagen ebenfalls an ihrem Platz steht. Genervt atme ich aus. Hoffentlich ist sie nicht so blöd und wartet in meiner Wohnung auf mich, um mit mir zu reden. Bounty kann sie auch so rüberbringen und das weiß sie auch. Dennoch werde ich wohl nicht drumherum kommen, zumindest ein kurzes Gespräch mit ihr zu führen, weil ich meinen Wohnungsschlüssel zurückhaben möchte. Darüber hinaus will ich ihr, ihren zurückgeben. Dass unsere Beziehung beendet ist, ist klar. Ich lehne mich zurück gegen die Kopfstütze des Autos und schließe die Augen. Immer noch kann ich nicht begreifen, wie das alles so dermaßen aus dem Ruder laufen konnte, ich habe ihr vertraut und dachte, dass sie es für sich behält. Tatsächlich schien es auch die ganze Zeit so, oder nicht? Sophie hat mich nie weiter auf Cian angesprochen und wollte mehr erfahren. Aber vielleicht brauchte sie das auch nicht, weil ich ihr so sehr vertraut habe, dass sie ihre Informationen auch ohne Fragen bekam.

»Fuck!«, brülle ich und schlage mehrfach auf mein Lenkrad. »Fuck, fuck, fuck!«

Um nicht noch länger im Auto zu sitzen und ins Leere zu starren, weil das nichts bringt, steige ich aus und schlage die Fahrertür frustriert hinter mir zu. Meine Trainingstasche nehme ich aus dem Kofferraum und schwinge sie mir über die Schulter. Dann mache ich mich schweren Schrittes auf den Weg zum Aufzug, um zu meiner Wohnung zu gelangen.

Die Zeit, in der ich nichts mit Sophie zu tun haben wollte, weil ich ihr nicht getraut habe, kommt mir nun vor wie ein Scherz. Als wollte das Leben mich so richtig schön verhöhnen und sagen: »Guck, du Dummkopf! Da ist sie, diese wunderschöne Frau und wenn sie dich erst mal in ihren Klauen hat, wirst du es bitter bereuen.«

Ich trete in den Aufzug ein, drücke den Knopf, um in meine Etage zu gelangen und warte ab. Dieser Tag ist absolut zum Vergessen und ich glaube nicht, dass es in den kommenden besser wird. Dass ich für das Spiel gegen Seattle nicht im Roster stehe, geht mir extrem auf die Eier. Ich will spielen, um das Einzige zu machen, was mich von dieser Scheiße ablenkt. Stattdessen will mein Club mich vor der Presse am Wochenende schützen und mir Zeit geben alles zu regeln. Außerdem habe ich Savannah zunächst ein Statement abgerungen, dass noch nichts Konkretes aussagt. Ich muss mir erst noch überlegen, wie genau ich gegen den Artikel vorgehen will und welche Konsequenzen es für den »Berkeley Express« und Sophie hat. Mein Herz zieht sich schmerzhaft zusammen, wenn ich daran denke, dass ich ihre Karriere zerstören werde. Doch dann denke ich wieder darüber nach, was sie erzählt hat und wie sie mich und meine Familie in den Fokus der Öffentlichkeit gestellt hat. Dank ihrer beschissenen Homestory steht mein Bruder jetzt als Junkie da, der sich totgefahren hat.

Da ich der Homestory zugestimmt habe, und Sophie diese Informationen nicht von unbeteiligten Dritten hat, glaube ich nicht, dass ich große Chancen habe, den Artikel zu verbieten. Näheres dazu wird mir mein Anwalt sagen und sich auch direkt morgen früh beim »Berkeley Express« melden.

Die Türen des Aufzugs werden geöffnet und ich steure Sophies Wohnungstür an. Mir wird schlecht, als ich die Hand ausstrecke, um anzuklopfen. Ein Bellen ist zu hören, was mir tatsächlich ein kleines Lächeln entlockt.

Ich bin froh Bounty zu haben und dass er mir in dieser schweren Zeit Trost spendet. Von meiner Freundin kann ich das nicht erwarten, denn sie ist an allem schuld.

Die Tür wird geöffnet und Sophie sieht mich mit großen Augen an. »Hey«, sagt sie. »Ich habe versucht dich zu erreichen und –«

»Wo ist Bounty?«, frage ich.

»Damien«, meint sie. »Können wir bitte reden?«

»Nein.«

»Aber …«

»Ich habe nein gesagt«, erwidere ich genervt und kneife mir in die Nasenwurzel. »Wo ist Bounty?«

»Ich weiß, das ist nicht ideal gelaufen, aber ich –«

»Nicht ideal gelaufen?«, knurre ich und balle die Hände zu Fäusten. »Du hast in dieser beschissenen Homestory von meinem Bruder geschrieben, bist in jedes fucking Detail gegangen. Weißt du überhaupt, was du angerichtet hast?«

Sophie presst die Lippen aufeinander und sieht mich traurig an. »Ich habe mich vertan und …«

»Ich will es nicht hören«, kanzle ich sie ab. »Bounty!«

Mein Hund kommt hinter Sophie zum Vorschein und auf mich zu. »Komm«, weise ich ihn an und schaffe es nicht mal dem Tier gegenüber neutral zu bleiben. »Wir gehen nach Hause.«

»Damien«, wispert Sophie und greift nach meiner Hand, doch ich schlage sie weg, was sie aufschreien lässt. Tränen schießen ihr in die Augen, die mich zusätzlich unsäglich wütend machen. »Fass mich nicht an«, knurre ich.

»Lass uns doch bitte reden und …«

Ich lasse sie nicht aussprechen, sondern ziehe meinen Wohnungsschlüssel aus meiner Jeans und schließe auf. Bounty, der immer noch nicht richtig einordnen kann, was gerade passiert, schiebe ich vor mir hinein.

»Könntest du bitte mit mir reden?«

»Was soll ich mit dir noch reden?«, frage ich und sehe sie mit zusammengekniffenen Augen an. »Du hast mein Leben zerstört, Sophie.«

Damit lasse ich sie ein für alle Mal stehen und betrete meine Wohnung.

Ich schließe die Tür leise hinter mir, obwohl alles in mir darauf drängt, sie wie ein wilder Stier ins Schloss knallen zu lassen. Bounty würde sich zu Tode erschrecken. Ich werfe meine Trainingstasche auf den Boden, schlüpfe aus meinen Schuhen und werfe meine Jacke daneben. Dann gehe ich in die Küche, reiße einen meiner Vorratsschränke auf und nehme eine Flasche Whiskey heraus. Das Glas spare ich mir, als ich die Flasche aufdrehe und einen großen Schluck nehme. Und noch einen, und noch einen.

Es brennt abscheulich in meinem Hals, aber ich bin mir sicher, dass der Alkohol schon bald seine Wirkung zeigen wird und mich für ein paar Stunden von dieser ganzen Scheiße ablenkt.

Ich gehe zur Couch und lasse mich darauf fallen. Bounty springt neben mich und bettet sich an meiner Seite. Traurig betrachte ich ihn, und lege meine freie Hand auf seinen Bauch. Er schläft binnen Sekunden neben mir ein. Ich trinke noch einen Schluck Whiskey und schließe ebenfalls die Augen, als eine stumme Träne über meine Wange läuft. Ich habe mir einmal geschworen, dass ich nie wieder wegen Cian weinen werde. Doch auch das hat Sophie geschafft.

Ich trauere nicht nur um meinen Bruder, sondern auch um die Frau, die ich liebe und die mich so sehr hintergangen hat.

21. KAPITEL

Sophie

Ich betrete die Redaktion des »Berkeley Express« und spüre sofort die Blicke meiner Kollegen auf mir.

»Sophie!«, ruft mir meine Kollegin Allison zu. »Dank deiner Homestory über Damien O'Riley hat sich die Auflage verzehnfacht, wir haben mehrere tausend neue Follower in den sozialen Medien.«

Ich lächle schwach. Auf das alles kann ich gut und gerne verzichten, wenn ich dafür nicht den Mann meines Lebens verloren hätte. Ich liebe Damien und war mir sicher, dass er der Richtige für mich ist. Durch eine E-Mail, eine kleine Unachtsamkeit habe ich alles zerstört.

Ich gehe mit einem flauen Gefühl im Bauch weiter auf Mr. Presleys Büro zu.

Die ganze Nacht lag ich wach und habe mir überlegt, wie ich die ganze Geschichte aus der Welt räumen kann. Ich könnte mir in den Arsch beißen, dass ich die Dateien nicht noch mal kontrolliert habe und blind die Mail abgeschickt. Das hätte niemals passieren dürfen und ich kann verstehen, dass Damien außer sich ist vor Wut. Auch, dass er mir nicht zuhören möchte. Ich kann das alles verstehen und ich weiß, dass er mir erst auch nur ansatzweise zuhören wird, wenn ich die Sache einigermaßen geregelt habe. Nur leider befürchte ich, dass mein Boss überhaupt kein Verständnis haben wird, und es ihm auch herzlich egal ist, wie es Damien geht.

»Hey«, sagt Linus und schenkt mir ein zaghaftes Lächeln. Nachdem der Artikel gestern erschienen ist und sich wie ein Lauffeuer verbreitet hat, hat er mich angerufen und gefragt, wie es mir geht und ob ich schon mit Damien gesprochen habe. »Hi«, antworte ich.

»Wie geht's dir?«, will er vorsichtig wissen.

»Nicht gut.« Ich seufze und streiche mir eine Haarsträhne hinter die Ohren. »Damien hat Schluss gemacht und redet nicht mehr mit mir.« Tränen lassen mein Blickfeld verschwimmen und Linus zieht mich freundschaftlich in seine Arme. Schluchzend schlinge ich meine Arme um ihn.

»Das wird wieder«, redet er mir gut zu. »Er muss die ganze Sache auch erst mal verdauen, aber ich bin mir sicher, dass er –«

»Nein«, unterbreche ich Linus schniefend. »Er hasst mich. Er … er wird nie wieder etwas mit mir zu tun haben wollen. Wieso habe ich die Mail nicht noch mal geprüft oder … oder die Dateien in unterschiedliche Ordner geschoben. Ich bin so verdammt dämlich.«

»Sophie!« Linus sieht mich streng an. »Du hast das nicht mit Absicht gemacht.«

»Natürlich nicht«, fauche ich. »Das würde ich ihm niemals antun.«

»Es war ein Fehler und Fehler passieren, das ist absolut menschlich. Mach dich bitte nicht so fertig.«

»Ich kann nicht anders«, schiefe ich. »Er hat mir das alles im Vertrauen erzählt, weil er wollte, dass ich ihn besser verstehe. Ich habe ihm geschworen, dass ich es für mich behalte, und was mache ich dumme Kuh …« Ich schüttle den Kopf und wische meine Tränen weg. »Wie ist Mr. Presleys Laune?«

»Gut.« Linus seufzt. »Sehr gut sogar. Die Homestory ist komplett durch die Decke gegangen. Wir können uns vor Anfragen nicht mehr retten.«

»Scheiße.« Ich fahre mir durch die Haare. »Der Artikel muss verschwinden.«

»Du weißt, dass das nicht mehr möglich ist, oder?«

Ich nicke. Natürlich weiß ich, dass das nicht mehr möglich ist, weil es mittlerweile zu viele Abschriften und weitergegebene Informationen gibt. Was ich aber tun kann ist, dass der Artikel zumindest von unserer Seite verschwindet und der »Berkeley Express« eine offizielle Entschuldigung für diesen Fehler gegenüber Damien und seiner Familie rausbringt.

»Wünsch mir Glück«, sage ich an Linus gerichtet und er nickt. »Viel Glück«, murmelt er und drückt mich noch mal.

Ich straffe meine Schultern und schreite mit großen Schritten auf das Büro meines Chefs zu. Ich klopfe zweimal an und werde hineingebeten.

»Guten Morgen«, begrüße ich Mr.Presley, der wie immer in einem schlechtsitzenden Anzug hinter seinem Schreibtisch sitzt.

»Turner!«, ruft er aus. »Schön Sie zu sehen, kommen Sie doch rein. Die Homestory ist eingeschlagen wie eine Bombe.«

Ich betrete sein Büro und schließe die Tür leise hinter mir. Mit wackligen Knien gehe ich auf seinen Schreibtisch zu.

»Die Homestory über O'Riley ist der absolute Knaller«, überschüttet er mich weiterhin mit Lob. Im Normalfall würde es mich freuen, aber so ist es leider nicht. Das alles passiert auf dem Rücken von Damien und seiner Familie. »Freuen Sie sich denn gar nicht?«

»Ich … also ich …«, stottere ich. »Was das angeht. Wir müssen da etwas klarstellen.«

Seine Augenbrauen rucken in die Höhe und er sieht mich mit großen Augen an. »Wie bitte?«, will er wissen. »Was sollen wir denn klarstellen? Haben Sie sich das ausgedacht?«

»Nein«, antworte ich empört über diese Frage. »Sowas würde ich niemals tun. Mir ist ein anderer Fehler unterlaufen.«

»Der da wäre?«, will er spitzfindig wissen.

»Diese Homestory hätte niemals veröffentlich werden dürfen«, berichte ich meinem Chef. »Ich habe sie für Mr. O'Riley geschrieben, aber nicht für die Öffentlichkeit. Die Homestory, die hätte veröffentlicht werden sollen, beinhaltete den Tod seines Bruders nicht. Leider habe ich die Datei, die nur für Mr. O'Riley bestimmt war, an den E-Mail-Anhang gesetzt.«

Mr. Presley sagt für einen Moment nichts, dann räuspert er sich und steht auf. »Also wollten Sie diese Informationen vor uns geheim halten und was genau in der Story bringen … wie gut er Football spielt und wie sehr er seinen Hund liebt?«

Seine Stimme trieft vor Sarkasmus und macht mich wütend. Die Leute hätten diese Story genauso geliebt und mit Freude gelesen, wie sie alles über die Footballstars aufsaugen. Mir ist bewusst, dass die Sache mit Damiens Bruder und seinem furchtbaren Tod eingeschlagen ist wie eine Bombe, aber hätte man nichts davon gewusst, hätte es auch niemand gestört.

»Ich möchte, dass der Berkeley Express die Dateien tauscht«, sage ich und krame in meiner Handtasche, bis ich den kleinen schwarzen USB-Stick in der Hand halte. »Wir werden uns offiziell bei Mr. O'Riley entschuldigen.«

»Nein.«

Fassungslos sehe ich meinen Boss an. »Wie … nein?«, frage ich.

»Sie glauben doch wohl nicht, dass ich den besten Artikel entfernen lasse, den unsere Zeitung jemals hatte?«, will er wissen. Fast schon höhnisch sieht er mich an. »Das wird genauso bleiben, wie es ist.«

»Aber …«

»Nein.«

»Das ist mein Artikel und ich will es richtigstellen.«

»So wird niemals eine anständige Journalistin
aus Ihnen, Turner«, erwidert er abfällig und ignoriert meine Bitte damit komplett. »Ihnen fehlt
der Biss, die Expertise auch mal die richtig dreckigen Dinger auszugraben.«

»Die richtig dreckigen Dinger auszugraben«,
wiederhole ich seine Worte und schüttle den
Kopf. »Wir haben keinen Politikskandal aufge-
deckt, sondern einem Menschen sehr wehgetan,
Mr. Presley. Mr. O'Riley hat seinen Zwillingsbruder verloren und Sie tun so, als wäre das mit
einem Artikel gleichzusetzen, der diese Bezeichnung wirklich verdient.«

»Ich habe Ihnen diese Chance gegeben, Turner«, meint er und weicht meinen Worten wieder aus. »Sie haben es gut gemacht, aber jetzt tun
Sie mir und allen anderen einen Gefallen und
schreiben wieder über das Tierheim oder was
auch immer.«

»Okay Stopp!« Ich hebe die Hand und sehe
ihn wütend an. »Ich beschere der Zeitung den
besten Artikel aller Zeiten, wenn ich das so auch
nicht wollte, und zum Dank darf ich wieder Tier-
heime besuchen? Meinen Sie das ernst?«

»Sie sind eine Berufsanfängerin, die Glück
hatte«, erwidert er und lässt seinen Blick ab-
schätzend und vollkommen unangemessen über
meinen Körper gleiten, dass ich wünschte einen
Kartoffelsack zu tragen.

»Da Sie auch noch eine Beziehung zu Mr. O'Riley unterhalten, gehe ich stark davon aus, dass
das jeglichen professionellen Rahmen verloren

hatte, bevor sie überhaupt ein Wort zu Papier gebracht haben.«

Ich schnappe nach Luft.

»Das nehmen Sie zurück!«

»Was?«, fragt er. »Dass es Fakt ist, dass Sie mit einem Footballspieler in die Kiste gestiegen sind, und jetzt nicht mehr hinter Ihrer Story stehen, Turner.«

»Beides!« Ich atme tief durch. »Wissen Sie überhaupt welche Turner ich bin, Mr. Presley? Sie kennen sich doch so wahnsinnig gut aus in der Bay Area.«

»Ihren Eltern gehört der San Francisco Herald«, erwidert er beinahe gelangweilt. »Was interessiert es mich? Es wird seinen Grund haben, dass Sie dort nicht arbeiten, sondern hier.«

»Den gab es auch und er hat sich als großer Fehler rausgestellt«, sage ich. »Ich kündige und werde dafür sorgen, dass der Artikel über Mr. O'Riley verschwindet.«

»Viel Erfolg«, meint er lahm und setzt sich wieder hin. »Und schließen Sie die Tür von außen.«

Wutentbrannt drehe ich mich herum und stürme aus seinem Büro. Die Tür fällt krachend ins Schloss und meine Kollegen sehen mich mit großen Augen an.

»Was ist passiert?«, fragt Lexy, eine Kollegin aus der Boulevardabteilung.

»Ich habe gekündigt«, sage ich.

»Du hast …« Sie schluckt. »Wow. Wieso?«

»Er hat mir indirekt unterstellt, dass ich für die Homestory die Beine breit gemacht habe und jetzt nicht mit den Konsequenzen leben kann.«

Sie schnappt nach Luft und sieht mich mit großen Augen an. »Das ist …«, mein Tom, ein Kollege aus dem Sportbereich, der sich sehr eingehend mit den Berkeley Bee Spielern beschäftigt, »sehr krass.«

»Es ist mir egal.« – Nein, das ist es nicht, aber ich habe keinen Nerv weiter darüber zu diskutieren. »Er wird untergehen und diese Zeitung mit ihm.«

Ohne noch etwas zu erwidern, verlasse ich die Redaktion und mache mich auf den Weg nach San Francisco.

Turner News Cooperation, eine Stunde später

Ich klopfe an die Bürotür meines Bruders und werde hineingebeten.

»Sophie!« Caleb springt sofort von seinem Bürostuhl auf und kommt auf mich zu. »Was ist passiert?«

Ich gebe ein erbärmliches Bild ab. Damien ignoriert mich immer noch und einen Job habe ich auch nicht mehr. Die gesamte Fahrt von Berkeley nach San Francisco, die heute besonders lange gedauert hat, habe ich nur geheult. Mein Makeup ist vollkommen ruiniert.

»Hast du die Homestory schon gelesen?«, frage ich und er nickt. »Damien hasst mich.«

»Er hasst dich nicht.« Caleb nimmt mich in den Arm und führt mich zu seiner Sitzecke herüber. Ich lasse mich auf das weiche Polster der Ledercouch fallen und atme tief durch.

»Er hasst mich«, wiederhole ich. »Du hättest ihn gestern erleben müssen. Er … er war so wütend und … und enttäuscht.« Ich schniefe erneut und wische meine Tränen weg. Caleb reicht mir ein Taschentuch, das ich dankend annehme.

»Warte kurz«, meint er und ich nicke. Er steht auf und geht zur Bürotür, die er einen Spalt öffnet.

»Kate«, spricht er seine Assistentin an, die vor seinem Büro sitzt. »Sag bitte alle meine ausstehenden Termine für heute ab.«

»Alle?«, höre ich sie fragen und das zurecht. Caleb muss für mich nicht alle seine Termine absagen, das ist unnötig. Das weiß er vermutlich auch. »Caleb, das musst du nicht«, mische ich mich in die Unterhaltung der beiden ein, doch er ignoriert mich.

»Ja alle«, richtet er das Wort erneut an seine Assistentin. »Du kannst Feierabend machen.«

Caleb schließt die Tür wieder und kommt zurück zu mir. »Möchtest du was trinken?«

»Du musst deine Termine nicht für mich absagen«, schniefe ich. »Am liebsten würde ich einen Whiskey trinken, aber ich muss noch fahren. Wasser, bitte.«

Caleb schüttet uns beiden ein Wasser ein und stellt die Gläser auf dem Tisch vor uns ab. Dann setzt er sich neben mich und sieht mich erwartungsvoll an.

»Was ist genau passiert?«

»Ich habe die falsche Datei in den Druck gegeben«, sage ich.

»Sophie«, stöhnt er und fährt sich mit der Hand durchs Gesicht. »Damit hast du die Freigabe erteilt.«

»Ich weiß«, schniefe ich erneut. »Wir wollten nach New York, um Damiens Familie zu besuchen und ich musste fertig werden. Ich habe ihm nicht gesagt, dass ich zwei Homestorys geschrieben habe, die für den Artikel in der Zeitung ist und eine für ihn.«

»Und du hast die abgeschickt, die nur für ihn bestimmt war?«

»Ja«, schniefe ich. »Mr. Presley weigert sich nun, die Sache zu korrigieren und das Ganze richtig zu stellen. Ich habe ihn gebeten, eine Entschuldigung an Damien und seine Familie zu schicken. Aber er hat sich über mich lustig gemacht. Frei nach dem Motto: Erst Beine breit machen und dann rumheulen.«

»Wie bitte?«, knurrt Caleb und ballt die Hände zu Fäusten. »Dieser Pisser, wenn ich den in die Finger kriege.«

»Ich habe gekündigt«, sage ich.

»Das ist mir egal«, erwidert er. »Er hat so nicht mit dir zu reden.«

»Es ist doch egal«, wehre ich mit schwacher Stimme ab und fahre mir durch die Haare. »Presley will es nicht klarstellen und sich auch nicht bei Damien und seiner Familie entschuldigen. Ich weiß nicht, was ich tun soll. All diese Artikel zu entfernen wird nicht funktionieren und …«

»Vertraust du mir?«, unterbricht er mich.

»Natürlich vertraue ich dir, aber was willst du tun?«, frage ich.

»Wir überlegen schon länger den Berkeley Express zu kaufen«, sagt Caleb und mir klappt die Kinnlade runter. »Wieso weiß ich das nicht?«

»Weil du keine Einsicht in Geschäftsunterlagen hast, solange du nicht hier arbeitest«, erwidert er und kann sich noch zusammennehmen, nicht die Augen zu verdrehen. »Auf jeden Fall liegen Angebote vor, aber bisher weigern sie sich auf eines unsere Angebote einzugehen. Solange du dort gearbeitet hast, haben wir noch gezögert.«

»Verstehe.« Ich nicke. »Und jetzt nicht mehr?«

»Nein.« Caleb schüttelt den Kopf. »Ich werde mich mal mit Savannah in Verbindung setzen und wir überlegen uns etwas, um diese ganze Sache möglichst schnell vergessen zu machen.«

Ich starre auf die Tischplatte vor mir und weiß nicht, wie Caleb das hinbekommen möchte. Das ganze Land kennt dank meiner Aktion nun die Geschichte rund um seinen Bruder.

Er wird mir das niemals verzeihen.

»Ich kümmere mich darum«, verspricht mir mein Bruder und drückt mir einen Kuss auf die Stirn. »Dieser Presley wird nie wieder eine Zeitung in den USA leiten.«

»Du lässt ihn aber am Leben, oder?«, frage ich und Caleb lacht kehlig auf.

»Ich habe die Befürchtung, dass ich keine andere Wahl habe, außer ihn am Leben zu lassen.«

Ich rolle mit den Augen bei seiner Antwort.

22. KAPITEL

Damien

Zwei Wochen später

Der Trubel um die Homestory hat sich nicht gelegt. Ganz im Gegenteil, es wird jeden Tag schlimmer. Es melden sich immer mehr Schulkameraden, ehemalige Freunde und Collegebekanntschaften, die etwas zu Cians Drogensucht sagen können. Meine Anwälte haben alle Hände voll zu tun, diese ganzen Idioten mundtot zu machen. Es ist anstrengend und mit jeder neuen Wortmeldung, jedem neuen Kommentar werden alte Wunden wieder aufgerissen. Es zu ignorieren ist kaum möglich. Selbst im Stadion verfolgen sie mich. Immer wieder hallen Rufe von den Rängen und ich werde nach dem Spiel oder Training abgepasst und auf die Sache angesprochen. Das zerrt an meinen Nerven und meinen Leistungen.

Auch wenn die Belfasts gesagt haben, dass sie hinter mir stehen und mich unterstützen weiß ich, dass ich die Scheiße nicht mit aufs Feld nehmen darf. Ich muss es aus meinem Kopf bekommen, aber das ist leichter gesagt als getan. Meine Gedanken kreisen nur noch um Cians Tod und seine Drogensucht. Mittlerweile habe ich schon Panik jemand findet sein Grab in New York und macht dort Erinnerungsfotos. Meine Schwester geht nicht mehr ohne Begleitschutz zur Arbeit, was sie nervt, aber ich möchte ihre Sicherheit gewährleisten. Vor allem möchte ich nicht, dass sie von Reportern angesprochen wird. Für meine Eltern würde ich gern den gleichen Schutz auffahren, aber sie haben sich so vehement dagegen ausgesprochen, dass ich es nicht durchsetzen konnte. Um Ciaras Sicherheit sind sie aber genauso besorgt. Versteh mal einer die Welt.

Ich verlasse meine Wohnung, um zum Training zu fahren und später eine Pressekonferenz zu geben, um mit den Gerüchten rund um Cians Tod aufzuräumen, als die Tür nebenan ebenfalls aufgeht. Sofort wird mein Körper in Aufruhr versetzt und ich werfe einen Blick auf die Frau, die ich immer noch liebe. Meine Gefühle für Sophie kann ich so schnell nicht abstellen und will ich auch nicht. Ich vermisse sie und würde diese ganze Scheiße gern mit ihr an meiner Seite durchstehen, aber dann fällt mir immer wieder ein, dass sie Schuld an dem ganzen Schlamassel hat. Wegen ihrer beschissenen Homestory weiß jetzt die ganze Welt Bescheid.

Sophie sieht mich an und lächelt leicht. Ihr Blick ist leer. Ihre Haut blass und sie wirkt wie ein Schatten ihrer Selbst. Verdient hat sie es allemal, dennoch tut es mir verdammt weh, sie so zu sehen. Niemand möchte, dass es der Person, die man liebt, schlecht geht. Ich liebe sie nun mal und fuck … Ich vermisse sie. Bounty und ich vermissen sie, aber ich bin noch nicht bereit dazu, mit ihr zu sprechen und mir ihre Sicht der Dinge anzuhören.

Laut Savannah, die Kontakt zu Sophies Bruder Caleb hatte, haben die beiden gemeinsame Sache gemacht und dafür gesorgt, dass der Artikel verschwindet und jegliche Weiterverbreitung, ob online oder gedruckt, strafrechtlich verfolgt wird. Soweit ich weiß, waren meine Anwälte und mein Management auch involviert, aber ich hatte keine Lust und Zeit mich damit auseinanderzusetzen. Wofür bezahle ich diese ganzen Menschen denn?

Caleb Turner hat das sicherlich nicht getan, um mir einen Gefallen zu tun, sondern um den Ruf seiner kleinen Schwester irgendwie zu retten. Nachdem ich den »Berkeley Express« auf Schadensersatz verklagt habe, weil ich beweisen konnte, dass das nicht das abgesegnete Manuskript war, dass ich habe zur Verfügung stellen lassen, habe ich mich komplett aus der Sache rausgezogen.

»Hi«, sagt Sophie leise.

Für eine Sekunde überlege ich sie auch zu grüßen, aber dann gehe ich an ihr vorbei zum Aufzug.

»Damien«, spricht sie mich erneut an. »Bitte.«

»Bitte, was?«, speie ich ihr entgegen und fahre herum. Sie zuckt zusammen und sieht mich mit großen Augen an. Ihre großen braunen Augen, die sich langsam mit Tränen füllen, was mich sauer macht. Es ist doch alles ihre Schuld, und jetzt steht sie hier und heult. Das darf doch wohl nicht wahr sein.

»Bitte lass uns reden.«

»Es gibt nichts zu reden«, blaffe ich sie an und hämmere auf den Rufknopf des Aufzugs. Mein Gott, wer blockiert das Scheißding denn schon wieder?

»Doch gibt es«, erwidert sie. »Es gibt so viel zu reden, aber du … du gibst mir keine Chance.«

»Was für eine Chance?« Ich fahre erneut herum und starre sie an. »Sag mir einen Grund, wieso ich dir auch nur eine Chance geben sollte.«

»Weil ich dir nicht glaube, dass ich dir nichts mehr bedeute«, antwortet sie und trifft mich damit ins Mark. Fuck! Natürlich bedeutet sie mir noch etwas und am liebsten würde ich sie in den Arm nehmen und ihr sagen, dass wir das zusammen schaffen, aber ich kann nicht. Sie hat mir versprochen, dass sie niemandem davon erzählt und dann hat sie nichts Besseres zu tun, als die Infos ausgerechnet für ihre Homestory zu benutzen.

»Da liegst du leider falsch«, antworte ich kalt. »Du bist mir egal. Ich hätte mich nie auf dich einlassen sollen.«

Es zerreißt mich das zu sagen, aber ich werde sie sonst nicht los.

Sophie schluckt schwer und ich erwarte, dass sie sich nun umdreht und in ihre Wohnung stürmt, aber sie tut es nicht. Stattdessen steht sie weiterhin vor mir und sieht mir in die Augen.

»Sieh mir in die Augen und sag mir, dass ich dir nichts bedeute.«

»Das ist lächerlich«, will ich mich aus der Affäre ziehen.

»Sieh mir ins Gesicht und sag es!«, fordert sie lautstark. »Sag es, Damien!«

»Das kann ich nicht«, knurre ich und sehe sie schweratmend an. »Ich kann dir nicht sagen, dass du mir nichts mehr bedeutest. Aber ich kann dir nicht verzeihen, Sophie. Du hast es mir versprochen. Erinnerst du dich?«

»Ja«, entgegnet sie und blinzelt erste Tränen weg. »Doch du musst mir glauben, dass das alles keine Absicht war.«

»Natürlich«, spotte ich. »Wem willst du das denn erzählen? Kaum, dass ich dir vertraut habe, dir alles erzählt habe, hast du mir das Messer in den Rücken gerammt.«

»Übertreib bitte nicht«, entgegnet sie. »Ja, ich habe einen Fehler gemacht und ja, ich hätte die Dateien noch mal prüfen müssen, aber ich habe das niemals absichtlich gemacht. Ich war bei meinem Chef, aber er hat sich geweigert, den Artikel zu entfernen und auch sich öffentlich bei dir zu entschuldigen.«

»Ach, und damit dachtest du ist alles gut?«

»Nein.«

»Weißt du was …« Ich schüttle den Kopf und mache mit meiner Hand eine Wegwerfbewegung. »Du kannst mich mal.«

Ich drehe mich herum und drücke erneut die Ruftaste des Aufzugs. Diesmal öffnen sich die Türen zum Glück sofort und ich steige ein.

Ich halte meinen Blick starr auf Wand gegenüber gerichtet und traue mich nicht nach rechts zu schauen, um möglicherweise Sophies enttäuschten Blick im Spiegel zu erblicken oder mich gar noch einmal zu ihr umzudrehen.

Es ist vorbei.

Leider scheinen mein Herz und die Frau, der es gehört, das noch nicht kapiert zu haben.

*

Der Presseraum im Stadion ist bis zum letzten Platz gefüllt, als ich einen Blick durch die Tür ins Innere werfe. Alles, was in der Bay Area und darüber hinaus Rang und Namen hat, ist da, um meine Pressekonferenz zu hören. Mir geht es gehörig gegen den Strich, dass ich die Geschichte um Cians Tod tatsächlich noch mal selbst erzählen muss. Aber Savannah und mein Management haben recht, wenn sie sagen, dass wir der Sache nur so Herr werden. Alles andere wird uns zweifelsfrei weiterhin verfolgen. Natürlich wird auch mit einer Pressekonferenz nicht alles gut sein, aber ich hoffe, dass ich damit den Ruf meines Bruders als Junkie, der sich totgefahren hat, wiederherstellen kann.

»Ms. Belfast«, sagt ein Mitarbeiter vom Presseteam des Clubs. »Wir sind so weit.«

Savannah nickt und geht vor mir raus aus dem Warteraum in den Pressraum. Ich folge ihr und setze mich links von ihr. Neben mir sitzt noch Coach Dixon, der mich unterstützen wollte sowie der erste Pressesprecher der Bees, Mr. Smith. Nervös lasse ich meinen Blick durch die wartende Menge gleiten. Ich kenne vereinzelte Reporter persönlich, andere habe ich noch nie gesehen. Sicherlich hat es auch einige Vertreter aus New York bis an die Westküste gezogen, um meine Worte persönlich zu hören und sich ein Bild von mir zu machen.

»Guten Tag«, begrüßt Mr. Smith die wartende Menge. »Wir heißen Sie ganz herzlich zur heutigen Pressekonferenz willkommen. Wie im Vorfeld bereits verkündet, geht es um die familiäre Situation unseres Spielers Damien O'Riley.« Er macht eine Pause und sieht uns an. »Zur Vertretung ihres Vaters und des Vorstands der Berkeley Bees nimmt Savannah Belfast an der Pressekonferenz teil sowie Coach Dixon für den sportlichen Bereich. Mr. O'Riley wird Ihre Fragen nach und nach beantworten. Bitte haben Sie Verständnis, dass Mr. O'Riley nur Fragen in Bezug auf seine Familie und die Umstände des Todes seines Bruders beantworten wird. Nicht zu Ms. Sophie Turner, der Turner News Cooperation und dem Berkeley Express. Coach Dixon steht danach für sportliche Fragen zur Verfügung, die die Leistungen von Mr. O'Riley betreffen. An dieser Stelle möchten wir bereits betonen, dass wir zu einhundert Prozent hinter unserem Spieler stehen und seine Entscheidungen und Aussagen mittragen.«

Ein Raunen geht durch den Saal, als die Tür geöffnet wird und Sophie eintritt. Ihr folgt ihr Bruder Caleb. Ihnen werden Plätze in den hintersten Reihen zugewiesen, aber ich kann sie dennoch sehr gut sehen. Was macht sie hier? Was hat das zu bedeuten? Genervt wende ich mich an Savannah.

»Was soll das?«, frage ich. »Was will sie hier?«

»Sie sind als Vertreter des San Francisco Herald hier«, antwortet sie. »Ich kann sie kaum rauswerfen.«

»Du kannst oder du willst?«

»Damien bitte.«, zischt sie. »Wir wollen anfangen und ich verlange, dass du das professionell zu Ende bringst.«

»Klar Boss!«, zische ich und wende mich wieder dem Publikum zu.

»Ich übergebe das Wort an Mr. O'Riley.«

Ich sehe in die Runde stoppe an einigen Gesichtern. Sie alle hängen gespannt an meinen Lippen und können es kaum erwarten, dass ich ihnen alles erzähle. Dann sehe ich zu Sophie und Caleb. Er sagt etwas zu ihr, und sie schüttelt den Kopf. Die Arme vor der Brust verschränkt steht sie da.

»Cian und ich waren zweieiige Zwillinge«, beginne ich die Geschichte, die ich Sophie vor einigen Wochen im absoluten Vertrauen erzählt habe, für die Weltöffentlichkeit zu berichten. Mit jedem Satz, mit jedem Wort und jeder Silbe zieht sich mein Herz schmerzhafter zusammen. Ich vermisse meinen Bruder und wenn ich sehe, wo ich sitze und was aus mir geworden ist – was ihm alles verwehrt wurde, werde ich wütend, sodass ich mich einige Mal zusammennehmen muss, um nicht lauter zu werden. Ich will möglichst keine Emotionen zeigen, weil sie einen schwach wirken lassen. Aber kalt wie ein Eisblock kann ich es auch nicht überbringen, weil sie dann denken, dass ich Cian nicht geliebt habe. »Schließlich fuhr er an diesem Abend mit seinem Auto los und rammte einen LKW auf dem Highway.«

Es herrscht absolute Stille im Raum, nachdem ich fertig bin mit meinen Ausführungen. Hastig greife ich nach meinem Wasser und trinke einen großen Schluck, da meine Kehle sich staubtrocken anfühlt. Ich lasse meinen Blick erneut durch die Menge gleiten, aber in Wirklichkeit suche ich nach nur einer Person: Sophie!

Sie sitzt immer noch neben ihrem Bruder, die Lippen aufeinandergepresst und die Finger in ihrem Schoß miteinander verschränkt.

»Es dürfen nun Fragen gestellt werden«, gibt Mr. Smith den Startschuss und zehn Hände fliegen in die Luft.

»Wir fangen bei Ms. Anderson vom Oakland Daily an.«

»Danke«, sagt sie. »Mr. O'Riley Sie sagten, dass Sie schon über Jahre vermuteten, dass Ihr Bruder Drogen nimmt. Seit Sie Teenager waren, wenn ich Sie richtig verstanden habe. Warum haben Sie nichts unternommen?«

Was für eine saudumme Frage. Genervt atme ich durch.

»Er wollte keine Hilfe«, antworte ich schlicht, aber ich befürchte, das reicht ihr nicht. »Jedes Mal, wenn ich ihn mit dem Thema konfrontiert habe, hat er abgeblockt.«

Und so gehen diese unsäglich dummen Fragen weiter, die meine Geschichte prüfen sollen und in ihre Einzelteile zerlegen.

»Da hinten links«, sagt Mr. Smith und ich sehe, dass es der Mann neben Caleb ist. Gehört er auch zum »San Francisco Herald«? Ich weiß es nicht, aber es liegt nahe.

»Was haben Ihre Tattoos mit dem Tod Ihres Bruders zu tun?«, will er wissen. »Die Tätowierungen traten erst auf, nachdem er verstorben war. Gibt es Parallelen?«

»Umso weniger von mir übrig ist, desto weniger Angriffsfläche biete ich euch. Ja, darum auch die Tattoos. Sie schützen mich.«

»Danke für die ehrliche Antwort«, erwidert er und ich nicke.

»Ja, bitte.« Mr. Smith zeigt auf eine Frau in der zweiten Reihe.

»Unterhalten Sie noch eine Beziehung zu Sophie Turner?«

Es ist bekannt, dass die Reporter die Fragen, die sie nicht stellen sollen, erst recht stellen, weil sie sich sicher sind, dass diese besonders interessant sind. Irgendwie kann ich sie auch verstehen. Menschen sind von Natur aus neugierig und immer interessiert an der verbotenen Frucht.

»Diese Frage ist nicht …«

»Schon gut«, unterbreche ich Mr. Smith. »Ich beantworte die Frage.«

»Das musst du nicht«, flüstert er mir zu.

»Das weiß ich, aber ich möchte es«, sage ich. Er nickt.

Ich atme einmal tief durch und sehe die Frau an. Dann zu Sophie, deren Blick ebenfalls auf mich gerichtet ist. Mir liegen so viele Dinge auf der Zunge, die ich gern sagen würde, um ihr eine reinzuwürgen und sie genauso leiden zu lassen, wie sie mich leiden lässt. Doch ich kann nicht, denn ich liebe sie und würde ihr niemals absichtlich wehtun.

»Ms. Turner und ich haben uns getrennt«, antworte ich. »Dennoch möchte ich noch einmal betonen, dass ich genauso, wie ich es bei der falschen Berichterstattung gegenüber meiner Familie tue, auch gegen die Berichterstattung über Ms. Turner und meine Beziehung vorgehe, wenn diese nicht stimmt.«

»Also waren Sie zusammen, bis die Homestory veröffentlicht wurde?«

»Keine weiteren Fragen mehr zu dem Thema«, sagt Mr. Smith. »Gibt es noch sportliche Fragen an Coach Dixon?«

Erneut gehen einige Finger nach oben und ich lausche den Fragen, die sogar mal sinnvoll sind und wirklich an meine Leistung anknüpfen.

Sophie steht auf und verlässt den Presseraum. Ich sehe ihr nach und presse die Lippen zusammen.

»Verdammt«, murmle ich. »Entschuldige mich«, sage ich an Savannah gewandt und verlasse den Raum ebenfalls.

Ich trete aus dem Presseraum heraus auf den großen Flur. Kurz muss ich mich orientieren, weil ich meistens keinen dieser Ausgänge nehme. Ich biege um die Ecke und sehe Sophie dort an die Wand gelehnt stehen.

»Hey«, sage ich und gehe auf sie zu.

»Damien.« Erschrocken sieht sie mich an und wischt sich hektisch über die Wangen. »Was machst du hier?«

Ich hole tief Luft.

»Ich weiß es nicht. Ich … ich wollte sehen, ob es dir gutgeht.«

23. KAPITEL

Sophie

Damiens blaugraue Augen mustern mich akribisch. Ich erwidere seinen Blick und frage mich, was ihn wirklich dazu bewogen hat mir zu folgen. Dass er nur schauen wollte, ob es mir gutgeht, glaube ich nicht so recht. Die letzten beiden Wochen war es ihm auch ziemlich egal, wie es mir ging.

Jedes Mal, wenn ich mit ihm reden wollte, hat er mir die kalte Schulter gezeigt und jetzt will er plötzlich schauen, ob alles in Ordnung ist. Ich verstehe diesen Mann nicht. Das hier ist die absolut schlechteste Situation, um mir zu folgen und sich nach meinem Wohlbefinden zu erkundigen. Damien weiß das auch, da bin ich mir sicher.

»Ich gehe jetzt«, sage ich, statt auf seine Aussage einzugehen.

»Sophie …« Er stockt und atmet tief durch. »Warum bist du überhaupt hier?«

»Ich weiß es nicht«, antworte ich ehrlich und sehe ihm erneut in die Augen. »Ich weiß es wirklich nicht. Ich dachte, dass es eine gute Idee ist. Ich wollte sehen, was du sagst und dich … unterstützen, da ich weiß, wie schwer es dir fällt, über das Thema zu sprechen. Das war dumm von mir. Wir sind nicht mehr zusammen, das … das hast du selbst gesagt. Es ist nicht mehr meine Sache, was du machst.«

Ich wende mich ab. Diese ganze Unterhaltung hat doch keinen Sinn, denn in Wahrheit will Damien sich nicht mit mir unterhalten. Nichts liegt ihm ferner, als sich ernsthaft mit mir zu unterhalten. Das hat er in den letzten zwei Wochen und heute früh am Aufzug sehr deutlich gemacht. Ich hätte niemals herkommen dürfen, um zu sehen, was er in der Pressekonferenz sagt.

Über mich.

Über uns.

Es war definitiv ein Fehler.

»Ich muss los«, murmle ich. »Du … du solltest wieder reingehen und … keine Ahnung. Deine Pressekonferenz zu Ende bringen, das ist wichtig.«

Er schiebt die Hände in die Taschen seiner Jeans und nickt langsam.

»Ja, das sollte ich.« Ein Klicken ertönt und ein weiteres folgt. Wir drehen uns herum und sehen einen Reporter nur wenige Schritte von uns entfernt stehen. Er hat seine Kamera auf uns gerichtet und schießt immer wieder Fotos.

»Was soll das?«, grollt Damien sofort. »Hören Sie sofort auf uns zu fotografieren.«

»Sind Sie doch noch zusammen, Mr. O'Riley?«, fragt er und hält weiter drauf. »War das alles nur eine Show, um die Story weiter zu pushen?«

»Verschwinden Sie!«, brüllt Damien den Mann an und macht einen bedrohlichen Schritt auf ihn zu. Er hat die Hände zu Fäusten geballt und sein Kiefer mahlt aufeinander. Er ist stinksauer und ich kann seine Wut sehr gut verstehen und teilen. Der Kerl hat hier nichts zu suchen. Er sollte so wie alle anderen im Presseraum sein.

»Also sind Sie noch zusammen?«, hakt er ein weiteres Mal nach. »Ms. Turner haben Sie das alles eingefädelt? Was hat Ihr Bruder damit zu tun? Wird das auch die Auflage des Herald steigern?«

»Sie sollen verschwinden!«, brüllt Damien den Mann erneut an und schiebt seinen massigen Körper vor meinen, sodass ich vor seinen Blicken und noch viel wichtiger vor seiner Kamera geschützt bin. Denn darüber hinaus hört der Kerl natürlich auch nicht auf, weitere Fotos von uns zu machen.

»Was ist denn hier los?« Caleb taucht hinter dem Reporter auf. »Verschwinden Sie auf der Stelle«, bellt mein Bruder. »Oder ich sorge dafür, dass Ihre kleine Dreckszeitung nicht mehr lange existiert.«

»Ach ja?«, legt der Mann sich nun auch mit Caleb an. Ich stehe immer noch hinter Damien und traue mich nicht an ihm vorbeizugehen. Ich will nicht, dass er mich weiter fotografiert und noch mehr Material für seinen Artikel hat, den er im Kopf bereits geschrieben hat. Die ganze Sache läuft tatsächlich immer mehr und mehr aus dem Ruder.

Dank Caleb hat der Kerl wenigstens seine Kamera gesenkt und fotografiert uns nicht mehr.

»Nimm die Speicherkarte aus der Kamera«, sagt Damien und geht auf die beiden zu.

»Das können Sie vergessen«, zischt der Kerl und drückt die Kamera an seinen Körper. Neben Caleb und Damien wirkt er winzig. Beinahe erbärmlich. Ehrlich gesagt ist er das auch, wenn er uns auf den Flur folgt, um noch mehr Kapital aus der ganzen Sache zu schlagen.

»Her damit!« Caleb greift nach der Kamera, aber der Typ entzieht sie ihm.

»Geben Sie ihm die verfluchte Speicherkarte«, zischt Damien und ist nun bei ihnen angekommen.

Die beiden haben den Kerl eingekesselt, sodass er mit dem Rücken gegen die Wand prallt.

»Das ist ein freies Land!«, ruft er. »Mit Pressefreiheit und ich kann tun und lassen, was ich will.«

»Na aber sicher doch«, meint Damien ironisch.

»Bestimmt ist das alles ein abgekartetes Spiel«, wettert er weiter. »Es haben doch alle was davon, oder? Sie, der Herald und Ms. Turner hat die Beine breit …« Er hat den Satz nicht zu Ende gesprochen, da hat Damien ihn gepackt und gegen die Wand hinter sich gedonnert. Ich schreie auf und schlage mir im nächsten Moment die Hand vor den Mund, dass wir nicht noch mehr Aufmerksamkeit erzeugen. Er presst den Reporter gegen die Wand, sodass dessen Füße die Bodenhaftung verlieren.

»Das nehmen Sie zurück«, droht Damien ihm.

»Sie sind gemeingefährlich«, röchelt er. »Ich habe recherchiert … Ich habe Leute gefunden, die schon immer wissen, dass Sie ein Schläger sind, O'Riley.«

»Halt dein Maul!« Damien drückt fester zu, der Typ zappelt wie ein Fisch auf dem Trockenen. Fuck, fuck, fuck.

Ich laufe auf die Drei zu. Mein Bruder steht daneben und tut nichts. Wieso tut er denn nichts? Damien bringt ihn noch um.

»Damien hör auf«, sage ich. »Lass ihn los.«

»Erst, wenn er die Speicherkarte rausrückt und sich bei dir entschuldigt.«

»Lass ihn los«, bitte ich ihn erneut. Mal abgesehen davon, dass es mir egal ist, ob er sich bei mir entschuldigt, wird er das gleich sowieso nicht mehr tun können, wenn Damien ihn erwürgt hat. »Damien«, sage ich sanft und berühre seinen Arm. Er zuckt bei meiner Berührung zusammen und tatsächlich lässt der Druck, den er auf den Kerl ausübt, nach. »Caleb nimm die Kamera«, sage ich.

Mein Bruder langt nach vorne und nimmt ihm die Kamera ab. Er öffnet die Klappe, in der sich die Speicherkarte befindet. Caleb nimmt sie heraus, schließt die Klappe wieder und gibt dem Typ die Kamera zurück.

Damien lässt endlich von ihm ab und er sinkt an der Wand runter.

»Ich werde Sie anzeigen«, meint der Kerl und fasst sich an den Hals, an dem rote Male von Damiens Griff zu sehen sind. »Alle drei.«

»Und ich würde den Mund nicht so voll nehmen«, entgegnet Caleb und bricht die Speicherkarte in der Mitte durch. »Die wollen Sie doch sicher nicht behalten, oder? Sie ist leider kaputt.«

Der Kopf des Mannes ist hochrot und er sieht fuchsteufelswild zwischen uns hin und her.

»Verschwinden Sie!«, zischt Damien und er dreht sich endlich herum und läuft davon.

Vermutlich haben wir ihn gerade um die Story seines Lebens gebracht.

Die Story seines Lebens … ich lache auf. Was mir merkwürdige Blicke von meinem Bruder und Damien einbringt. Ich hatte die Story meines Lebens und sie hat mich die Liebe meines Lebens gekostet.

Ich werde nie wieder einen Artikel schreiben, der auf das Privatleben und die persönlichen Befindlichkeiten von Menschen abzielt. Ich sollte zurück ins Tierheim gehen. Da war ich besser aufgehoben oder für meinen Bruder das Backoffice schmeißen. Arbeitslos bin ich immerhin auch. In meinem ersten richtigen Job habe ich nicht mal die Probezeit durchgehalten.

»Danke«, sagt Damien überraschenderweise an Caleb gewandt und lächelt leicht.

»Kein Problem«, meint dieser und sieht zu mir. »Bist du okay?«

Ich erwidere seinen Blick und nicke.

»Alles gut«, murmle ich. »Danke Caleb.«

Caleb sieht noch einmal zwischen uns hin und her, ehe er die Hände in die Taschen seiner Hosen steckt und auf dem Absatz kehrtmacht.

Nun sind wir wieder allein und Nervosität macht sich in mir breit. Damien dreht sich zu mir herum. »Alles okay?«, fragt er und wirkt dabei genauso unbeholfen, wie ich mich fühle.

Die ganze Situation zwischen uns ist wahnsinnig verfahren. Wir stehen in einer Sackgasse, die aber nicht nur zu einer, sondern zu beiden Seiten keinen Ausweg für uns bietet.

»Ich will nach Hause«, sage ich.

Er nickt und atmet tief durch.

»Soll ich dich fahren?«

»Hast du hier nichts mehr zu tun?«, frage ich und deute zaghaft auf den Presseraum.

»Die schaffen das ohne mich«, meint er.

»Okay.« Ich nicke ihm zu. »Dann kannst du mich gern mitnehmen.«

»Ich muss noch meine Sachen holen«, erwidert er. »Willst du mitkommen oder hier warten?«

»Ich warte hier«, antworte ich. Damien nickt und geht zurück durch eine Hintertür in den Presseraum. Nervös trete ich mit einem Fuß auf den anderen und male mir aus, wie es die kommenden Minuten im Auto weitergehen wird. Mir fehlt der Mut, ihn noch mal um eine Aussprache zu bitten. Ich bin erschöpft von seinen Körben und möchte mich nur noch zu Hause in meinem Bett verkriechen so wie ich es die letzten Wochen auch getan habe.

»Da bin ich wieder«, lässt er mich wissen und ich sehe auf.

Gemeinsam verlassen wir das Stadion und machen uns auf den Weg nach Hause.

*

Die Fahrt nach Hause geht schneller, als ich dachte. Gemeinsam stehen wir vor unseren Wohnungen und sehen einander an. Damien öffnet den Mund, um etwas zu sagen, aber schließt ihn wieder. Auch wenn ich nicht mehr auf ihn eingehen wollte, weil ich weiß, dass ich eine Abfuhr bekomme, tue ich es doch.

»Soll ich am Wochenende auf Bounty aufpassen?«, frage ich.

»Möchtest du denn?«

»Klar«, erwidere ich. »Er fehlt mir.« – Du fehlst mir.

Ich schlucke den dicken Kloß in meinem Hals herunter und schaue ihn an. Damien nickt. Völlig emotionslos sieht er mich an.

»Gut«, meint er. »Ich bringe ihn dir Samstag, bevor ich zum Flughafen fahre.«

»Mach das.«

Eine betretene Stille stellt sich zwischen uns ein. Eine unangenehme noch dazu. Es gibt immer noch so viel zu sagen, so viele Unklarheiten hängen in der Luft, aber wir sind beide nicht dazu in der Lage, den ersten Schritt zu machen. Dass er mir im Stadion gefolgt ist, hat mir deutlich gezeigt, dass ich ihm noch etwas bedeute. Mehr als seine Worte heute früh.

Ich sehe ihn noch einmal an und wende mich dann ab. Das hat alles keinen Sinn. Er wird mir nicht zuhören und ich habe keine Kraft, ihn wieder und wieder zu einem Gespräch zu bitten.

»Sophie.« Ich halte inne. Mein Herz wummert in meiner Brust, denn Damien ist näher an mich herangetreten. Ich spüre seine Präsenz ganz genau in meinem Rücken. »Würdest du … hättest du … möchtest du noch mit mir reden?«

»Worüber?«, frage ich und beiße mir auf die Lippe.

»Uns«, antwortet er. »Dich und mich … das, was passiert ist und … wie es passiert ist.«

Ich schlucke schwer und antworte Damien zunächst nicht. Zu groß ist die Angst, dass ich mir seine Worte nur einbilde. Vielleicht war ich nie auf der Pressekonferenz und der aufdringliche Reporter hat auch nie Fotos von uns gemacht. Ich liege in meinem Bett und träume das alles. Ich habe schon wieder einen dieser Albträume über unsere Beziehung. Gleich wache ich auf und es stellt sich heraus, dass alles nur ein Traum war.

»Ich möchte, dass du vorher den Artikel liest«, antworte ich. »Und dir ein eigenes Bild machst über das, was ich geschrieben habe. Die Version, die veröffentlicht wurde, habe ich für dich geschrieben.«

»Das ist nicht nötig«, meint er. »Ich muss das nicht lesen, ich …«

»Ich bestehe darauf, weil ich will, dass du weißt, dass ich dich und den Tod deines Bruders nie in den Dreck gezogen habe. Danach können wir reden.«

Er will noch etwas erwidern, doch ich drehe mich herum und gehe in meine Wohnung. Nachdem ich die Tür hinter mir geschlossen habe, lehne ich mit dem Rücken dagegen. Mein Herz pocht wild in meiner Brust. Es ist die richtige Entscheidung, dass er den Artikel zuerst liest.

24. KAPITEL

Damien

Ich schließe meine Wohnungstür hinter mir und schlüpfe aus meinen Schuhen und meiner Jacke. Anschließend schnappe ich mir mein iPad und setze mich auf die Couch. Bounty springt neben mich. Er rollt sich an meinem Oberschenkel gepresst zusammen und schließt augenblicklich die Augen.

»Dein Leben hätte ich gern, Kumpel«, seufze ich.

Ich entsperre das iPad und suche nach der E-Mail, in der sich der Artikel von Sophie befindet. Mein Blut pulsiert in meinen Venen und ich werde von Sekunde zu Sekunde aufgeregter.

Bisher hat es mich wirklich nicht interessiert, den Artikel zu lesen, weil ich ungefähr wusste, was sie schreibt. Nachdem Cians Tod die Runde gemacht hat, war es mir auch klar. Darum habe ich mich danach tunlichst davon ferngehalten.

Was werde ich lesen? Wie wird es mir gefallen? Wie sehr ist Sophie ins Detail gegangen? Wird der Artikel meine Gefühle für sie ändern? Der Kloß in meinem Hals ist riesig und meine Finger schwitzen, als ich die E-Mail öffne. Nachdem ich mir das dortige Geplänkel durchgelesen habe, klicke ich das angehangene Word-Dokument an.

Dann beginne ich zu lesen.

Damien O'Riley:
Zwischen Football & chemischen Gleichungen

Trifft man Damien O'Riley auf offener Straße, ist der erste Gedanke, der einem durch den Kopf schießt: »Bad Boy durch und durch!«
Doch schaut man hinter die Fassade – unter die Tattoos – findet man einen Mann, der seinen Platz im Leben gefunden hat, für den er viel opfern musste.
Doch alles auf Anfang! Zurück ins Jahr 1998, in dem Damien O'Riley in New York geboren wurde. Der Junge, der mit dem heutigen Mann kaum noch etwas gemein hat, interessierte sich früh für Chemie und Physik, wurde ein richtiger Nerd und Klassenbester. Es folgten Auszeichnungen und Stipendien an den renommiertesten technischen Universitäten in den USA. Es gibt eine zweite Leidenschaft: American Football.
Damien begann klassisch in der Highschool mit dem Sport. Angestachelt durch seinen Bruder, endlich mehr aus sich zu machen, als Chemie zu pauken. Damien nahm die Herausforderung an und trat dem

Footballteam seiner Highschool bei. Zunächst als Tight End, dann wechselte er im zweiten Jahr auf die Position des Fullbacks. Damit begann etwas auf dem Feld, das bald die Playclock seines Lebens bestimmte: Er beschützte seinen Bruder und Quarterback Cian O'Riley.

Die zweieiigen Zwillinge brillierten im Highschool Footballteam, wurden zu einer Einheit auf dem Feld. Damien der schüchterne Junge und Cian der Rebell. Nach der Highschool ging es für die begabten Spieler auf die New York University. »Meine Eltern konnten nicht glauben, dass ich mich für Football und gegen Chemie entschieden habe«, verrät O'Riley im Interview.

Was zu diesem Zeitpunkt noch keiner wusste, aber Damien lange ahnte: Sein Bruder befand sich in einer gefährlichen Abwärtsspirale aus Drogen. »Ich wollte ihn beschützen, wollte für ihn da sein«, erzählt er weiter. »Doch am Ende konnte ich nichts tun.«

Der Blick, mit dem er von seinem Bruder spricht, ist voller Schmerz. »Wir haben heftig gestritten und er ist gestürzt. Ich rief den Krankenwagen, weil es mir in dieser Situation am sinnvollsten erschien.«

Zu diesem Zeitpunkt war O'Riley längst klar, dass dieser Anruf die Drogensucht seines Bruders ans Licht kommen lässt. Doch er hatte bis zuletzt die Hoffnung, dass es Cian wachrüttelt und sie gemeinsam ihr großes Ziel erreichen: die National Football League.

Cian O'Riley starb wenige Wochen später bei einem Autounfall. Im April des Folgejahres wählten die Berkeley Bees Damien O'Riley – Fullback, New York

University – in der zweiten Runde, an dritter Stelle
aus.

»Es ist nicht nur mein Traum, es ist unser Traum«,
sagt er. »Wir wollten das gemeinsam machen und
jetzt mache ich es für uns beide. So gut ich kann.«

Nachdenklich steht der komplett tätowierte und
nach außen stets unnahbar und kalt wirkende Footballspieler im Garten. An seiner Seite sein Hund
Bounty, den er spontan aus dem
Tierheim in Berkeley rettete.

»Ich habe eigentlich gar keine Zeit für einen Hund«,
so der Fullback der Berkeley Bees. »Als ich Bounty im
Tierheim gesehen habe und von seinem Schicksal er-
fuhr, musste ich ihn dennoch adoptieren.«

Bounty, ein schwarz-weißer Mischling, brach sich
auf der Straße das Bein. Seine Vermittlungschancen
standen bei null. Bei Damien fand er ein wunderschönes neues Zuhause und ein Herrchen, das ihm allerlei
Schabernack durchgehen lässt.

Damien: »Ich habe ihm ein wunderschönes Körbchen gekauft, aber sein liebster Platz ist die Couch.
Anfangs habe ich versucht ihn fortzuschicken, aber es
brachte nichts. Jetzt ist es schön,
dass er bei mir liegt, abends.«

Jeder Mensch hat seine Geschichte, und auch ein
Footballspieler ist nicht perfekt. Er lebt nicht das perfekte Leben aus Glitzer und Glamour, das wir uns
vorstellen. Über Berkeley sagt er, dass es in den letzten Jahren sein Zuhause geworden ist. Er mag die
Menschen in Kalifornien und kommt gut mit seinen
Teamkollegen aus. Mit seiner Familie in New York,
insbesondere mit seiner Schwester Ciara,
steht er in ständigem Kontakt.

Ich lege das iPad zurück auf den Couchtisch und streiche mir mit den Händen durchs Gesicht. Sophie hat sich viel Mühe gegeben mit dem Artikel und ich muss zugeben, dass sie mich gut getroffen hat. In keinem Satz hat sie die Geschichte rund um Cian in den Vordergrund geschoben, sondern ein scheiße ehrliches Bild meines Charakters gezeichnet. Sie hat die richtigen Worte gefunden.

Natürlich ist und war das nicht die Homestory, die wir abgesprochen hatten und ich verstehe immer noch nicht, wie sie das tun konnte. Sophie weiß, wie wichtig mir meine Privatsphäre ist.

Mit dem iPad in der Hand stehe ich auf und gehe zur Wohnungstür. Dort schlüpfe ich in meine Schuhe, nehme meinen Schlüssel und verlasse die Wohnung, um einige Sekunde später an Sophies Tür zu klopfen. Es dauert nicht lange, bis sie mir öffnet und mich aus geröteten Augen ansieht. Mein Herz zieht sich schmerzhaft zusammen. Egal, wie wütend ich auf sie bin, das geht nicht spurlos an mir vorbei. Ich liebe sie und ich hasse es, sie so am Boden zerstört zu sehen.

»Hi«, krächze ich. »Können wir reden?« Zur Verdeutlichung meiner Worte halte ich das iPad hoch. »Bitte?«

»Natürlich.« Ohne jeden Widerspruch und Diskussion tritt sie zur Seite und lässt mich eintreten.

»Danke«, sage ich und folge ihr zur Couch. Wir setzen uns hin und ich entsperre das iPad, auf dem immer noch der Artikel geöffnet ist.

»Du hast ihn gelesen?«, fragt Sophie und ich nicke.

»Ja, vorhin«, erwidere ich und hole tief Luft. »Er ist gut.«

»Das tut mir so leid und ... sagtest du, er ist gut?«, will sie irritiert wissen.

»Ja.« Ich nicke und lege das iPad auf den Tisch. »Er ist gut, du hast genau die richtigen Worte gefunden.«

»Wow«, murmelt sie. »Damit habe ich nicht gerechnet.«

»Ich verstehe immer noch nicht, warum du ihn veröffentlicht hast ... Warum du ihn überhaupt angefertigt hast?«, frage ich. »Wir hatten eine klare Abmachung, an die du dich nicht gehalten hast.«

Sie beißt sich auf die Lippe und sieht mich für einen Moment an. Sophie öffnet den Mund, aber sagt erneut nichts.

»Ich habe den Artikel nur für dich geschrieben«, erklärt sie mir. »Mir war wichtig, dass du dich mit dem Thema auseinandersetzt und einen anderen Blick darauf hast. Der Artikel sollte dir dabei helfen und dir auch aufzeigen, wie sehr dich das Thema einnimmt. Meine Absicht war es nie den Artikel zu veröffentlichen. Das hätte ich niemals getan, Damien.«

»Ist nicht genau das passiert?«, entgegne ich und weiche ihren Aussagen aus.

»Mir ist schon klar, dass du meiner Einschätzung mal wieder ausweichst, aber das ist okay. Es ist deine Sache, wie du mit dem Thema umgehst und es tut mir leid, dass der Artikel in dieser Form veröffentlicht wurde«, erklärt sie. »Ich hatte die beiden Dateien auf meinem Laptop. Diese Version und die Version, die eigentlich veröffentlicht werden sollte. Ich habe es abgeschickt, bevor wir nach New York gereist sind. Dabei wollte ich mich beeilen, habe die Anhänge nicht noch mal gecheckt und es ist passiert.«

»Hm«, mache ich und falte die Hände ineinander. »Es war ein Versehen.«

»Natürlich war es das!« Sophie sieht mich empört an. »Damien, bitte!«

Ihre kleine Hand legt sich auf meine und ich bin versucht, sie wegzuziehen, aber lasse es.

»Ja, ich liebe meinen Job und ja, ich bin gern Journalistin«, meint sie. »Ich würde dir das niemals antun. Das musst du mir glauben. Was passiert ist, dass … das werde ich mir niemals verzeihen. Vor allem, weil ich dich deswegen verloren habe. Ich denke immer wieder daran, dass ich die Datei besser hätte prüfen sollen und auch, dass ich die Mail noch mal hätte checken müssen. Mir eine Abschrift des Artikels vor der Veröffentlichung geben lassen oder, oder, oder. Das alles habe ich nicht getan und das lastet nun auf mir.«

Ich sage nichts und sehe fixiert auf das Tablet, das auf dem Tisch vor mir liegt. Als könne es mir die Antwort auf meine Fragen geben. Die kann ich mir nur selbst geben. Wenn ich mit Sophie zusammen sein möchte und an das, was wir hatten, anknüpfen, muss ich ihr verzeihen. Egal wie schwer das auch ist. Denn natürlich bleibt dieser Artikel ein großer Vertrauensbruch und stellt mein Leben völlig auf den Kopf.

»Damien«, wispert sie und drückt meine Hand. »Kannst du … mir verzeihen?«

Das ist die Frage, die auch in meinem Kopf geistert. Kann ich ihr verzeihen? Ich presse die Lippen aufeinander und schließe die Augen.

Ich liebe sie.

Ich glaube ihr, dass sie mich nicht absichtlich ins Messer hat laufen lassen. Das würde sie niemals tun.

Ja, Sophie ist Journalistin, aber auch eine Journalistin mit Anstand und Fingerspitzengefühl, wann sie eine Story lieber nicht bringt.

»Ich denke schon«, antworte ich und sehe sie an.

»Wirklich?« Mit einem Mal hellt sich ihre Miene auf und sie strahlt mich an.

»Ja.« Ich nicke und drücke nun meinerseits ihre Hand. »Ich glaube dir, dass du das nicht mit Absicht gemacht hast, und ich glaube dir, dass du mich niemals bloßstellen wolltest. Das zeigt auch der Artikel. Du hast nie geschrieben, was bei dem Sturz genau passiert ist, genauso hast du die Details über unsere Highschoolzeit ausgelassen und dass er bei dem Unfall besoffen und high war.«

Sie nickt und drückt meine Hand.

»Das wusstest du, das wollte ich nicht noch mal aufwärmen.«

»Was alle anderen Zeitungen daraus gemacht haben, und all die Menschen, die es angeblich schon immer wussten, konntest du nicht ahnen. Na ja, … vielleicht doch, aber du wolltest den Artikel so auch nie bringen.«

»Ich wollte den Artikel löschen und eine offizielle Entschuldigung an dich und deine Familie gerichtet drucken. Mein Chef wollte es nicht. Er meinte, dass ich nicht genug Biss habe, wenn ich das nicht durchziehe.«

»So ein Wichser« knurre ich und presse die Lippen aufeinander. Wie gern würde ich diesem Presley einen Besuch abstatten und ihm in seinen fetten Arsch treten.

»Er warf mir noch ein paar Beleidigungen an den Kopf, unter anderem, dass ich für den Artikel die Beine breit gemacht habe.«

»Wie bitte?«, unterbreche ich sie wütend.

»Das ist Schnee von gestern«, meint Sophie, doch ich schüttle den Kopf.

»Für mich ist es nicht Schnee von gestern. Er war mir bei dem Shooting schon extrem unsympathisch und jetzt sowas. Wie gut, dass meine Anwälte sich kümmern.«

»Ja«, meint sie. »Er ist nicht der Rede wert. Zwar habe ich noch keinen neuen Job, aber das ist nicht schlimm.«

»Arbeitest du nicht beim Herald?«

»Noch nicht«, antwortet sie. »Werde ich aber vermutlich bald. Mein Versuch in der Branche selbst Fuß zu fassen, ist gehörig nach hinten losgegangen.«

Niedergeschlagen sieht Sophie mich an und lehnt sich zurück.

»Wieso glaubst du das?«, will ich wissen.

»Na ja … mein Chef hielt mich für eine Schlampe –«

»Sophie!«

»Es ist doch wahr«, widerspricht sie. »Mir wurden nur super beschissene Artikel zugetraut und den großen Artikel, den ich schreiben durfte, habe ich so verhauen, dass der Interviewte die Zeitung verklagt. Viel mieser geht es nicht. Das waren ein Fumble, zwei Interceptions und Delay of Game in einer Halbzeit.«

»Du bist süß, weißt du das?«, antworte ich.

»Was ist daran süß?«, murrt sie. »Das ist peinlich.«

»Nein.« Ich lehne mich zu ihr vor und streiche ihr eine Haarsträhne aus dem Gesicht. »Es ist süß.«

Meine Hand ruht auf ihrer Wange, als ich mich zu ihr vorbeuge.

»Lass es uns noch einmal versuchen«, bitte ich sie.

»Wirklich?« Sophie sieht mich mit großen Augen an und legt ihre Hand auf meine. »Bist du … sicher?«

»Absolut«, antworte ich. »Ich liebe dich.«

Nachdem ich es ausgesprochen habe, benötige ich selbst auch einige Sekunden, bis ich das ganze realisiert habe. Es ist das zweite Mal in meinem Leben, dass ich einer Frau sage, dass ich sie liebe. Macy, meine erste Freundin in der Highschool, liebte ich auch. Sicherlich war es eine andere Liebe, als es bei Sophie der Fall ist. Wir sind keine Teenager mehr und voller Träume. Wir sind erwachsen und haben unser Leben.

Ich kann mir nicht vorstellen, dass ich mein Leben zukünftig ohne sie führe.

»Ich liebe dich auch«, antwortet sie und ich verschließe ihren Mund mit meinem.

Der Kuss ist sanft und abwartend. Unsere Lippen erkunden einander. Tausende Glücksgefühle rasen durch meinen Körper. Mein Herz hämmert wie wild in meiner Brust. Ich lehne mich weiter zu ihr vor, damit in den Kuss hinein. Meine Hand schiebe ich in ihre Haare. Umfasse ihren Hinterkopf und lasse meine Zunge in ihren süßen Mund gleiten. Sophie erwidert den Kuss mit derselben Leidenschaft. Ich lehne mich zu ihr vor, sodass mein Oberkörper gegen ihren gepresst wird. Ihre weichen Brüste spannen unter ihrem Shirt. Es tut gut, sie wieder zu spüren. Nicht nur körperlich. Sie wieder bei mir zu haben ist fantastisch und ich kann nicht damit aufhören, sie zu küssen. Doch tief in meinem Inneren weiß ich, dass Sex nicht die Lösung ist. Auf keinen Fall möchte ich ihr das Gefühl geben, dass ich sie ficken will.

Ich löse mich stattdessen von ihr und hauche ihr einen sanften Kuss auf die Stirn, der sie wimmern lässt.

»Also …« Ich hole tief Luft. »Versuchen wir es nochmal?«

Ein breites Lächeln erscheint auf ihrem Gesicht, das mein Herz erneut höherschlagen lässt.

Jeder Zentimeter meiner Haut kribbelt, den sie berührt.

»Nichts lieber als das«, entgegnet Sophie und legt ihren Mund wieder auf meinen. »Ich liebe dich.«

»Ich liebe dich auch.«

25. EPILOG

Damien

American Bank Stadium, eineinhalb Jahre später

Mit Kopfhörern in den Ohren steige ich aus dem Teambus aus. Ich schalte die Musik noch ein paar Stufen lauter, um die Stimmen um mich herum vollends auszublenden. Tiefe Bässe meiner Lieblingsband hallen mir entgegen, während ich versuche, den vollen Fokus auf die kommenden Stunden zu legen.

Das zweite Mal in drei Jahren haben die Berkeley Bees den Super Bowl erreicht. Dieses Jahr sind wir dran. Wir werden die Trophäe nach Hause holen. Für unsere Fans, für unsere Familien und natürlich auch für uns. In den letzten Jahren haben wir so hart gearbeitet, dass wir uns dieses Spiel verdient haben. Letzte Saison sind wir im Championship Game ausgeschieden, was verdammt hart war. Dennoch war uns klar, dass wir im Sommer zurückkommen. Stärker als jemals zuvor.

Heute ist der Tag, an dem wir es allen zeigen können. Berkeley ist die kleinste Stadt in den USA, die ein eigenes Footballteam besitzt, und dennoch spielen wir ganz oben mit. Die Champions der Liga zu werden ist reine Formsache.

Ich weiß aber auch, dass wir vor zwei Jahren bereits einen Super Bowl verloren haben. In den letzten Sekunden kam die Ansage von Dalton nicht an und wir haben verloren. Ein kleines Missverständnis und all unsere Träume waren dahin.

Das darf uns in diesem Jahr auf keinen Fall passieren. Ich gehe an den Security Mitarbeitern im Stadion vorbei in die Kabine und steuere meinen Platz an.

Mein Trikot mit der Nummer fünf hängt bereit. Ich ziehe meine Kopfhörer heraus und verstaue sie in der dafür vorgesehen Box. Meinen Rucksack stelle ich in dem größeren unteren Fach ab, und beginne mich umzuziehen. Es herrscht Stille in der Kabine, was ich sehr angenehm finde. Meine sonst so redseligen Kollegen halten durchgehend die Klappe.

Wir spielen ausgerechnet gegen die Los Angeles Minors. Damit ist es auch ein Nachbarschaftsduell. Noch ein Grund mehr, den Super Bowl heute zu gewinnen.

Meine Eltern sind im Stadion sowie meine Schwester und Sophie.

Natürlich ist Sophie im Stadion. In den letzten eineinhalb Jahren war sie meine größte Stütze. Sie war bei jedem Heimspiel, baute mich nach

Niederlagen auf und stand jeden Sturm mit mir durch. Nachdem der Artikel über Cians Tod die Runde gemacht hatte, hat es lange gedauert bis über die Sache Gras gewachsen ist. Das Thema war in aller Munde und beeinflusste natürlich auch meinen weiteren sportlichen Werdegang. Doch zusammen haben wir das durchgestanden und ich weiß, dass sie für mich durchs Feuer gehen würde sowie ich für sie.

Ich liebe Sophie und sie liebt mich, das ist das Wichtigste.

Natürlich möchte ich den Super Bowl auch für sie gewinnen.

Vor einigen Wochen sind wir aus den Wohnungen ausgezogen und in das Haus, in dem die Fotos für das Shooting entstanden sind. Im Herbst habe ich mich bei der Maklerfirma noch einmal erkundigt, ob das Domizil noch zu haben ist. Ehrlich gesagt habe ich mit keiner Zusage gerechnet. Es ist ein Jahr ins Land gezogen und das Haus ist mega. Zu meiner Überraschung war es noch auf dem Markt. Ohne mit Sophie zu sprechen, habe ich direkt Nägel mit Köpfen gemacht und es gekauft. Dann habe ich sie ins Auto gesetzt und bin mit ihr hingefahren. Ihre Reaktion zaubert mir auch heute noch ein Lächeln ins Gesicht. Sie konnte es überhaupt nicht fassen. Da meine Freundin aber noch nicht zu einhundert Prozent mit unserem neuen Zuhause zufrieden war, hat sie einiges an Umbauarbeiten in Auftrag gegeben und auch die Inneneinrichtung ordentlich aufgemotzt. Mittlerweile ist es, trotz der beachtlichen Größer, unser Zufluchtsort geworden. Wir lieben das Haus.

Unsere Familie ist auch gewachsen.

Wir haben einen zweiten Hund aus dem Tierheim adoptiert. Lila ist ein Husky Welpe, der aus einem Animal-Hoarding-Fall gerettet wurde. Um sie zu ärgern, hat Caleb Sophie ins Tierheim geschickt und dort hat sie sie entdeckt. Nachdem sie mir mehr als ausführlich von ihr berichtet hat und das erste Treffen mit Bounty gut lief, haben wir sie ebenfalls zu uns geholt.

Sophie leitet die Lifestyle– und Boulevardabteilung beim »San Francisco Herald« und ist absolut glücklich damit. Lange hat sie noch ihrem alten Job beim »Berkeley Express« nachgetrauert. Nicht weil sie diesen gern gemacht hat, sondern weil sie es sich selbst beweisen wollte. Ohne ihre Familie und ihren berühmten Nachnamen. Dass sie schon immer genau dahin gehörte, wo sie jetzt ist, wollte sie lange Zeit nicht sehen.

Ich ziehe mich nach und nach um.

Meine Teamkollegen tun es mir gleich und wir betreten zum ersten Mal das Feld im Stadion von Charlotte.

»Denkst du wir schaffen es heute?«, fragt Jason.

Angestrengt sieht er mich an.

Ich zucke mit den Schultern. Die Antwort haben wir in einigen Stunden.

*

Ein furchtbarer Flashback holt mich ein.

Er nimmt mir beinahe die Luft zum Atmen, als ich hinter meinem Quarterback in die Hocke gehe, um den Snap abzuwarten. Wieder sind wir im letzten Viertel, wieder sind es noch wenige Sekunden auf der Uhr und wieder liegen wir zurück.

Wieder lief das Spiel nicht zu unseren Gunsten. Viele Flaggen, die keine waren und Calls, die einfach nicht verständlich waren. Zum Glück machte Los Angeles genug Fehler, dass wir im letzten Viertel auf drei Punkte rankamen. Wir müssen es mit diesem Drive in Field Goal Range schaffen, sodass wir den Ausgleich erzielen. Es sind noch zwei Minuten auf der Uhr. Selbst wenn Los Angeles den Ball zurückbekommt, reicht die Zeit auf der Uhr, um vielleicht noch mal dranzukommen oder das Spiel in die Overtime zu drücken. Was ich ehrlich gesagt auch nicht möchte, weil es nicht angenehm ist, unter diesem Druck zu spielen.

Jason passt Dalton den Ball zu. Dieser läuft sich in der Pocket frei. Ich stemme mich gegen einen Defense Spieler und drücke ihn weg. Mit Erfolg, denn Dalton schafft den Pass. Desmond reicht das neue First Down. So geht es noch zwei Spielzüge weiter, bis wir bei dritter und fünf in Field Goal Range sind. Unser Kicker Paco Alvarez betritt das Feld, und ich klatsche mit ihm ab.

Paco gehört zu den sichersten Kickern der Liga und wird das Field Goal für uns machen. Ich nehme meinen Helm ab und lege ihn auf die Bank.

Dann liegt mein Blick auf Paco. Nervös beiße ich mir auf die Lippe, als er zum Kick antritt.

»Er schafft das«, sagt Jason und klingt absolut sicher. Unser Kicker war heute in Topform.

An ihm liegt es sicher nicht, wenn wir den Super Bowl auch bei diesem Anlauf verlieren.

Der Snap kommt und Paco tritt den Ball. Er fliegt durch die Luft, wir drehen unsere Köpfe mit der Flugrichtung und das Ei schlägt perfekt zwischen den Pfosten ein.

»Ja!«, rufen wir an der Sideline und springen auf. »Ja, Mann!«

Unsere Defense folgt der L.A. Offense und jetzt können wir nichts mehr tun als warten. Doch die Jungs packen das, das weiß ich.

Mein Blick schweift durch das Stadion und ich entdecke meine Freundin. Sie steht neben meiner Schwester. Beide tragen mein Trikot. Sophies Bruder Caleb ist auch dabei. Er wollte sich dieses Spektakel ebenfalls nicht entgehen lassen. Zugegebenermaßen verstehen wir uns mittlerweile richtig gut. Ich würde ihn fast wie einen Freund bezeichnen. Aber auch nur fast. Ich will nicht direkt übertreiben.

Die Offense aus L.A. legt zwei lupenreine Drives hin und über vierzig Yards zurück.

»Verdammt«, murmle ich und werfe einen Blick auf die Uhr. Noch eine Minute.

Bei zweiter und sieben gehen sie erneut in Position. Sie sind damit im zweiten Versuch und haben noch sieben Yards bis zum neuen First Down.

»Down! Set! Hut!«, brüllt der Quarterback das Kommando. Der Snap kommt vom Center an und er bewegt sich in der Pocket. Dann der Wurf und … Interception.

Niemand auf unserer Bank sitzt mehr. Das Stadion rastet komplett aus, als unser neuer Cornerback Sam Poulsen einen sechzig Yards Return Touchdown macht.

»Touchdown für die Berkeley Bees!«, hallt es den Lautsprechern des Stadions. Alles bebt.

Wir schreien unsere Freude heraus und liegen uns in den Armen.

Ich bekomme die nächsten Minuten mit wie in einem Film. Paco versenkt den Extrapunkt und die Offense kniet ab.

»Wir haben es geschafft!«, brüllt Jason mich an und reißt mich herum. »Super Bowl Champions!«

Wir liegen uns in den Armen. Tanzen und jubeln.

Super Bowl Champions.

Immer wieder hallt es in meinen Ohren wider.

Auch die großen Videowände im Stadion zeigen es jetzt an.

Ich sinke zu Boden und ich sehe in den Himmel.

»Ich habe es geschafft«, wispere ich und Tränen schießen mir in die Augen. »Ich habe den Super Bowl gewonnen.«

Fuck! Cian hätte diesen Moment miterleben müssen. Wir hätten heute gemeinsam auf dem Feld gestanden oder zumindest den jeweils anderen unterstützt.

Im letzten Jahr habe ich viel an mir und dem Verlust gearbeitet. Auch Dank Sophie.

Sophie! Ich springe auf und sehe mich hektisch um, als sich zwei zierliche Arme um mich schließen.

»Du hast es geschafft!«, schreit meine Schwester und ich hebe sie hoch. »Du hast den Super Bowl gewonnen.«

Ich drücke sie fest an mich und sehe ihr in die Augen.

»Ich habe es geschafft«, sage ich. »Ich habe den Super Bowl gewonnen.«

Ich lasse sie runter und wende mich meinen Eltern zu, die mir ebenso gratulieren wie Ciara.

»Glückwunsch, Alter!« Ich schlage mit Caleb ein und lasse mich umarmen. »Mein Schwager ist Super Bowl Champion.«

»Danke«, erwidere ich. »Und ich bin nicht dein Schwager.«

»Dann hoffe ich mal, dass du es noch werden möchtest«, meint er grinsend und zwinkert mir zu. Ich lasse ihn los und schließe Sophie in die Arme.

»Ich bin so stolz auf dich«, flüstert sie an meine Lippen und küsst mich stürmisch. Ich erwidere den Kuss und hebe sie auf meine Arme. Sie wiegt kaum etwas. Mit Tränen in den Augen schlingt sie ihre Beine um meine Hüfte. »Du hast den Super Bowl gewonnen.«

»Ich kann es nicht glauben«, sage ich und sehe ihr in die Augen. »Das habe ich nur dir zu verdanken.«

»Mir?« Grinsend sieht sie mich an.

»Ohne dich Nervensäge in meinem Leben, hätte ich mich womöglich doch irgendwann aufgegeben.«

»Sag das nicht.« Sanft streicht sie über meine Wange und küsst mich.

»Ich liebe dich, Sophie Turner.«

»Ich liebe dich auch, mein Super Bowl Champ.«

»Diese Bezeichnung gefällt mir sehr gut«, gestehe ich ihr.

Grinsend schmiegt sie sich an mich. Gemeinsam stehen wir mitten im Stadion und genießen den Trubel um uns herum.

Meine Kollegen feiern ebenfalls mit ihren Frauen, Freundinnen und Familien.

Daltons und Melissas Sohn Hector spielt im Glitzer nach der Siegerehrung mit Desmonds Tochter Summer. Seine Frau Kyra ist hochschwanger mit ihrem ersten gemeinsamen Kind.

Sie haben das, was ich mir in Zukunft mit Sophie wünsche.

Eine Familie.

Den Super Bowl.

Alles.

»Sophie?«

»Ja?«

»Heirate mich.«

»Was?«, fragt sie.

»Werde meine Frau, Baby«, bitte ich sie. »Ich lasse dich auch runter und gehe auf die Knie. Aber das passt nicht zu uns.« Ich lache auf. »Sag ja!«

»Ja!«, ruft sie. »Ja, ich will.«

Überglücklich küsse ich sie.

über die Autorin

Mrs Kristal ist 1993 in Hessen geboren und studierte Medien in Marburg. Sie veröffentlichte viele Jahre unter demselben Pseudonym auf Wattpad, ehe sie 2021 den Entschluss fasste als Autorin durchzustarten. 2022 unterschrieb sie ihre ersten Verlagsverträge und brachte erfolgreiche Sports Romance Reihen heraus.

Mrs Kristal schreibt über Liebe, Freundschaft, Familie und American Football.

Ihre Inspiration erhält sie aus Gesprächen mit ihrer Familie und Freunden. Außerdem reist sie leidenschaftlich gern und nutzt vor allem ihre Urlaube auf dem nordamerikanischen Kontinent für ihre zahlreichen Ideen. Sie lebt von Kindesbeinen an auf dem Land und teilt sich ihre Wohnung mit ihrem Kater.

Newsletter

Entdecke weitere prickelnde (Sport)-Romane und abonniere meinen Newsletter!

Entdecke weitere prickelnde (Sport)-Romane und abonniere meinen Newsletter!